Clube do Crime é uma coleção que reúne os maiores nomes do mistério clássico no mundo, com obras de autores que ajudaram a construir e a revolucionar o gênero desde o século XIX. Como editora da obra de Agatha Christie, a HarperCollins busca com este trabalho resgatar títulos fundamentais que, diferentemente dos livros da Rainha do Crime, acabaram não tendo o devido reconhecimento no Brasil.

o homem da casa de chá

BARONESA ORCZY

Tradução
Érico Assis

Rio de Janeiro, 2024

Copyright da tradução © 2023 por Casa dos Livros Editora LTDA. Todos os direitos reservados.
Título original: *The Old Man in the Corner*

This edition is published by arrangement with Penzler Publishers through Yáñez, part of International Editors' Co. S.L. Literary Agency.

Todos os direitos desta publicação são reservados à Casa dos Livros Editora LTDA. Nenhuma parte desta obra pode ser apropriada e estocada em sistema de banco de dados ou processo similar, em qualquer forma ou meio, seja eletrônico, de fotocópia, gravação etc., sem a permissão do detentor do copyright.

Publisher: *Samuel Coto*
Editora executiva: *Alice Mello*
Editora: *Lara Berruezo*
Editoras assistentes: *Anna Clara Gonçalves e Camila Carneiro*
Assistência editorial: *Yasmin Montebello*
Produção editorial: *Mariana Gomes*
Copidesque: *Julia Vianna*
Revisão: *Alice Cardoso e Rayana Faria*
Design gráfico de capa: *Angelo Bottino*
Projeto gráfico de miolo: *Ilustrarte Design e Produção Editorial*
Diagramação: *Abreu's System*

Dados Internacionais de Catalogação na Publicação (CIP)
(Câmara Brasileira do Livro, SP, Brasil)

Orczy, Emma, 1865-1947
     O homem da casa de chá / Baronesa Orczy ; tradução Érico Assis. -- Rio de Janeiro : HarperCollins Brasil, 2024.

     Título original: The Old Man in the Corner
     ISBN 978-65-6005-135-5

     1. Ficção inglesa I. Título.

23-182377   CDD-823

Índices para catálogo sistemático:
1. Ficção : Literatura inglesa   823

Cibele Maria Dias – Bibliotecária – CRB-8/9427

Os pontos de vista desta obra são de responsabilidade de seu autor, não refletindo necessariamente a posição da HarperCollins Brasil, da HarperCollins Publishers ou de sua equipe editorial.

HarperCollins Brasil é uma marca licenciada à Casa dos Livros Editora LTDA.

Todos os direitos reservados à Casa dos Livros Editora LTDA.
Rua da Quitanda, 86, sala 601A – Centro
Rio de Janeiro, RJ – CEP 20091-005
Tel.: (21) 3175-1030
www.harpercollins.com.br

Nota da editora

Emma Orczy (1865-1947), conhecida como Baronesa Orczy, foi uma romancista e dramaturga húngara estabelecida na Inglaterra. Ficou conhecida mundialmente pela peça *O Pimpinela Escarlate* (1903), escrita com seu marido, Montagu Barstow, baseada em um de seus contos sobre um aristocrata inglês chamado Sir Percy Blakeney, e produzida no West End de Londres. Inicialmente, a produção atraiu um público pequeno, mas após quatro anos em cartaz, com cerca de duas mil apresentações, se consolidou como um dos espetáculos mais populares na Grã-Bretanha. Com o sucesso, a obra foi traduzida e reproduzida em outros países, tornando-se um best-seller mundial.

Na história, Orczy introduz um herói com uma identidade secreta, algo praticamente inédito na literatura da época. Ao chamar a atenção para seu alter ego, Blakeney, o protagonista se esconde por trás da máscara de playboy petulante e de pensamento lento, além de pertencer à Liga do Pimpinela Escarlate, um grupo de nobres ingleses que, durante a Revolução Francesa, salvava a vida de aristocratas ameaçados pela morte na guilhotina. Sempre capaz de escapar no final das histórias, o personagem exibe características que seriam a base para a construção dos super-heróis modernos, incluindo a tendência para o disfarce e a capacidade de enganar seus adversários.

No entanto, antes de criar o personagem que lhe traria riqueza e fama, Orczy morava em locais modestos em Londres com o marido. O casal ganhava a vida vendendo trabalhos para revistas, Barstow vendia suas ilustrações; e Orczy, seus contos. Com algumas histórias já publicadas, a Baronesa decidiu escrever uma série policial para capitalizar o renovado interesse público pelos mistérios resultante do regresso de Sherlock Holmes à revista *Strand*. Seguindo o conselho do marido, Orczy criou um detetive completamente diferente do famoso personagem de Sir Arthur Conan Doyle.

O resultado foi *The Old Man in the Corner*, em nossa versão, *O homem da casa de chá* (1908), protótipo do "detetive de poltrona", que resolve mistérios simplesmente analisando informações que lhe são fornecidas por outros personagens ou a partir de mera observação, mas que não se envolve nas investigações oficiais. Neste livro, inclusive, as conclusões do personagem não podem nem sequer ser comprovadas em tribunal. O interesse, então, vem da resolução do mistério por meio da incrível capacidade de raciocínio do protagonista.

As histórias do icônico personagem que você está prestes a ler não são as versões originais publicadas na *Royal Magazine*; em vez disso, eles vêm do livro da edição original, publicado em 1908. Para esta coleção, a Baronesa Orczy reescreveu alguns aspectos de doze dos contos do protagonista. No processo, ela apresenta a confidente do misterioso detetive como Polly Burton, que originalmente não tinha nome, sendo mencionada apenas como "uma jornalista" e incorpora referências à vida pessoal de Polly que serviram como fio condutor entre as histórias. Estas alterações implicaram também a conversão dos contos que eram narrados em primeira pessoa pela jornalista para a narração em terceira pessoa.

Embora não tenha o reconhecimento de seus sucessores, as obras da Baronesa Orczy ainda desempenham um papel importantíssimo na história da ficção de mistério e são reverenciadas por estudiosos mundo afora. Além de ser membro fundador do Detection Club — clube criado em 1928 que tinha como membros grandes nomes da literatura policial inglesa e por objetivo a colaboração entre autores no desenvolvimento de suas histórias —, as obras e os enredos por ela escritos foram pilares importantes da ficção de mistério, aparecendo em histórias consagradas por Agatha Christie e Dorothy L. Sayers décadas depois e estabelecendo as bases da Era de Ouro dos Romances Policiais.

Agora, a HarperCollins Brasil apresenta *O homem da casa de chá*, pela primeira vez no Brasil, com tradução de Érico Assis e posfácio de Ivan Mizanzuk.

Boa leitura!

O HOMEM DA CASA DE CHÁ

Para meus caros tio e tia
Conde e Condessa Wass de Czege
pela lembrança de muitos dias de
alegria na Transilvânia.

Outubro de 1908

1. O MISTÉRIO DA RUA FENCHURCH

O homem da casa de chá afastou o copo e inclinou-se sobre a mesa.

— Mistérios! — exclamou ele. — Não existe mistério em relação a qualquer crime, desde que a inteligência seja utilizada na sua investigação.

Com muita surpresa, Polly Burton desviou o olhar de seu jornal e fixou os olhos castanhos, muito sérios e inquisitivos, naquele homem.

Ela o achou desagradável desde o instante em que ele entrara no salão arrastando os pés e sentou-se à sua frente, na mesma mesa com tampo de mármore que já tinha seu café grande (três *pence*), um pão com manteiga (dois *pence*) e um prato de língua em conserva (seis *pence*).

Aquele canto específico, aquela mesa e aquela vista panorâmica e especial do magnífico salão de mármore — conhecido como a filial da rua Norfolk das casas de chá Aërated Bread Company — eram o canto, a mesa e a vista de Polly. Era ali que ela fazia sua refeição de onze *pence* e obtinha suas notícias diárias por um pêni desde o glorioso e inesquecível dia em que entrara para a equipe do *Evening Observer* (que assim vamos chamar, se nos permite) e tornou-se integrante da ilustre e mundialmente famosa organização conhecida como Imprensa Britânica.

Ela era uma personalidade: a srta. Burton do *Evening Observer*. Seus cartões diziam o seguinte:

> **SRTA. MARY J. BURTON**
>
> *Evening Observer.*

Já havia entrevistado a srta. Ellen Terry e o bispo de Madagascar, o sr. Seymour Hicks e o Comissário Geral da Polícia. Estivera presente na última festa no jardim da Marlborough House — na chapelaria, deve-se dizer, onde conferira o chapéu de lady Beltrana, a sombrinha da srta. Sicrana e vários outros elementos de moda ou em voga, todos os quais foram devidamente descritos sob o título "Moda da realeza" na edição vespertina do *Evening Observer*.

(A matéria em si era assinada por M.J.B., e podia ser encontrada nos arquivos daquele jornal popular.)

Por esses motivos, assim como por muitos outros, Polly estava furiosa com o homem da casa de chá. E assim lhe disse com o olhar, com toda clareza que um par de olhos castanhos é capaz de dizer.

Polly estava lendo uma matéria do *Daily Telegraph*. O texto era de interesse palpitante. Estaria ela comentando-o em voz alta? Não havia dúvidas de que o homem do outro lado tinha dado uma resposta imediata a seus pensamentos.

A jovem olhou para ele de cara amarrada; em seguida, sorriu. A srta. Burton (do *Evening Observer*) tinha um senso de humor afiado, que os dois anos de associação à Imprensa

Britânica não haviam conseguido aniquilar, e a aparência do homem já bastava para despertar seu lado rabugento. Polly pensou que nunca vira alguém tão pálido, tão esguio, com cabelos tão claros e esquisitos, penteados com cuidado por sobre uma cabeça calva. Ele parecia muito acanhado e nervoso enquanto mexia em um barbante; seus dedos finos e compridos atavam e desatavam nós de ajustes tão maravilhosos quanto complexos.

Depois de analisar com cuidado cada detalhe daquela personalidade singular, Polly sentiu-se mais cordial.

— Ainda assim — disse ela, em tom gentil, embora impositivo —, esta matéria, em um jornal que tende a ser bem-informado, dirá ao senhor que ao menos seis crimes deixaram a polícia em absoluta perplexidade só no último ano, e que os criminosos continuam à solta.

— Peço desculpas — replicou ele, também em tom delicado —, mas nem por um instante aventurei-me a sugerir à *polícia* que não haveria mistérios; apenas comentei que não há mistério quando se aplica a inteligência à investigação criminal.

— Nem no *mistério* da rua Fenchurch, imagino? — perguntou ela, com uma dose de sarcasmo.

— Especialmente no dito *mistério* da rua Fenchurch — respondeu ele, baixinho.

Quanto ao mistério da rua Fenchurch, nome atribuído pelas massas àquele crime extraordinário, Polly sabia bem que havia intrigado os cérebros de todo homem e toda mulher pensante nos últimos doze meses. Não foi insignificante a medida do quanto o caso a deixara intrigada, focada e fascinada; ela havia analisado o caso, formulado suas teorias, pensado nele com frequência; chegou a escrever uma ou duas cartas à imprensa sobre o assunto — sugerindo, discutindo, apontando possibilidades e probabilidades, apresentando evidências que outros detetives amadores refutavam à primeira vista. A opinião do homem tímido na cadeira do canto, assim, era peculiarmente irritante, e ela retrucou com um sarcasmo calculado para aniquilar seu interlocutor tão seguro de si:

— É uma pena, neste caso, que o senhor não ofereça seus serviços inestimáveis a nossa tão desorientada polícia, por mais que bem-intencionada.

— Não é? — respondeu ele, com bom humor. — Pois veja bem: para começar, eu duvido que fossem aceitar. Em segundo lugar, caso eu viesse a fazer parte do contingente de investigadores, minhas propensões e meu dever quase sempre entrariam em conflito. Com frequência, sou solidário ao criminoso que demonstra a inteligência e a astúcia para passar a perna na polícia. Não sei o quanto a senhorita se lembra do caso — prosseguiu, com a voz tranquila. — De início, é certo que ele até me deixou confuso. No dia 12 de dezembro do ano passado, uma mulher malvestida, mas com ares inegáveis de que já havia visto épocas melhores, informou à Scotland Yard sobre o desaparecimento do marido, William Kershaw, sem ocupação e aparentemente sem moradia fixa. Ela estava acompanhada de um amigo, um alemão gordo de aparência untuosa, e eles contaram uma história que fez a polícia tomar uma atitude de imediato.

"Ao que se sabe, no dia 10 de dezembro, por volta das três da tarde, Karl Müller, o alemão, foi até o amigo, William Kershaw, com o intuito de cobrar uma pequena dívida, por volta de dez libras. Ao chegar na morada miserável na rua Charlotte, em Fitzroy Square, ele encontrou William Kershaw em estado de animação descontrolada e sua esposa às lágrimas. Müller tentou explicar o motivo da visita, mas Kershaw, com gestos erráticos, recusou-se a respondê-lo e (nas palavras do amigo) causou-lhe perplexidade ao pedir, sem rodeios, mais um empréstimo de duas libras. Soma esta que, declarou ele, seria um meio de fazer fortuna imediata, tanto para si quanto para o amigo que o ajudaria nesta necessidade.

"Após quinze minutos de insinuações obscuras, Kershaw, ao perceber que o cauteloso alemão não se comovia, decidiu revelar seu plano secreto. O qual, ele dizia, despejaria milhares de libras nas mãos de ambos."

Polly havia soltado o jornal automaticamente. Aquele estranho tranquilo, com um ar de nervosismo e timidez, tinha um jeito peculiar de contar a história, que de algum modo a fascinava.

— Eu não sei — continuou ele —, se a senhorita se lembra da história que o alemão contou à polícia, e que teve todos os detalhes corroborados pela esposa ou viúva. Em resumo, foi a seguinte: por volta de trinta anos antes, Kershaw, então com vinte anos e estudante de Medicina em um dos hospitais de Londres, tinha um colega chamado Barker, com o qual dividia quarto. Eles e mais um rapaz.

"O último, ao que se conta, uma noite levou para casa uma grande quantia de dinheiro que havia ganhado nas corridas de cavalo, e, na manhã seguinte, foi encontrado morto na própria cama. Por sorte, Kershaw conseguiu comprovar um álibi convincente: havia passado a noite trabalhando no hospital. Quanto a Barker, desapareceu; quer dizer: até onde sabia a polícia, mas não até onde os olhos atentos de seu amigo Kershaw conseguiam ver... ao menos era o que dizia o próprio Kershaw. Muito esperto, Barker encontrou meios para fugir do país e, após diversos impasses, finalmente instalou-se em Vladivostok, no leste da Sibéria, usando o sobrenome fictício Smethurst. Lá, acumulou imensa fortuna como comerciante de peles.

"Veja só: todos conhecem Smethurst, o milionário siberiano. A história de Kershaw, de que o homem já havia se chamado Barker e que cometera um assassinato trinta anos antes, nunca foi provada, não é mesmo? Estou apenas lhe relatando o que Kershaw contou ao amigo, o alemão, e à esposa naquela tarde memorável de 10 de dezembro.

"Segundo ele, Smethurst havia cometido um erro gigantesco em sua esperta carreira: em quatro ocasiões, havia se correspondido com o amigo de longa data, William Kershaw. Duas destas cartas não têm importância para o caso, já que foram escritas há mais de 25 anos; e Kershaw, no mais, as perdeu há muito tempo, ou assim declarou. Segundo ele, contudo, a primeira destas cartas teria sido escrita quando Smethurst, cognome de Barker, gastou todo o dinheiro que havia obtido com o crime e viu-se desamparado em Nova York.

"Kershaw, então em circunstâncias muito bem afortunadas, enviou-lhe uma nota de dez libras em nome dos velhos tempos. Na segunda carta, quando o jogo havia virado e Kershaw começara a decair, Smethurst, como então já se denominava, enviou ao velho amigo cinquenta libras. Depois disso, pelo que Müller entendeu, Kershaw havia feito diversas requisições à fortuna cada vez maior de Smethurst, acompanhadas de várias ameaças, as quais, considerando o país distante em que o milionário vivia, eram inúteis.

"Mas então chegara a um clímax, pois Kershaw, após um último momento de hesitação, entregou ao amigo alemão as últimas duas cartas que dizia terem sido escritas por Smethurst, que, como a senhorita deve lembrar, tiveram um papel importante na história misteriosa deste crime extraordinário. Tenho cópias delas aqui."

O homem da casa de chá retirou um papel de dentro de uma caderneta puída, desdobrou-o com toda diligência e começou a ler:

— "Senhor. Suas requisições absurdas de dinheiro são inteiramente injustificadas. Já ajudei o senhor tanto quanto merecia. Contudo, em nome dos velhos tempos, e porque já me ajudou em momento de enorme dificuldade, disponho-me mais uma vez a deixar que abuse de minha boa índole. Um amigo que tenho aqui, comerciante russo a quem vendi meu empreendimento, em poucos dias partirá para uma viagem prolongada a vários portos europeus e asiáticos em seu iate, e convidou-me a acompanhá-lo até a Inglaterra. Como estou cansado do estrangeiro e com vontade de ver minha terra após trinta anos ausente, decidi aceitar o convite. Não sei quando estaremos de fato na Europa, mas garanto que, assim que chegarmos a um porto, eu me corresponderei mais uma vez, marcando um dia para o senhor me encontrar em Londres. Mas lembre que, caso suas exigências sejam muito absurdas, não lhes darei ouvido em momento algum e que sou o último homem no mundo que vai submeter-se a chantagens insistentes e injustificáveis. Atenciosamente, Francis Smethurst.'

"A segunda carta vinha de Southampton", prosseguiu o homem da casa de chá, com toda calma, "e, curiosamente, foi a única carta que Kershaw afirmou ter recebido de Smethurst da qual ele havia guardado o envelope, que tinha data. Era muito breve", complementou, referindo-se ao papel.

"'Caro Senhor. Conforme minha carta de semanas atrás, desejo informá-lo que o *Tsarskoye Selo* atracará em Tilbury na próxima terça-feira, dia 10. Lá, devo desembarcar e imediatamente partir a Londres no primeiro trem que conseguir. Caso queira, o senhor pode encontrar-me na estação da rua Fenchurch, na sala de espera da primeira classe, no fim da tarde. Como suponho que, após trinta anos, meu rosto não lhe seja familiar, aviso que poderá me identificar pelo casaco grosso e gorro de astracã que estarei vestindo. O senhor pode apresentar-se e ouvirei com toda atenção o que tem a me propor. Atenciosamente, Francis Smethurst.'

"Foi esta última carta que provocou a agitação de William Kershaw e as lágrimas de sua esposa. Nas palavras do alemão, ele estava andando pela sala como um bicho, gesticulando como um louco, fazendo exclamações diversas. A sra. Kershaw, contudo, estava apreensiva. Ela desconfiava do homem que vinha do estrangeiro. Segundo a história que seu marido contava, o homem já carregava um crime na consciência e ela temia que corresse o risco de carregar mais um para se livrar de um inimigo. Como é típico das mulheres, ela achou que o plano era indecoroso, já que sabia que a lei é severa com os chantagistas.

"O encontro poderia ser uma armadilha, mas, de todo modo, era curioso; ela se perguntava: por que Smethurst não escolhera encontrar Kershaw em seu hotel no dia seguinte? Mil motivos e razões a enervavam, mas o alemão gordo se deixou convencer pelas visões de ouro incontável do amigo Kershaw, tão sedutoras perante seus olhos. Ele emprestou as duas libras combinadas, com as quais o amigo pretendia assear o visual antes de encontrar o amigo milionário. Meia hora depois, Kershaw havia deixado sua casa. Foi a última vez que a desafortunada esposa viu o marido e que Müller, o alemão, viu seu amigo.

"Naquela noite, a mulher esperou com ansiedade, mas ele não voltou. Ela passou o dia seguinte questionando em vão as pessoas nos arredores da rua Fenchurch. Então, no dia 12, foi à Scotland Yard, deu todos os detalhes que sabia, e deixou nas mãos da polícia as duas cartas escritas por Smethurst."

2. UM MILIONÁRIO NO BANCO DOS RÉUS

O homem da casa de chá havia bebido seu copo de leite inteiro. Seus olhos azuis e lacrimosos fitaram o rosto ansioso da srta. Polly Burton, do qual todos os vestígios de rigor haviam sido afugentados por uma animação evidente e intensa.

— Foi apenas no dia 31 — continuou ele, depois de alguns instantes —, que um corpo, tão decomposto que estava inidentificável, foi encontrado por dois balseiros no fundo de uma barcaça abandonada. A embarcação estava atracada ao pé de uma dessas grandes escadarias entre os depósitos no East End de Londres que descem até o rio. Tenho uma fotografia do local comigo.

Ele tirou uma foto do bolso e a dispôs na frente de Polly.

— A barcaça em si já havia sido retirada quando fiz este retrato, mas a senhorita há de perceber que este beco é o local perfeito para rasgar a garganta de outra pessoa com tranquilidade, sem medo de ser detectado. O corpo, como mencionei, estava decomposto e irreconhecível; provavelmente estava lá há onze dias. Mas bens diversos, tais como um anel de prata e um prendedor de gravata, eram identificáveis e assim foram pela sra. Kershaw como pertences de seu marido.

"Ela, é claro, foi ruidosa na denúncia a Smethurst, e a polícia sem dúvida tinha forte argumento contra ele, pois, dois dias após a descoberta do corpo na barcaça, o milionário siberiano, como já era chamado popularmente por entrevistadores ousados, foi preso em seus aposentos de luxo no Hotel Cecil.

"Confesso que, naquele momento, estava bastante perplexo. A história da sra. Kershaw e as cartas de Smethurst haviam chegado aos jornais e, seguindo meu método de costume (perceba que sou apenas um amador e tento ponderar um caso somente pelo amor à tarefa), busquei uma motivação para o crime que a polícia declarava ter sido cometido por Smethurst. Livrar-se do perigoso chantagista da maneira mais eficaz era a teoria mais aceita. Oras! Já lhe ocorreu o quanto este motivo é ínfimo?"

A srta. Polly teve que confessar que nunca lhe parecera desse modo.

— É evidente que um homem que tivera sucesso em construir fortuna tão imensa por esforço próprio não era o tipo de imbecil que temeria alguém como Kershaw. Ele devia *saber* que Kershaw não tinha provas que o condenassem. Não para levá-lo à forca, ao menos. A senhorita já viu Smethurst? — perguntou ele, quando remexeu mais uma vez na caderneta.

Polly respondeu que havia visto a imagem de Smethurst nos jornais. Então, deixando uma pequena foto à frente da jornalista, ele indagou:

— O que mais chama sua atenção no rosto dele?

— Bom, eu acho que a expressão estranha, assustada, devido à ausência total de sobrancelhas, e o corte de cabelo estrangeiro.

— Tão rente que parece raspado. Exatamente. Foi o que mais me impressionou quando fui ao tribunal naquela manhã e tive o primeiro vislumbre do milionário no banco dos réus. Era um homem alto, de aparência militar, estatura ereta, um rosto muito bronzeado. Não tinha bigode nem barba; seu cabelo estava cortado rente à cabeça, tal como um francês; mas o mais notável era a ausência total de sobrancelhas e até de cílios, o que dava ao rosto uma aparência peculiar. Como a senhorita disse, uma expressão perpétua de assombro.

"Ele parecia, contudo, calmíssimo; haviam lhe oferecido uma poltrona no banco, por ser milionário, e ele conversava alegremente com seu advogado, sir Arthur Inglewood, nos intervalos entre a convocação das testemunhas da acusação. Durante a interrogação destas testemunhas, ele ficava sentado com placidez, a cabeça protegida pela mão.

"Müller e a sra. Kershaw repetiram a história que já haviam contado à polícia. Creio que a senhorita falou que, devido a compromissos de trabalho, não conseguiu comparecer ao tribunal naquele dia, nem ouviu o caso, então talvez não se recorde da sra. Kershaw. Não? Ah, pois bem! Aqui há um retrato que consegui. É ela, exatamente como estava no banco dos depoentes: com roupas espalhafatosas, um vestido de musselina esmerado e uma boina que já fora adornada com rosas e à qual um resto de pétalas ainda se prendiam como intrusas no tecido preto.

"A sra. Kershaw não olhava para o prisioneiro, e tinha o rosto voltado com determinação para o magistrado. Eu imagino que tivesse afeição por aquele marido imprestável: uma enorme aliança adornava seu dedo, e esta também estava envolta em preto. Ela estava certa de que o assassino de Kershaw estava sentado ali, no banco dos réus, e ela ostentava seu luto diante dele de forma bem visível.

"A tristeza que senti por aquela senhora era indescritível. Quanto a Müller, ele era apenas gordo, untuoso, empolado, muito confiante na própria importância como depoente; seus dedos largos, cobertos de anéis de bijuteria, agarravam as duas cartas incriminatórias que ele havia identificado. Posso dizer que eram sua entrada para a importância e a notoriedade que tanto o agradavam. Sir Arthur Inglewood, creio eu, deixou-o decepcionado quando disse que não tinha perguntas a lhe fazer. Müller estava cheio das respostas, havia preparado um depoimento perfeito e acusações elaboradas contra o milionário vaidoso que havia ludibriado seu caro amigo Kershaw e assassinado-o em sabe-se lá qual ponto afastado do East End.

"Depois disso, contudo, as emoções se elevaram bem rápido. Müller foi dispensado e ausentou-se totalmente da corte, conduzindo a sra. Kershaw, que estava devastada.

"O policial D21 estava depondo sobre a prisão. O preso, disse ele, parecia ter sido pego totalmente de surpresa, sem entender a causa ou histórico da acusação contra si; contudo, quando em plena posse dos fatos e ao perceber, sem deixar dúvida, a futilidade absoluta de qualquer resistência, seguiu o policial até a viatura sem dizer uma palavra. Ninguém no elegante e lotado Hotel Cecil chegou a suspeitar de ter acontecido algo incomum.

"Então, um gigantesco suspiro de expectativa partiu de cada um dos espectadores. A 'diversão' estava prestes a começar. James Buckland, carregador de bagagens da estação ferroviária da rua Fenchurch, havia acabado de fazer o juramento de dizer toda a verdade, nada além da verdade etc. Ao final, não foi de tanta importância. Ele disse que, às seis horas daquela tarde de 10 de dezembro, em meio a uma das neblinas mais densas de que ele se lembra na vida, o trem das 17h05 de Tilbury chegou fumegando na estação com mais ou menos uma hora de atraso. Ele estava na plataforma de chegada e foi chamado pelo passageiro de um vagão da primeira classe. Não viu muito bem a pessoa, exceto por um enorme casaco e gorro de pele escuro.

"O passageiro tinha certa quantidade de bagagens, todas estampadas com 'F.S.', e ele orientou James Buckland a depositar todas em um carrinho, com exceção de uma pequena valise que ele mesmo carregou. Tendo conferido que toda sua bagagem tinha sido entregue, o estrangeiro do casaco de peles pagou ao carregador de bagagens e, pedindo ao taxista para que aguardasse até ele voltar, tomou a direção das salas de espera, ainda carregando sua valise.

"'Eu fiquei um tempo', contou James Buckland, 'conversando com o condutor sobre a neblina e tal; então segui minha vida quando vi que tinham dado o apito do trem de Southend.'

"A promotoria insistiu veementemente quanto ao horário em que o estrangeiro do casaco de peles, tendo tratado de sua bagagem, saiu andando na direção das salas de espera. O carregador de bagagens foi enfático: 'Não passou um minuto das 18h15', assegurou ele.

"Sir Arthur Inglewood ainda não tinha perguntas a fazer, então o taxista foi convocado.

"Ele corroborou o depoimento de James Buckland em relação ao horário em que o cavalheiro do casaco de peles o havia abordado, e disse que, após lotar seu táxi com as bagagens, havia pedido para que esperasse. O motorista esperou, de fato. Ficou aguardando, naquela neblina densa... até se cansar e pensar seriamente em deixar toda a bagagem no achados e perdidos para buscar outro passageiro. Aguardou, enfim, até às 20h45. E quem ele viu caminhando com pressa até o táxi, se não o cavalheiro de casaco e gorro de peles? O homem entrou depressa e lhe disse para levá-lo imediatamente ao Hotel Cecil. Isto, declarou o motorista, aconteceu às 20h45. Ainda assim sir Arthur Inglewood não fez qualquer comentário, e o sr. Francis Smethurst, naquele tribunal lotado e abafado, caiu no sono sem preocupação.

"O depoente seguinte, o policial Thomas Taylor, havia percebido um indivíduo maltrapilho, de cabelos e barba desgrenhados, vagando pela estação e pelas salas de espera na tarde de 10 de dezembro. Parecia que ele estava observando a plataforma de desembarque dos trens de Tilbury e Southend.

"Duas testemunhas independentes sem contato uma com a outra, engenhosamente encontradas pela polícia, viram o mesmo indivíduo maltrapilho entrar na sala de espera da primeira classe por volta das 18h15 da quarta-feira, 10 de dezembro, e dirigir-se no mesmo instante a um cavalheiro de casaco e gorro de pele grossos, que havia acabado de entrar no recinto. Os dois conversaram por algum tempo; ninguém ouviu o que disseram, e em seguida saíram juntos. Nenhum dos depoentes soube dizer em qual direção.

"Francis Smethurst estava despertando de sua apatia; ele cochichou com o advogado, que concordou com a cabeça e deu um suave sorriso de incentivo. Os funcionários do Hotel Cecil depuseram positivamente quanto à chegada do sr. Smethurst por volta das 21h30, na quarta-feira, 10 de dezembro, de táxi, com boa quantidade de bagagens; e isto encerrou o caso da promotoria.

"Todos no tribunal já conseguiam *ver* Smethurst na forca. Foi pura curiosidade o que fez a plateia educada aguardar e ouvir o que sir Arthur Inglewood tinha a dizer. Ele, é claro, é o homem mais elegante da atualidade no mundo jurídico. Sua postura relaxada e sua fala arrastada estão bastante em voga e são imitadas pela juventude abastada.

"Apesar do momento, o milionário siberiano com o pescoço literal e metaforicamente na balança, um risinho mal contido foi ouvido entre os justos espectadores enquanto sir Arthur alongava seus membros compridos e espreguiçava-se sobre a mesa. Ele aguardou, para causar efeito (pois sir Arthur é um ator nato) e não há dúvida de que conseguiu, pois, em seu tom lento, arrastado e baixo, ele disse:

"'No que diz respeito ao suposto homicídio de um certo William Kershaw na quarta-feira, 10 de dezembro, entre as 18h15 e 20h45, meritíssimo, proponho convocar dois depoentes que viram o mesmo William Kershaw na tarde da terça-feira, 16 de dezembro, ou seja, seis dias após o suposto homicídio.'

"Foi como se uma bomba explodisse no tribunal. Até o juiz ficou pasmo, e tenho certeza de que a dama ao meu lado só se recuperou da surpresa para questionar-se quanto a adiar o jantar.

"Da minha parte", complementou o homem da casa de chá, com aquele estranho misto de nervosismo e segurança que havia deixado a srta. Polly Burton curiosa, "veja bem, *eu* havia concluído há muito tempo onde estava o nó neste caso; e não fiquei tão surpreso quanto os outros.

"Talvez a senhorita se lembre desta maravilhosa reviravolta no caso, que tanto desconcertou a polícia. E, vale dizer, todos ficaram chocados, menos eu. Torriani e um garçom do seu hotel na Commercial Road depuseram que, por volta das 15h30 de 10 do dezembro, um indivíduo maltrapilho estava deambulando pela cafeteria do hotel e pediu chá. Ele era agradável, falava muito, e disse ao garçom que se chamava William Kershaw, que em breve toda Londres estaria falando dele, pois, graças a um golpe de sorte inesperada, estava prestes a virar um homem muito rico. E assim por diante, um absurdo sem fim.

"Quando terminou o chá, o homem voltou a deambular, mas, tão logo havia sumido em uma esquina, o garçom percebeu um guarda-chuva velho esquecido pelo indivíduo desmazelado e tagarela. Como é de costume naquele respeitável estabelecimento, *signor* Torriani deixou o guarda-chuva em seu escritório, caso o cliente viesse procurá-lo assim que notasse a perda. E, quase uma semana depois, na terça-feira, dia 16, por volta das uma da tarde, o mesmo homem maltrapilho foi até lá e perguntou pelo objeto. Ele almoçou e bateu mais um papo com o garçom. *Signor* Torriani e o garçom descreveram William Kershaw, descrição que encaixava perfeitamente com a que havia sido feita pela sra. Kershaw quanto ao marido.

"Acredite ou não, parece que ele era muito distraído, pois na segunda ocasião, tão logo partiu, o garçom encontrou uma caderneta na cafeteria, sob a mesa. Nela continha diversas cartas e contas, todas dirigidas a William Kershaw. A caderneta foi apresentada, e Karl Müller, que havia retornado à tribuna, identificou rapidamente que pertencia ao seu querido e finado amigo 'Villiam'.

"Foi o primeiro golpe contra a acusação. E a senhorita há de admitir que foi um golpe forte. A acusação já começava a se desmontar como um castelo de cartas. Ainda assim, era preciso dar satisfações quanto ao inegável encontro marcado entre Smethurst e Kershaw, assim como aquelas duas horas e meia de intervalo na noite enevoada."

O homem da casa de chá fez uma longa pausa, que deixou Polly aflita. Ele havia manuseado seu barbante até não sobrar um único centímetro fora de um nó complexo.

— Eu lhe garanto — retomou ele, por fim —, que, naquele exato instante, todo o mistério me pareceu claro como a luz do dia. Fiquei atônito ao pensar como o meritíssimo podia perder o tempo dele e o meu apresentando o que pensava serem perguntas pertinentes ao acusado, relacionadas a seu passado. Francis Smethurst, que já havia despertado de sua sonolência, começou a falar com uma curiosa voz anasalada e um quase imperceptível sotaque estrangeiro. Negou calmamente a versão de Kershaw quanto ao passado; declarou que nunca havia se chamado Barker, e certamente não havia se metido com um homicídio trinta anos antes.

"'Mas o senhor conhecia este homem chamado Kershaw', insistiu o meritíssimo, 'já que trocou correspondências com ele.'

"'Perdão, vossa excelência', disse o acusado, com voz sossegada, 'até onde sei, eu nunca vi este homem chamado Kershaw e posso jurar que nunca me correspondi com ele.'

"'Nunca se correspondeu?', retorquiu o juiz em tom acusatório. 'Que afirmação estranha a se fazer quando, neste momento, tenho nas minhas mãos duas das cartas que o senhor enviou para ele.'

"Nunca escrevi essas cartas, vossa excelência', insistiu o acusado, ainda em voz baixa, 'e elas não têm minha caligrafia.'

"'O que podemos provar facilmente', interveio o tom arrastado de sir Arthur Inglewood, conforme entregava um fardo de papéis ao meritíssimo. 'Aqui temos diversas cartas que meu cliente escreveu desde que chegou a este país, sendo que algumas foram escritas diante de meus olhos.'

"Como sir Arthur Inglewood tinha dito, isso poderia ser provado facilmente, e o réu, a pedido de vossa excelência, anotou algumas linhas, assim como sua assinatura, várias vezes em uma folha de papel. Foi fácil entender no semblante perplexo do magistrado que não havia a mínima semelhança entre as duas caligrafias.

"Um novo mistério havia surgido. Quem, então, haveria marcado o compromisso com William Kershaw na estação da rua Fenchurch? O preso fez um relato muito satisfatório da ocupação de seus horários desde a chegada à Inglaterra.

"'Cheguei no *Tsarkoye Selo*', disse ele, 'iate que pertence a um amigo. Quando chegamos à foz do Tâmisa, havia uma névoa tão densa que levou 24 horas até se considerar seguro para atracarmos. Meu amigo, que é russo, não queria atracar; ele estava com medo desta terra de neblinas e queria partir imediatamente para a Ilha da Madeira.

"'Desembarquei de fato na terça-feira, dia 10, e imediatamente peguei um trem para a cidade. Dei conta de minha bagagem e de um táxi, de fato, como o carregador de bagagens e o motorista depuseram a vossa excelência; depois, tentei encontrar um restaurante onde pudesse tomar uma taça de vinho. Entrei na sala de espera e fui abordado por um indivíduo malvestido, que começou a me contar uma história lastimável. Quem era, eu não sei. Ele *disse* que era um velho soldado que havia servido seu país com lealdade e depois foi deixado para passar fome. Implorou que eu o acompanhasse até sua moradia, onde eu poderia conhecer sua esposa e filhos famintos, e certificar-me quanto à veracidade e desgraça de seu relato.'

"'Bem, meritíssimo', complementou o prisioneiro com nobre franqueza, 'foi meu primeiro dia de retorno a minha terra. Eu havia retornado depois de trinta anos, com os bolsos carregados de ouro, e foi a primeira triste história que ouvi; mas sou um homem de negócios, e não queria ser enganado. Segui o homem na neblina, saindo às ruas. Ele caminhou em silêncio ao meu lado. Eu não tinha noção de onde estava.

"'De repente, me virei para ele com uma pergunta e percebi que o cavalheiro havia desaparecido. Ao concluir que eu provavelmente não dispensaria o dinheiro até *ver* a esposa e filhos passando fome, ele deixou-me a minha sina, e saiu à procura de um alvo mais disposto.

"'O lugar onde eu me encontrava era funesto e deserto. Eu não via sinal de táxi ou ônibus. Refiz meus passos e tentei encontrar o caminho de volta à estação, apenas para me ver em vizinhança pior e ainda mais deserta. Fiquei irremediavelmente perdido e envergonhado. Não tenho dúvida de que duas horas e meia possam ter se passado enquanto eu vagava pelo escuro das ruas desertas; o que me surpreende mesmo é que consegui encontrar a estação naquela noite ou, no caso, que encontrei um policial que me indicou o caminho.'

"'Mas como o senhor explica Kershaw saber de toda sua movimentação?', persistiu o meritíssimo. 'E a data exata de sua chegada à Inglaterra? Como explica estas duas cartas, aliás?'

"'Não tenho como explicar, meritíssimo', respondeu o preso, ainda com voz baixa. 'Eu provei que nunca escrevi essas cartas, e que o homem... hã... é Kershaw que se chama...? não foi assassinado por mim, não é mesmo?'

"'O senhor pode me indicar, aqui ou no exterior, alguém que saiba de sua movimentação e a data de sua chegada?'

"'Meus antigos funcionários em Vladivostok, é claro, sabiam da minha partida, mas nenhum deles poderia ter escrito essas cartas, já que não sabem nem uma palavra sequer em inglês.'

"'Então o senhor não teria como explicar estas cartas misteriosas? Não tem como ajudar a polícia em nada no que tange à elucidação deste estranho caso?'

"'O caso me parece tão estranho quanto parece ao senhor, meritíssimo, e à polícia deste país.'

"Francis Smethurst foi dispensado, é claro; não havia qualquer indicativo de prova o suficiente para levá-lo a julgamento. Os dois elementos avassaladores em sua defesa, os que derrotaram de vez a promotoria, eram, primeiro, a prova de que ele nunca havia escrito as cartas que marcavam o encontro e, segundo, o fato de que o homem que supostamente havia morrido no dia 10 fora visto bem e com vida no dia 16. Mas, então, quem neste mundo seria a pessoa misteriosa que havia informado Kershaw da movimentação do milionário Smethurst?"

3. A DEDUÇÃO

O homem da casa de chá inclinou a cabeça fina e cômica para o lado e olhou para Polly; depois pegou seu amado barbante e, com cuidado, desatou cada nó que havia feito. Quando o fio estava liso, ele o esticou sobre a mesa.

— Se assim me permitir, vou guiá-la ponto por ponto na linha de raciocínio que eu mesmo segui e que sem dúvida a levará, assim como me levou, à única solução possível do mistério. Primeiro, entenda o seguinte ponto — disse ele inquieto, recolhendo mais uma vez seu barbante e, a cada ponto que levantava, formava uma série de nós que deixaria um instrutor naval envergonhado.

"Obviamente, era *impossível* que Kershaw não conhecesse Smethurst, já que foi muito bem informado da chegada dele à Inglaterra através de duas cartas. Estava claro para mim desde o começo que *ninguém* poderia ter escrito aquelas correspondências a não ser Smethurst. A senhorita há de argumentar que foi provado na tribuna que as cartas não haviam sido escritas pelo homem. Exato. Pois lembre-se de que Kershaw era um homem desatento. Ele havia perdido os dois envelopes. Ele os considerava insignificantes. Mas nunca foi *refutado* que as cartas haviam sido escritas por Smethurst.

— Mas... — Polly interveio.

— Só um minuto — interrompeu ele, enquanto o segundo nó dava as caras. — Provou-se que, seis dias após o assassinato, William Kershaw estava vivo e visitou o Hotel Torriani, onde já era conhecido, e onde ele, convenientemente, deixou uma caderneta para que não houvesse engano quanto a sua identidade; mas nunca se questionou onde o sr. Francis Smethurst, o milionário, havia passado aquela tarde.

— Oras, mas o senhor não quer dizer que...? — disse a mulher com um arfar.

— Um instante, por favor — interveio ele, triunfal. — Como aconteceu de o senhorio do Torriani Hotel ser trazido ao tribunal? Como sir Arthur Inglewood, ou melhor, seu cliente, sabia que William Kershaw havia visitado o hotel em duas ocasiões dignas de lembrança, e que o senhorio podia apresentar provas tão confiáveis que iriam eximir o milionário para sempre da imputação de homicídio?

— De certo — concordou ela —, pelos meios normais, a polícia...

— A polícia havia ocultado todo o caso até a prisão no Hotel Cecil. Eles não anunciaram nos jornais como sempre fazem: "Caso alguém saiba do paradeiro etc.". Se o senhorio daquele hotel tivesse ouvido falar do desaparecimento de Kershaw pelos canais usuais, ele teria entrado em contato com a polícia. Sir Arthur Inglewood o apresentou. Como sir Arthur Inglewood chegou àquela pista?

— O senhor não quer dizer que...

— Ponto número quarto — retomou ele, imperturbado. — A sra. Kershaw nunca foi convidada a apresentar uma amostra da caligrafia do marido. Por quê? Porque a polícia, inteligente como a senhorita diz que é, não começou pelo caminho certo. Eles acreditavam que William Kershaw havia sido assassinado; eles procuravam William Kershaw.

"No dia 31 de dezembro, o corpo que se supunha ser de William Kershaw foi encontrado por dois balseiros. Eu mostrei à senhorita uma fotografia do local. Um lugar escuro e deserto, não é mesmo? Exatamente o lugar onde um agressor e um covarde iriam ludibriar um estrangeiro inocente, assassiná-lo, depois roubar seus pertences de valor, seus documentos, sua própria identidade e deixar o corpo apodrecer. O corpo foi encontrado em uma barcaça abandonada que estava atracada havia algum tempo contra o muro, ao pé de uma escadaria. Estava nos últimos estágios de decomposição e, é claro, não podia ser identificado; a polícia, porém, afirmava que era o corpo de William Kershaw.

"Os policiais nunca consideraram que aquele era o corpo de *Francis Smethurst, e que William Kershaw foi seu assassino.*

"Ah! Foi de uma concepção sagaz, artística! Kershaw é um gênio. Pense em tudo que ele teve que fazer! O disfarce! Kershaw tinha barba, cabelo e bigode desgrenhados. Ele raspou até as sobrancelhas! Não é à toa que a esposa não o reconheceu do outro lado do tribunal; e lembre-se de que ela nunca viu muito do rosto do réu enquanto ele estava na tribuna. Kershaw era maltrapilho, desleixado, mancava. Smethurst, o milionário, podia ter servido no exército prussiano.

"Depois, aquela adorável sugestão do retorno ao Torriani Hotel. Com alguns dias de antecedência, para comprar bigode, barba e peruca exatamente iguais aos que ele havia raspado. Preparando-se para ter a própria cara! Magnífico! Ainda esqueceu a caderneta! Hahaha! Kershaw não foi assassinado! É claro que não. Ele foi até o Torriani Hotel seis dias depois do homicídio, enquanto o sr. Smethurst, o milionário, confraternizava com as duquesas no parque! Vão enforcar um homem destes? Que vergonha!"

Ele tateou o chapéu. Com os dedos trêmulos, nervosos, respeitosamente o segurou enquanto se levantava da mesa. Polly assistiu o homem ir ao balcão, pagar dois *pence* por um copo de leite e um pão. Em seguida ele desapareceu da casa de chá, enquanto ela ainda se via desconcertada, com várias fotografias diante de si, ainda observando aquele fio de barbante comprido, sufocado de ponta a ponta com uma série de nós tão desconcertante, tão irritante e tão confuso quanto o homem que até então estava sentado naquela cadeira do canto.

4. O ROUBO EM PHILLIMORE TERRACE

Era difícil saber se a srta. Polly Burton, naquela tarde de sábado, esperava mesmo reencontrar o homem da casa de chá. O fato é que, quando se dirigiu à mesa próxima da janela e notou que ele não estava lá, a jornalista constatou em si uma sensação avassaladora de decepção. Ainda assim, com mais orgulho do que sabedoria, ela passara a semana evitando aquela filial da Aërated Bread Company.

— Achei que a senhorita não conseguiria passar tanto tempo distante — comentou uma voz suave próxima a seu ouvido.

Polly quase perdeu a compostura. De onde ele havia saído? Ela não havia escutado o mínimo ruído e, ainda assim, ali estava ele, no canto, como um pombo saído da cartola do mágico, os olhos azuis observando-a como se pedissem desculpas, seus dedos nervosos trabalhando no inevitável barbante.

A garçonete trouxe um copo de leite e um *cheesecake* para o homem. Ele comeu em silêncio, enquanto o fio de barbante permanecia intacto sobre a mesa, ao seu lado. Ao terminar, remexeu seus espaçosos bolsos e retirou a inevitável caderneta.

Posicionando uma pequena fotografia diante da mulher, ele falou calmamente:

— Esta é a parte dos fundos das casas de Phillimore Terrace, que dão para Adam and Eve Mews.

Ela olhou para a fotografia, depois para o homem, com um olhar de expectativa.

— A senhorita há de notar que os jardins dos fundos têm saída para Adam and Eve Mews. Estes becos foram construídos na forma de um F. A fotografia foi tirada mostrando a linha horizontal mais curta ao fundo, que termina, como pode observar, sem saída. O fim da linha vertical dobra para Phillimore Terrace, e a ponta da linha horizontal superior termina na rua High, Kensington. Pois naquela madrugada específica, ou no início da manhã, melhor dizendo, de 15 de janeiro, o policial D21, depois de sair de Phillimore Terrace e entrar no beco, parou por um instante no ângulo formado pela entrada vertical e comprida do beco com a horizontal curta que, como já observei, dá para os fundos das casas de Terrace, e termina sem saída.

"D21 não soube precisar quanto tempo ficou naquela esquina em específico, mas acredita que devem ter passado três ou quatro minutos até notar um indivíduo suspeito andando pelas sombras dos muros dos jardins. Ele também estava em direção cautelosa à ponta sem saída, e D21, também à sombra, foi atrás dele em silêncio.

"Ele estava quase sobrepujando o homem. Estava, aliás, a não mais do que trinta metros do outro quando, de uma das duas casas na ponta, a número 22 da Phillimore Terrace para ser exato, um homem que usava nada mais do que uma camisola saiu correndo, nervoso, e, antes de D21 ter tempo de intervir, literalmente jogou-se sobre o indivíduo suspeito, rolando várias vezes com ele sobre os paralelepípedos e gritando, atarantado: 'Ladrão! Ladrão! Polícia!'

"Levou algum tempo para o policial conseguir resgatar o vagabundo das mãos do agressor, e vários minutos até ele se fazer ouvido.

"'Chega! Chega! Já basta!', finalmente conseguiu dizer, dando um safanão no homem, o que bastou para silenciá-lo por um momento. 'Deixe o homem em paz! Não se pode fazer algazarra a essa hora da madrugada. Vai acordar a vizinhança!'

"O vagabundo infeliz, que neste meio tempo conseguira se colocar de pé de novo, não tentou fugir; deve ter pensado que suas chances não eram boas. Mas o homem da camisola havia recuperado parte do seu poder de fala e começou a vomitar frases incompletas, quase ininteligíveis:

"'Eu fui roubado... roubado... eu... no caso... meu mestre... o sr. Knopf. A escrivaninha... está aberta... os diamantes... sumiram... eu era... o encarregado... foram... roubados! Ele é o ladrão! Juro! Eu ouvi! Não faz nem três minutos... correu a escada... quebrou a porta... do jardim... eu corri no jardim... ele estava andando... por aqui... Ladrão! Ladrão! Polícia! Diamantes! Não o deixe fugir, policial... eu responsabilizo o senhor se ele fugir...'

"'Oras... já basta!', advertiu o policial assim que conseguiu encaixar uma fala. 'Pare com essa briga, sim?'

"O homem da camisola se recuperou aos poucos da agitação.

"'Posso lhe entregar este homem para ser preso?', perguntou ele.

"'Qual é a acusação?'

"'Assalto e arrombamento. Eu o ouvi, estou dizendo. Ele deve estar com os diamantes do sr. Knopf.'

"'Onde está o sr. Knopf?'

"'Viajando', resmungou o homem da camisola. 'Ele viajou a Brighton na noite passada e me deixou responsável pela casa. Agora apareceu este ladrão e...'

"O vagabundo encolheu os ombros e, de repente, sem dizer uma palavra, começou a tirar o casaco e o colete. Ele entregou ambos ao policial. O homem da camisola foi para cima das roupas com avidez, e vasculhou os bolsos maltrapilhos do avesso. De uma das janelas, uma voz hilária fazia comentários chistosos, enquanto o vagabundo, com a mesma solenidade, começou a despir-se das roupas de baixo.

O HOMEM DA CASA DE CHÁ

"'Ora, pare com esta coisa ridícula', declarou D21 com voz grave. 'O que você estava fazendo aqui a esta hora da noite?'

"'As ruas de Londres são públicas, não são?', questionou o vagabundo.

"'Não ajuda responder assim, meu caro.'

"'Então eu perdi meu rumo, foi isso', resmungou o homem, aborrecido, 'e quem sabe agora o senhor me deixa seguir adiante.'

"Naquele momento, uma dupla de policiais já havia chegado à cena. D21 não tinha intenções de perder o vagabundo de vista, e o homem da camisola havia tentado agarrar a gola daquele que acusava só por considerar a ideia de que ele poderia tentar fugir.

"Penso que D21 estava ciente do humor da situação. Ele sugeriu que Robertson (o homem da camisola) devia entrar e vestir-se, enquanto ele mesmo ia esperar pelo inspetor e pelo investigador, o qual D15 mandaria chamar na delegacia imediatamente.

"Os dentes do pobre Robertson estavam batendo de frio. Ele teve um acesso de espirros violento enquanto D21 o apressava para a casa. O último, junto a outro policial, ficou para vigiar a casa assaltada tanto pela frente quanto pelos fundos, e D15 levou o infeliz vagabundo à delegacia com vistas a enviar um inspetor e um investigador sem perder tempo.

"Quando os dois senhores chegaram ao número 22 de Phillimore Terrace, encontraram o pobre Robertson na cama, tremendo de frio, com a tez azulada. Ele já havia tomado uma bebida quente, mas seus olhos lacrimavam e sua voz estava bastante rouca. D21 posicionou-se na sala de jantar, onde Robertson lhe havia apontado a escrivaninha com a tranca quebrada e o conteúdo espalhado.

"Robertson, entre espirros, relatou o que lhe era possível quanto aos fatos que haviam transcorrido logo antes do roubo.

"Segundo ele, seu patrão, sr. Ferdinand Knopf era um comerciante de diamantes solteiro. Robertson era seu empregado havia mais de quinze anos, e o único criado que morava na residência. Uma faxineira comparecia todos os dias para as tarefas domésticas.

"Na noite anterior, o sr. Knopf jantou na casa do sr. Shipman, no número 26, logo à frente. O sr. Shipman era um joalheiro de renome cujo estabelecimento ficava na rua South Audley. A última remessa dos correios trouxera uma carta com selo de Brighton e carimbo de 'urgente' para o sr. Knopf, e ele (Robertson) ficou em dúvida se corria até o número 26 com ela, até que seu patrão voltou. Ele deu uma olhada no conteúdo da carta, pediu seu *A.B.C. Railway Guide* [Guia Ferroviário A.B.C]. e mandou ele (Robertson) fazer as malas imediatamente e chamar um táxi.

"'Eu adivinhei o que era', prosseguiu Robertson após outro acesso de espirros violento. 'O sr. Knopf tem um irmão, o sr. Emile Knopf, a quem ele é muito ligado, e que é inválido. Ele costuma viajar de um balneário a outro. Agora está em Brighton, esteve muito doente não faz muito tempo. Caso o senhor desça as escadas, creio que vai encontrar a carta ainda sobre a mesa do saguão.

"'Eu li a correspondência depois que o sr. Knopf saiu; não era de seu irmão, mas de um cavalheiro que assinou como dr. J. Collins. Não lembro das palavras exatas, mas o senhor pode ler na carta: o dr. J. Collins disse que foi chamado às pressas para atender o sr. Emile Knopf, o qual, ele acrescentou, não tinha muitas horas de vida e implorara ao médico para comunicar-se imediatamente com o irmão em Londres.

"'Antes de partir, o sr. Knopf me avisou que havia itens de valor na sua escrivaninha. Diamantes, sobretudo. E me disse para ter cuidado redobrado ao trancar a casa. É normal ele me deixar encarregado da casa desta maneira, assim como é comum haver diamantes na escrivaninha, pois o sr. Knopf não tem um escritório na cidade e é vendedor itinerante.'

"Isto, em resumo, foi a essência do que Robertson relatou ao inspetor, com muitas repetições e volubilidade.

"O investigador e o inspetor, antes de retornarem à delegacia com seu relatório, pensaram em bater à casa número 26, do renomado joalheiro sr. Shipman.

"A senhorita há de se lembrar, é claro", complementou o homem da casa de chá, contemplando seu barbante enquanto devaneava, "dos prolongamentos instigantes deste caso extraordinário. O sr. Arthur Shipman é diretor da firma Shipman and Co., joalheiros de muita fortuna. É viúvo, e tem uma vida reservada, sozinho e a seu modo antiquado, na pequena casa de Kensington, deixando a cargo de seus dois filhos casados manter o estilo e a pose própria dos representantes de uma firma tão opulenta.

"'Conheço o sr. Knopf há pouquíssimo tempo', explicou ele aos investigadores. 'Ele me vendeu duas ou três pedras, em uma ou duas ocasiões, creio eu; mas ambos moramos sozinhos e compartilhamos refeições diversas vezes. Na noite passada, ele veio jantar na minha residência. Naquela tarde ele havia recebido uma remessa muito bonita de diamantes brasileiros, como me contou, e, sabendo que há muita procura em meu estabelecimento, trouxe as pedras consigo na esperança, quem sabe, de fazer uma negociação enquanto comíamos nozes e bebíamos um vinho.

"'Comprei 25 mil libras desses diamantes', acrescentou o joalheiro, como se estivesse falando de mixaria, 'e fiz para ele, na mesa de jantar, um cheque desse valor. Creio que ambos ficamos satisfeitos com a negociação, e tomamos juntos uma última garrafa de Porto 1848. O sr. Knopf partiu por volta das 21h30, pois ele sabe que me deito cedo, e levei meus novos bens até o andar de cima, para trancá-los no cofre. Garanto que não ouvi ruído algum do beco na noite passada. Durmo no segundo andar, na frente da casa, e esta é a primeira vez que ouço falar do prejuízo do sr. Knopf...'

"Neste ponto da narrativa, o sr. Shipman fez uma parada repentina e seu rosto ficou pálido. Com um pedido apressado de licença, ele saiu do recinto sem cerimônias, e o investigador o ouviu correr rápido ao andar de cima.

"Menos de dois minutos depois, o sr. Shipman voltou. Não havia necessidade de que ele falasse; tanto o investigador quanto o inspetor adivinharam a verdade em um instante pela expressão que o renomado joalheiro trazia no rosto.

"'Os diamantes!', disse ele, suspirando. 'Fui roubado.'"

5. UMA NOITE DE AVENTURA

— Agora preciso lhe contar — prosseguiu o homem da casa de chá — que após ler nos jornais vespertinos a respeito do assalto duplo, me pus a trabalhar, dei uma boa raciocinada e... sim! — disse com um sorriso, percebendo que Polly estava de olho no barbante no qual ele continuava trabalhando. — Sim! Com o apoio deste pequeno acessório ao raciocínio... anotei como seria meu procedimento para descobrir o esperto ladrão que havia levado uma pequena fortuna em uma só noite.

"É evidente que meus métodos não são os de um investigador da polícia londrina; eles têm seu jeito próprio de conduzir o trabalho. O responsável pelo caso interrogou o joalheiro infeliz com todo rigor quanto aos criados e ao ambiente doméstico no geral.

"'Tenho três criados', explicou o sr. Shipman, 'dois dos quais estão a meu serviço há muitos anos; uma, a servente, é recém-chegada... está aqui há mais ou menos seis meses. Ela veio por recomendação de um amigo e tem excelente reputação. Ela e a copeira dividem o mesmo quarto. O cozinheiro, que me conhecia desde que eu estava na faculdade, dorme só; os quartos dos três criados ficam no andar de cima. Eu tranquei as joias no cofre do closet. Minhas chaves e relógio eu deixei, como sempre, ao lado da cama. Por regra, tenho sono muito leve.

"'Não consigo entender como pode ter acontecido... mas... seria bom vocês subirem e darem uma olhada no cofre. A chave deve ter sido subtraída de minha cabeceira, o cofre foi aberto, e a chave, devolvida... tudo enquanto eu estava dormindo. Embora eu não tenha tido motivo para olhar o cofre até agora, eu teria constatado o prejuízo antes de sair para minha loja, pois tinha intenção de levar os diamantes...'

"O investigador e o inspetor subiram para conferir o cofre. A fechadura não havia sido adulterada de modo algum; havia sido aberta com a própria chave. O investigador falou em clorofórmio, mas o sr. Shipman declarou que, quando acordou pela manhã, por volta de 7h30, não havia cheiro de clorofórmio no quarto. O protocolo do ousado ladrão, de todo modo, sugeria o uso de um anestésico. Uma análise do local trouxe à luz o fato de que o ladrão havia, tal como na casa do sr. Knopf, usado a porta de vidro do jardim como meio de ingresso, mas nesta ocasião ele havia cortado cuidadosamente a vidraça com um diamante, deslizou os ferrolhos, girou a chave e entrou.

"'Entre seus criados, quais sabiam que o senhor tinha diamantes em casa na noite passada, sr. Shipman?', perguntou o investigador.

"'Nenhum deles, devo dizer', respondeu o joalheiro, 'mas talvez a copeira possa ter ouvido eu e o sr. Knopf fazendo nossa negociação enquanto servia à mesa.'

"'O senhor faria objeção a uma revista nos alojamentos dos criados?'

"'De modo algum. Eles também não fariam objeção, decerto. São honestíssimos.'

"A revista dos pertences dos criados costuma ser um procedimento inútil", disse o homem da casa de chá, encolhendo os ombros. "Ninguém, nem mesmo uma empregada, seria tolo a ponto de deixar o objeto roubado na casa. Contudo, o procedimento farsesco foi levado a cabo, com um tanto de oposição da parte dos criados do sr. Shipman, e com o resultado de sempre.

"O joalheiro não tinha mais informações a dar. O investigador e o inspetor, não podemos negar, fizeram o serviço de investigação com todas as minúcias e, no mais, com inteligência. Pareceu-me evidente, a partir de suas deduções, que o ladrão havia iniciado os procedimentos no número 26 da Phillimore Terrace e depois seguira adiante, provavelmente escalando os muros do jardim entre as casas para chegar ao número 22, onde quase foi pego em flagrante por Robertson. Os fatos eram bastante simples, mas restava o mistério em relação a como o indivíduo obtivera a informação de que havia diamantes nas duas casas e quanto aos meios que adotou para conseguir aquela informação. Era óbvio que o ladrão ou os ladrões sabiam mais dos negócios do sr. Knopf do que do sr. Shipman, já que usaram o nome do sr. Emile Knopf para tirar seu irmão de casa.

"Eram quase dez horas da manhã e os investigadores, após despedirem-se do sr. Shipman, voltaram ao número 22 para saber se o sr. Knopf havia retornado; a porta foi aberta pela velha faxineira, que informou que seu senhor estava de volta e tomava o café da manhã na sala de jantar.

"O sr. Ferdinand Knopf era um homem de meia-idade, de feições pálidas, cabelo e barba preta, de óbvias origens hebraicas. Tinha sotaque estrangeiro acentuado, embora tenha sido muito cortês com os dois policiais, aos quais pediu licença para continuar seu desjejum.

"'Eu estava pronto para ouvir a má notícia', explicou ele, 'que meu caro Robertson contou quando cheguei. A carta que recebi ontem era falsa; não existe essa pessoa chamada dr. J. Collins. Meu irmão nunca esteve tão bem na vida. O senhores, creio eu, muito em breve localizarão o ardiloso autor desta epístola... Ah! Mas vocês imaginem minha fúria quando cheguei ao Hilton Brighton Metropole e descobri que Emile, meu irmão, nunca ouvira falar de dr. Collins algum.

"'O último trem para a cidade havia partido, mas eu corri de volta à estação o mais rápido que pude. O pobre Robertson está com uma gripe terrível. Ah, sim! Meu prejuízo! Para mim é muito sério; se eu não tivesse feito aquela negociação fortuita com o sr. Shipman na noite anterior, é possível que neste momento eu fosse um homem arruinado.

"'As pedras que eu tinha ontem eram, em primeiro lugar, brasileiras e magníficas; vendi a maioria ao sr. Shipman. Eu ainda tinha ótimos diamantes do Cabo, todos perdidos; e alguns parisienses, muito especiais, de grande refino e ótimo acabamento, que me foram confiados à venda por uma grande casa francesa. Digo aos senhores que meu prejuízo será, no total, de quase dez mil libras. Vendo por comissão e, evidentemente, terei que compensar este desfalque.'

"Era evidente que ele estava tentando demonstrar uma compostura viril diante de seu triste destino, como caberia a um homem de negócios. Ele se recusava terminantemente a atribuir qualquer culpa que fosse a seu velho e fiel criado Robertson, que poderia ter acabado com aquela gripe mortal devido ao zelo pelo patrão ausente. A ideia de que qualquer indício de desconfiança pudesse recair, o mínimo que fosse, àquele homem, era afrontosíssima ao sr. Knopf.

"O sr. Knopf não sabia nada a respeito da velha faxineira, fora o fato de que ela lhe havia sido recomendada por um dos comerciantes do bairro, e parecia devidamente honesta, respeitosa e séria.

"Quanto ao vagabundo, o sr. Knopf sabia ainda menos, tampouco podia imaginar como ele, ou qualquer pessoa, poderia saber que ele teria diamantes em casa naquela noite. Este era, sem sombra de dúvida, o grande empecilho do caso.

"O sr. Ferdinand Knopf, por insistência da polícia, posteriormente foi à delegacia e conferiu o vagabundo suspeito. Declarou que nunca havia posto os olhos naquele homem.

"O sr. Shipman, no caminho da loja para a casa naquela tarde, fez o mesmo e deu declaração similar.

"Conduzido frente ao magistrado, o vagabundo não soube se explicar muito bem. Deu nome e endereço, sendo que o último, é claro, mostrou-se falso. Depois disso, recusou-se terminantemente a falar. Parecia que não se importava se ia ser preso ou não. Em seguida, até a polícia percebeu que, de momento e de qualquer maneira que fosse, não obteriam nada com o vagabundo suspeito.

"O sr. Francis Howard, o investigador encarregado do caso, embora não fosse admitir nem a si, estava no seu limite. A senhorita deve lembrar que o roubo, dada sua pura simplicidade, era um caso misteriosíssimo. O policial D21, que havia fiscalizado Adam and Eve Mews supostamente enquanto a casa do sr. Knopf era assaltada, não havia visto ninguém voltar da rua sem saída para a passagem principal do beco.

"Os estábulos, que davam para a entrada dos fundos das casas de Phillimore Terrace, eram todos particulares e pertenciam aos moradores do bairro. Os cocheiros, suas famílias e todos os cavalariços que dormiam nos estábulos foram observados e interrogados com todo apuro. Sem exceção, nenhum havia visto o que quer que fosse, nem ouvido o que quer que fosse, até que os gritos de Robertson os despertaram do sono.

"Quanto à carta de Brighton, era banal ao extremo, escrita em papel de carta que o investigador, com astúcia maquiavélica, associou a uma papelaria da rua West. Mas o que ele obteve daquela loja em particular foi muito parco: dezenas de pessoas haviam comprado papel de carta parecido com aquele em que o suposto médico havia escrito sua carta fraudulenta. A letra era apertada, talvez disfarçada; de qualquer modo, exceto sob circunstâncias excepcionais, ela não renderia pista alguma quanto à identidade do ladrão. Não é preciso dizer que o vagabundo, quando ordenado a escrever seu nome, escreveu com letra muito diferente e sem qualquer refinamento.

"A questão permanecia no mesmo estado de insistente mistério quando se fez uma pequena descoberta, que sugeriu ao sr. Francis Howard uma ideia que, se bem desenvolvida, traria, esperava-se, o astucioso ladrão às mãos da polícia.

"A ideia foi a descoberta de alguns dos diamantes do sr. Knopf", prosseguiu o homem da casa de chá depois de uma breve pausa, "evidentemente pisoteados pelo ladrão enquanto corria com pressa do jardim da Phillimore Terrace, número 22.

"Ao fim deste jardim há um pequeno ateliê que havia sido construído por um antigo proprietário da casa, e atrás dele há um pequeno terreno baldio, de mais ou menos meio metro quadrado, que já havia sido um jardim de inverno e ainda está cheio de pedregulhos soltos, sendo que à sombra deles inumeráveis lacraias e tatus-bolinhas se fartam com alegria.

"Foi Robertson que, dois dias depois do assalto, tendo a necessidade de uma pedra grande para um fim ou outro, deslocou uma do terreno baldio e encontrou pedrinhas brilhosas. O sr. Knopf não demorou a levá-las à delegacia e identificou que eram parte dos diamantes parisienses.

"Mais tarde, o investigador foi conferir o local onde a descoberta havia sido feita, e ali concebeu o plano a partir do qual armou grandes esperanças.

"Agindo sob orientação do sr. Francis Howard, a polícia decidiu deixar o vagabundo anônimo sair de seu recôndito seguro na delegacia, e deixar que vagasse por onde bem entendesse. Uma boa ideia, quem sabe, sendo a suposição de que, cedo ou tarde, se o homem estivesse envolvido de alguma maneira com os astuciosos ladrões, ele ia ou reencontrar seus camaradas ou quem sabe até conduziria a polícia aonde estava escondido o resto do tesouro; não é preciso dizer que seus passos seriam literalmente farejados.

"O miserável vagabundo, assim que foi solto, saiu da delegacia puxando seu casaco fino por cima dos ombros, pois fazia uma tarde gelada. Ele iniciou operações entrando na Town

Hall Tavern para uma boa refeição e bebida abundante. O sr. Francis Howard observou que ele encarava cada pessoa com desconfiança, mas aparentemente gostou do jantar, e ficou algum tempo sentado com uma garrafa de vinho.

"Era perto das quatro da tarde quando ele deixou a taverna, e então teve início para o infatigável sr. Howard uma das caçadas mais cansativas e desinteressantes de que ele se recorda pelos labirintos das ruas de Londres. Subindo Notting Hill, descendo os cortiços de Notting Dale, passando a rua High, depois Hammersmith, depois por Shepherd's Bush, o vagabundo anônimo guiou o infeliz investigador, sem nunca se apressar, parando vez ou outra em um *pub* para tomar um gole, momentos em que o sr. Howard nem sempre se importava em acompanhá-lo.

"Apesar da fadiga, as esperanças do sr. Francis Howard cresciam a cada meia hora com este vagabundo cansativo. O homem estava obviamente querendo matar tempo; parecia não sentir cansaço algum, que só caminhava e caminhava, talvez com a suspeita de que era seguido.

"Por fim, com o coração palpitante, embora quase morto de tanto frio e com pés muito doloridos, o investigador começou a se dar conta de que o vagabundo estava gradualmente voltando a Kensington. Já era perto das onze da noite; o homem havia subido e descido a rua High uma ou duas vezes, da St. Paul's School à Derry & Toms, e voltado. Ele havia conferido uma ou duas ruas laterais e, enfim, dobrou na Phillimore Terrace. Não parecia apressado. Até parou uma vez no meio da rua e tentou acender um cachimbo, algo que, com o forte vento que vinha do leste, tomou-lhe tempo considerável. Então ele foi caminhando devagar rua abaixo, e dobrou em Adam and Eve Mews, com o sr. Francis Howard firme em seu encalço.

"Seguindo as instruções do investigador, havia vários agentes à paisana prontos para o primeiro chamado na vizinhança. Dois estavam nas sombras dos degraus da Igreja Congregacional, na esquina da rua. Outros estavam posicionados para agir a um mero apito.

"Assim, mal a lebre havia dobrado na ponta sem saída aos fundos de Phillimore Terrace que, a um suave aviso do sr. Francis Howard, todas as saídas lhe foram travadas e ele ficou como um rato na ratoeira.

"Assim que o vagabundo havia avançado por volta de trinta metros (a extensão completa desta região do beco é de uns cem metros) e se perdeu nas sombras, o sr. Francis Howard orientou quatro ou cinco de seus homens para andar com cautela rua acima, enquanto o mesmo número devia formar uma fileira pela frente de Phillimore Terrace, entre o beco e a rua High.

"Lembre a senhorita que os muros de fundo dos jardins projetavam sombras compridas e densas, mas a silhueta do homem ficaria bem delineada se ele fizesse qualquer tentativa de escalá-los. O sr. Howard tinha certeza de que o ladrão estava decidido a recuperar os bens roubados, os quais ele havia escondido no fundo de uma das casas, sem dúvida. Seria pego em flagrante delito e, com uma pena pesada pairando sobre si, provavelmente seria convencido a dar o nome de seu cúmplice. O sr. Francis Howard estava muito satisfeito consigo mesmo.

"Os minutos aceleraram; apesar da presença de muitos agentes, reinava no beco escuro e deserto um silêncio absoluto.

"É claro que nunca houve autorização para esta noite de aventura chegar aos jornais", continuou o homem da casa de chá com um sorriso suave. "Se o plano tivesse tido sucesso, teríamos ouvido tudo a respeito, com uma longa matéria elogiosa quanto à perspicácia da nossa polícia; mas, do jeito que se deu... Bom, o vagabundo passeou beco acima e... ali permaneceu por motivo que nem o sr. Francis Howard nem os outros policiais conseguiriam explicar. A terra ou as sombras engoliram-no. Ninguém o viu escalar um dos muros do jardim, ninguém o ouviu arrombar uma porta; ele havia se retirado para as sombras dos muros, e não foi mais visto nem ouvido."

— Um dos criados nas casas de Phillimore Terrace fazia parte da gangue — disse Polly, segura de si.

— Ah, sim! Mas qual? — perguntou o homem da casa de chá, fazendo um belo nó com seu barbante. — Eu lhe garanto que a polícia não mediu esforços para encontrar o vagabundo que haviam mantido na cadeia por dois dias. Mas não acharam nem sinal dele, nem dos diamantes, até hoje.

6. TUDO QUE ELE SABIA

— O vagabundo havia sumido — prosseguiu o homem da casa de chá —, e o sr. Francis Howard tentava localizá-lo. Dando a volta até a frente, e vendo as luzes do número 26 ainda acesas, chamou o sr. Shipman. O joalheiro havia recebido amigos para jantar e estava servindo um drinque de uísque e refrigerante antes de despedir-se. Os criados haviam acabado de terminar a louça e aguardavam para dormir; nem eles, nem o sr. Shipman, tampouco seus convivas, viram ou ouviram algo do indivíduo suspeito.

"O sr. Francis Howard foi ver o sr. Ferdinand Knopf. Este cavalheiro estava tomando um banho quente, preparando-se para ir para a cama, ou assim Robertson contou ao investigador. Contudo, o sr. Knopf insistiu em conversar com o sr. Howard pela porta do banheiro. O sr. Knopf lhe agradeceu por todo o empenho que vinha demonstrando e tinha certeza de que ele e o sr. Shipman em breve iam retomar a posse dos diamantes graças ao perseverante investigador."

O homem da casa de chá deu uma risada.

— Pobre sr. Howard. Ele foi perseverante... mas não conseguiu avançar mais do que isso; nem ele nem ninguém, neste caso. Nem eu conseguiria prender os ladrões mesmo que contasse à polícia tudo o que sei.

"Então, acompanhe meu raciocínio, ponto por ponto", continuou ele com avidez. "Quem sabia da presença de diamantes nas casas do sr. Shipman e do sr. Knopf? Para começar", disse ele, erguendo um dedo que parecia uma garra, "O sr. Shipman, o sr. Knopf e, depois, supostamente, o criado Robertson."

— E o vagabundo? — perguntou Polly.

— Deixemos o vagabundo de lado por um momento, dado que ele sumiu, e passemos ao ponto número dois. O sr. Shipman foi drogado. Isto era óbvio. Nenhum homem sob circunstâncias ordinárias iria ter suas chaves surrupiadas da própria cabeceira e depois devolvidas sem acordar. O sr. Howard sugeriu que o ladrão estava em posse de algum anestésico; mas como o sujeito entrou no quarto do sr. Shipman sem acordá-lo do sono natural? Não é mais simples supor que o ladrão havia tomado a precaução de drogar o joalheiro *antes* que ele fosse para a cama?

— Mas...

— Só um instante, pois atente ao ponto número três. Embora houvesse todas as provas de que o sr. Shipman estava em posse de 25 mil libras em mercadorias, já que o sr. Knopf tinha um cheque dele nesta quantia, não havia prova de que houvesse uma mísera pedra que valesse uma pataca na casa do sr. Knopf.

"E, mais uma vez", prosseguiu o homem magro, cada vez mais animado, "já ocorreu à senhorita, ou terá ocorrido a alguém, que *em momento algum,* enquanto o vagabundo estava preso, enquanto toda a operação de busca e apreensão estava transcorrendo, alguém viu o sr. Knopf e seu criado Robertson juntos?

"Ah!", prosseguiu ele, enquanto a jovem via todo o caso como uma miragem, "Eles não esqueceram de um só detalhe. Acompanhe-os comigo, ponto por ponto. Dois malandros ardilosos... gênios, como deviam ser chamados... bem abastecidos de fundos ilícitos... mas decididos a dar um grande golpe. Eles fingem que são homens respeitáveis por, digamos, seis meses. Um é o patrão, o outro é o criado; eles ficam em uma casa na mesma rua da vítima almejada, fazem amizade com ela, realizam uma ou duas transações dignas de crédito, mas pequenas, sempre tirando dos fundos de reserva, que poderia até ser de algumas centenas de libras... e um pouco de crédito.

"Então, os diamantes brasileiros, depois os parisienses... os quais, lembre-se, eram tão perfeitos que exigiam testagem química para comprovação. Vendem-se as pedras parisienses, não em âmbito comercial, é claro, mas à noite, depois do jantar e de uma boa dose de vinho. As brasileiras do sr. Knopf eram belíssimas; perfeitas! O sr. Knopf era um renomado comerciante de diamantes.

"O sr. Shipman as comprou... mas, pela manhã, teria ocorrido a constatação sóbria. O cheque seria sustado antes de compensado, o vigarista seria capturado. Não! As belíssimas pedras parisienses não deveriam ficar no cofre do sr. Shipman até a manhã. Aquela última garrafa de Porto 1848, com ajuda de um soporífico potente, garantiram que o sr. Shipman dormiria imperturbado por toda a noite.

"Ah! Lembre-se de todos os detalhes, que admiráveis! A carta postada em Brighton pelo malandro para si mesmo, a escrivaninha quebrada, a vidraça destruída na própria casa. O criado Robertson na vigília, enquanto o próprio Knopf, em roupas maltrapilhas, abria caminho até o número 26. Se o Policial D21 não houvesse chegado à cena, não haveria encenação daquela comédia tão empolgante. O que aconteceu foi que, na suposta luta, os diamantes do sr. Shipman passaram das mãos do vagabundo para as do cúmplice.

"Então, posteriormente, Robertson fica adoentado e de cama, enquanto seu patrão já estava de volta... a propósito, nunca ocorreu a ninguém que não se viu o sr. Knopf voltar para casa, embora ele com certeza teria voltado de táxi. Daí o papel duplo que um homem só desempenhou nos dois dias seguintes. Algo que nunca ocorreu nem à polícia nem ao inspetor. Lembre-se que eles só viram Robertson quando este estava na cama com uma gripe forte. Mas Knopf tinha que ser tirado do xilindró assim que possível; o duplo papel não podia se manter por muito tempo. Daí a história dos diamantes encontrados no jardim do número 22. Os ardilosos bandidos supuseram que haveria o procedimento padrão, e o suspeito do furto poderia visitar a cena onde seu butim estava escondido.

"Tudo havia sido antevisto, e Robertson deve ter ficado em vigília constante. O vagabundo parou em Phillimore Terrace por alguns instantes e, veja só, acendeu um cachimbo. O cúmplice, portanto, estava totalmente alerta; ele abriu os ferrolhos do portão do jardim nos fundos. Cinco minutos depois, Knopf estava dentro da casa e dentro de uma banheira quente, livrando-se do disfarce de nosso amigo vagabundo. Lembre-se novamente de que o investigador, neste momento, não o viu.

"Na manhã seguinte, o sr. Knopf, de cabelo e barba pretos e tudo mais, era ele mesmo de novo. O truque inteiro dependia de uma única arte, que os dois espertalhões conheciam com perfeição absoluta: a arte de um se passar por outro.

"Eles são irmãos, supostamente. Irmãos gêmeos, eu diria."

— Mas, o sr. Knopf... — disse Polly.

— Bom, veja no Guia Comercial; a senhorita encontrará F. Knopf & Co., comerciantes de diamantes, com um endereço na cidade. Pergunte da firma no ramo; a senhorita vai saber que é de reputação firme, consagrada, com base financeira sólida. Hahaha! Muito merecida — complementou o homem da casa de chá, que chamou a garçonete, pagou a conta e, pegando seu chapéu surrado, saiu do recinto com seu barbante.

7. O MISTÉRIO DE YORK

O homem da casa de chá parecia de ótimo humor naquela manhã. Ele havia tomado dois copos de leite e permitira-se a extravagância de um *cheesecake*. Polly sabia que ele estava ansioso para falar sobre crimes e histórias policiais, pois de tempos em tempos lhe lançava olhares furtivos. O homem pegou um barbante, atou e desatou dezenas de nós complexos e, por fim, ao tirar sua caderneta, dispôs duas ou três fotografias diante da jornalista.

— Sabe quem é? — perguntou ele, apontando para uma das fotos.

A moça olhou o rosto no retrato. Era uma mulher, não exatamente bonita, mas de aparência muito meiga e infantil, com um ar patético nos olhos grandes que rendia certa atração.

— Esta era lady Arthur Skelmerton — disse ele. E imediatamente manifestou-se na mente de Polly a história bizarra e trágica que havia partido o coração da tão adorável mulher. Lady Arthur Skelmerton! O nome lembrava uma das passagens mais desconcertantes e misteriosas nos anais dos crimes sem solução.

— Sim. Foi uma tristeza, não? — comentou ele, respondendo aos pensamentos de Polly. — Outro caso que, não fossem os erros crassos da parte da polícia, devia estar explicado ao público e satisfeito o nervosismo geral. A senhorita faria objeção se eu recapitulasse os detalhes preliminares?

Ela permaneceu em silêncio, então ele continuou sem esperar resposta.

— Tudo aconteceu durante a semana das corridas em York, época que traz à tranquila cidade histórica sua cota de figuras suspeitas, que se congregam onde dinheiro e inteligência costumam escapulir daqueles que os têm. Lorde Arthur Skelmerton, figura bem conhecida na sociedade londrina e nos circuitos de turfe, havia alugado um dos belos casarões com vista para a pista. Ele havia inscrito Peppercorn, prole de St. Armand e Notre Dame, para a Great Harbor Handicap. Peppercorn havia vencido em Newmarket e sua vitória em Ebor era tratada quase como uma certeza.[*]

"Se a senhorita já esteve em York, deve ter notado os belos casarões cujo acesso e as entradas principais ficam na rua chamada 'The Mount', dos quais os jardins vão até a pista de corrida e proporcionam uma bela visão de todo o percurso. Foi uma dessas casas, chamada The Elms, que lorde Arthur Skelmerton havia alugado para o verão.

"Lady Arthur chegou com os criados alguns dias antes da semana de corridas. Ela não tinha filhos; tinha, porém, muitos amigos em York, já que era filha do velho sir John Etty, fabricante de chocolate e quacre linha-dura que, como se dizia, tinha o maior controle possível do seu bolso e tinha opinião desfavorável sobre a afeição do genro pelas mesas de carteado e as bancas de aposta.

"Maud Etty, a propósito, havia casado com o belo tenente dos hussardos terminantemente contra a vontade do pai. Mas ela era filha única e, depois de boa dose de objeção e

---

* A Great Harbor Handicap é uma das corridas tradicionais do circuito inglês de turfe; o termo *handicap* refere-se à desvantagem que é imposta a alguns cavalos com bom histórico de agilidade: eles têm que carregar pesos para competir em pé de igualdade com os outros cavalos. Já Newmarket refere-se à pista na cidade de mesmo nome, que é um polo de criação de cavalos de corrida e que sedia muitas das principais corridas do circuito inglês de turfe. [*N.T.*]

resmungos, sir John, que idolatrava a jovem, cedeu aos seus caprichos e o consentimento relutante ao casamento lhe foi arrancado.

"Porém, sendo homem de Yorkshire, ele era muito astuto e experiente para não saber que o amor tinha pouquíssimo a ver com o que persuadiu o filho de um duque a casar-se com a filha de um fabricante de chocolates. E ele decidiu que, como o casamento aconteceria por conta de sua fortuna, enquanto ele fosse vivo tal quantia deveria ao menos garantir a felicidade dela. Recusou-se a dar a lady Arthur qualquer capital que, apesar da melhor redação que um contrato pudesse ter, cedo ou tarde cairia nos bolsos dos amigos de lorde Arthur no turfe. Mas deixou uma mesada muito generosa para a filha, que consistia em mais de 3 mil libras por ano, o que lhe possibilitava manter uma casa apropriada a sua nova posição.

"Veja que boa parte destes fatos, por mais íntimos que sejam, vazaram durante aquele período de muita exaltação que se seguiu ao assassinato de Charles Lavender, e quando os olhares do público estavam fixos em lorde Arthur Skelmerton, sondando os detalhes privados de sua vida ociosa e fútil.

"Logo virou assunto das fofocas que a pobre lady Arthur continuava devota de seu belo marido apesar do óbvio descaso dele. E como ainda não o havia gerado um herdeiro, ela se acomodou a sempre pedir perdão por sua vã existência, pagando por isso ao obsequiar todos as fraquezas do marido e perdoando seus vícios, chegando a ponto de ocultá-los do olhar indiscreto de sir John, que fora convencido a encarar seu genro como paradigma de todas as virtudes domésticas e modelo de marido.

"Entre os diversos gostos caros de lorde Arthur Skelmerton estavam, de certo, o gosto pelos cavalos e pelas cartas. Após algum sucesso nas apostas no início da vida de casado, ele havia aberto um haras. O qual se dizia que, dada sua grande sorte, lhe era uma fonte de renda constante.

"Contudo, Peppercorn, após as performances brilhantes em Newmarket, não continuou cumprindo as expectativas de seu dono. Atribuiu-se seu colapso em York à pista árdua e a diversas outras causas, mas seu efeito imediato foi deixar lorde Arthur Skelmerton no que as pessoas chamam de 'sinuca de bico', pois ele havia apostado tudo que podia em seu cavalo e devia estar prestes a perder consideravelmente mais do que 5 mil libras só naquele dia.

"O colapso do favorito e a vitória magnífica do azarão King Cole, por outro lado, provou-se ouro para os agenciadores de apostas, e todos os hotéis de York ficaram lotados de jantares e ceias oferecidos pela confraria do turfe para comemorar a ocasião de bonança. O dia seguinte era uma sexta-feira, um dos poucos eventos importantes do esporte, depois do qual a multidão de pessoas esplêndidas e as de caráter duvidoso que se aglomerara na respeitável cidade durante a semana iria partir para cenas mais aprazíveis e deixaria York, sua boa e velha igreja e seus muros vetustos, tão sossegada quanto antes.

"Lorde Arthur Skelmerton também planejava partir de York no sábado, e na sexta-feira à noite ofereceu um jantar de despedida em The Elms, no qual lady Arthur apareceu. Após o jantar, os cavalheiros sentaram-se para jogar bridge, ostentando sérios montantes, disso tenho certeza. Eram pouco mais de onze da noite naquela cidade paroquiana quando os policiais McNaught e Murphy, que estavam patrulhando a pista de corrida, assustaram-se com gritos de 'assassinato' e 'polícia'.

"Averiguando rapidamente de onde partiam os gritos, eles apressaram o galope e depararam-se, muito próximo aos limites do terreno de lorde Arthur Skelmerton, um grupo de três homens, dois dos quais pareciam no meio de uma briga vigorosa, enquanto o terceiro estava caído de rosto no chão. Assim que os policiais se aproximaram, um dos que brigava berrou com mais vigor e com algum tom de autoridade:

"'Ei, meus camaradas, mais rápido, venham! O bruto vai dar no pé!'

"Mas o bruto não parecia propenso a fazer coisa do gênero; em vez disso, ele se desvencilhou do agressor com um puxão violento e não tentou fugir. Os policiais desceram rápido das montarias, enquanto aquele que havia gritado por socorro no início complementou em tom mais reservado.

"'Meu nome é Skelmerton. Este é o limite da minha propriedade. Eu estava fumando um charuto no caramanchão logo ali com um amigo quando ouvi vozes alteradas, seguidas de um grito e um gemido. Desci a escada correndo e vi este pobre sujeito caído no chão com uma faca entre as omoplatas, e seu assassino', complementou ele, apontando para o homem que estava em silêncio, com a mão firme do policial McNaught sobre seu ombro, ainda curvado sobre o corpo da vítima. 'Infelizmente, cheguei tarde demais para salvar a pessoa, mas a tempo de me engalfinhar com o esse criminoso...'

"'É mentira!', interrompeu o homem, com a voz rouca. 'Não fui eu, policial; juro que não. Eu vi o homem cair... eu estava vindo de uns cem metros e tentei ver se o pobre camarada estava morto. Juro que não fui eu.'

"'Vai ter que se explicar ao inspetor daqui a pouco, meu caro', comentou o sossegado policial McNaught. Ainda clamando sua inocência com vigor, o acusado permitiu-se ser conduzido e o corpo foi transportado à delegacia, aguardando a plena identificação.

"Na manhã seguinte, os jornais estavam tomados pela tragédia; dedicou-se uma coluna e meia do *New York Herald* ao relato da valente captura do assassino por parte de lorde Arthur Skelmerton. O capturado continuou a declarar sua inocência, mas comentou, com humor sinistro, ou assim pareceu, que via estar em uma sinuca de bico, da qual, todavia, teria facilidade de se livrar. Ele havia afirmado à polícia que o nome do falecido era Charles Lavender, um agenciador de apostas bastante conhecido. O fato logo se confirmou, pois muitos dos 'camaradas' do assassinado ainda estavam na cidade.

"Até o momento, o mais agressivo dos jornalistas ainda fora incapaz de coletar mais informações da polícia; ninguém duvidava, contudo, que o preso havia assassinado o homem com intenção de roubo. O acusado declarou chamar-se George Higgins. O inquérito foi marcado para a terça-feira após o homicídio.

"Lorde Arthur viu-se obrigado a permanecer em York por mais dias, pois seu depoimento seria necessário. Talvez esse fato tenha acrescentado certa dose de interesse ao caso por parte da alta sociedade de York e Londres. Charles Lavender, no mais, era bem conhecido no turfe; mas nem uma granada que explodisse sob os muros da antiga paróquia teria deixado os moradores mais pasmos do que a notícia que, por volta das dezessete horas do dia do inquérito, espalhou-se como um incêndio pela cidade. A informação era de que a investigação havia sido concluída às três horas da tarde com o veredito de 'homicídio doloso pelas mãos de pessoa ou pessoas desconhecidas' e que, duas horas depois, a polícia havia prendido lorde Arthur Skelmerton em sua residência, The Elms e, de posse de um mandado, acusado-o do homicídio de Charles Lavender, agenciador de apostas."

8. A ACUSAÇÃO CAPITAL

— A polícia, sentindo instintivamente que havia um mistério em torno da morte do agenciador de apostas e das declarações serenas de inocência do suposto assassino, havia tido percalços consideráveis para reunir todas as provas possíveis para o inquérito que pudessem lançar luz sobre a vida de Charles Lavender antes de seu trágico fim. Assim, um grande número de depoentes foi levado frente ao investigador-legista, sendo o principal deles, é claro, lorde Arthur Skelmerton.

"Os primeiros convocados foram os dois policiais, que depuseram que, assim que os sinos da igreja bateram as onze da noite, ouviram os gritos de socorro, foram cavalgando até o local de onde os sons vinham e encontraram o prisioneiro nas mãos fortes de lorde Arthur Skelmerton, que imediatamente acusou o homem de assassinato e o entregou para prisão. Os dois policiais deram a mesma versão do incidente, e ambos concordaram em relação ao horário em que ocorreu.

"As provas médicas depuseram que o falecido havia sido apunhalado pelas costas, entre as omoplatas, enquanto caminhava, que a ferida foi infligida por uma grande faca de caça, deixada presa ao ferimento, e que foi apresentada.

"Lorde Arthur Skelmerton então foi convocado e repetiu substancialmente o que já havia contado aos policiais. Ele afirmou, a saber, que na noite em pauta recebera amigos para jantar e que depois jogaram bridge. Ele mesmo não jogou muito e, alguns minutos antes das onze da noite, saiu com um charuto até o caramanchão na ponta do jardim; mais tarde, ele ouviu as vozes, o grito e o gemido que havia descrito, e conseguiu conter o assassino até a chegada dos policiais.

"Neste ponto, a polícia propôs chamar o depoente de nome James Terry, um agenciador de apostas, que havia sido instrumental na identificação do falecido, seu 'camarada'. Foi seu depoimento o primeiro a trazer ao caso aquele elemento de alarde que culminou na prisão escandalosa do filho de um duque sob acusação capital.

"Parece que, na noite após a Ebor Handicap, Terry e Lavender estavam no bar do Black Swan Hotel tomando drinques.

"'Eu havia me saído bem com o fiasco do Peppercorn', explicou ele, 'mas o pobre Lavender estava na fossa. Ele tinha feito algumas poucas apostas contra o favorito, e o resto do dia não lhe tinha sido bom. Eu perguntei se fizera alguma aposta com o dono do Peppercorn, e Lavender me disse que tinha apenas uma por menos de quinhentas libras.

"'Eu ri e disse que, se ele tivesse feito uma aposta de 5 mil libras, não ia fazer diferença, pois pelo que eu tinha ouvido dos outros camaradas, lorde Arthur Skelmerton estava acabado. Lavender deu a impressão de estar muito chateado com a situação e jurou que ia tirar aquelas quinhentas libras de lorde Arthur, mesmo que ninguém conseguisse mais um pêni com o homem.

"'Falou que era o único dinheiro que tinha ganhado naquele dia e que iria pegá-lo. Eu disse que ele não iria conseguir, mas Lavender insistiu. Repliquei que era melhor que fosse rápido, porque todo mundo ia querer uma parte também. Então Lavender riu e falou que eu podia ter certeza de que ele seria pago, pois tinha uma coisa no bolso que faria os olhos da lady e de sir John Etty se abrirem diante do querido lorde.

"'Depois, parece que ele pensou que havia ido longe demais e não me disse mais nada sobre a situação. Eu o vi na pista no outro dia. Perguntei se ele tinha recebido as quinhentas libras. Ele disse: 'Não, mas hoje eu recebo.'

"Lorde Arthur Skelmerton, depois de dar seu próprio depoimento, deixou o tribunal; portanto, era impossível saber como ele reagiria a este relato, que lançava luz a uma associação com o falecido sobre a qual ele não havia dito nada.

"Nada depunha contra o relato de James Terry quanto aos fatos que ele havia apresentado ao júri. Foi quando a polícia informou ao investigador-legista que propunha trazer o próprio George Higgins ao banco de testemunhas, pois seu depoimento provaria, por assim dizer, um complemento e corolário ao de Terry. O júri assentiu com vigor.

"Se James Terry, o agente de apostas, espalhafatoso, pomposo e vulgar, era um indivíduo repulsivo, decerto George Higgins, que ainda estava sendo acusado de assassinato, era dez mil vezes pior.

"Relaxado, obsequioso, nada ilibado e ainda insolente, ele era a personificação do cretino que circula pelas pistas de corrida e que vive não tanto da própria inteligência, mas da falta desta em outros. Ele se descreveu como um agente comissionado do turfe, seja lá o que isso quer dizer.

"Ele afirmou que, por volta das seis da tarde da sexta-feira, quando a pista ainda estava cheia de gente, todos correndo após o dia entusiasmado, ele estava por acaso perto da cerca-viva que delimitava o terreno de lorde Arthur Skelmerton. Há um caramanchão na ponta do jardim, explicou ele, em parte levemente elevada, e ele conseguiu ouvir e ver um grupo de damas e senhores tomando chá. Alguns degraus levavam um pouco à esquerda do jardim até a pista, e no mesmo instante ele percebeu, no último destes degraus, lorde Arthur Skelmerton e Charles Lavender parados, conversando. Ele reconheceu os dois cavalheiros de vista, mas não conseguia enxergá-los muitos bem porque estavam parcialmente ocultos pela cerca viva. Ele tinha certeza de que os cavaleiros não o haviam visto, e não pôde deixar de entreouvir a conversa dos dois:

"Lorde Arthur avisou a Lavender que aquela era sua última palavra, que não tinha dinheiro para pagar no momento, e que ele teria que esperar. Mas Lavender retrucou que não podia esperar, que tinha compromissos também, e que não queria que o chamassem de caloteiro quando lorde Arthur estava lhe devendo quinhentas libras. Em seguida, ameaçou deixar sir John dar uma conferida em uma nota promissória que pegara do lorde há alguns anos. Essa nota continha a assinatura de sir John com a letra de lorde Arthur. Talvez a polícia pudesse dar uma conferida.

"Lorde Arthur avisou Lavender sobre como a lei chamava o que ele estava fazendo, mas Lavender declarou não se importar, dizendo que se fosse arruinado, arruinaria lorde Arthur também.

"'Ele estava falando muito alto e creio que alguns dos convivas de lorde Arthur no caramanchão ouviram. Ele deve ter pensado a mesma coisa, pois em seguida falou que mandaria a polícia prender Lavender por extorsão, se ele não fechasse a boca. Lavender começou a rir e declarou que lorde Arthur não ousaria fazer aquilo. Mas então uma dama do alto da escada disse: "Seu chá vai esfriar". Lorde Arthur virou-se para ir embora; mas, logo antes de ir, Lavender lhe falou que voltaria à noite para pegar o dinheiro.'

"Supõe-se que George Higgins, depois de ouvir aquela interessante conversa, ficou matutando se não podia transformar o que sabia em lucro. Sendo um cavalheiro que vive apenas de sua esperteza, informações daquele tipo compunham sua única fonte de renda. Como medida preliminar para ações futuras, ele decidiu não perder Lavender de vista pelo resto do dia.

"'Lavender foi jantar no Black Swan', explicou o sr. George Higgins, 'e eu, depois de fazer uma boquinha, esperei do lado de fora até vê-lo sair. Por volta das dez da noite, recebi a recompensa pela minha diligência. Ele disse ao carregador de bagagens para chamar um cabriolé e em seguida saltou ao coche. Não consegui ouvir que orientação ele deu ao condutor, mas o cabriolé certamente partiu na direção da pista.

"'Eu estava interessado no caso', prosseguiu o depoente, 'e não tinha como pagar um cabriolé. Comecei a correr. É claro que não consegui acompanhá-lo, mas achei que sabia por onde o homem que eu seguia havia ido. Fui direto para a pista, e para a cerca-viva no fim do terreno de lorde Arthur Skelmerton.

"'Era uma noite muito escura e havia uma pequena garoa. Não conseguia ver mais do que cem metros à frente. De repente, foi como se eu ouvisse a voz de Lavender falando alto, ao longe. Corri para a frente e de repente vi um grupo de duas figuras, meros borrões no escuro, apenas por um instante, à distância de uns cinquenta metros de onde eu estava.

"'No instante seguinte, uma figura havia caído para a frente e a outra havia desaparecido. Disparei até o local e só encontrei o corpo do assassinado caído no chão. Eu me abaixei para ver se poderia ajudar de algum modo e imediatamente lorde Arthur me agarrou pelo colarinho.'

"A senhorita há de imaginar", disse o homem da casa de chá, "a comoção das pessoas no tribunal naquele momento. Tanto legista quanto júri prendiam a respiração a cada palavra que aquele indivíduo maltrapilho e vulgar proferia. Veja que, em si, o depoimento valia muito pouco, mas como se somava ao que fora dado por James Terry, sua significância... digo mais, sua *verdade* havia tornado-se patente. Interrogado em minúcias, ele aderiu firmemente ao que disse; tendo terminado seu depoimento, George Higgins continuou detido pela polícia e o próximo depoente de relevância foi convocado.

"O próximo, no caso, era o sr. Chipps, o lacaio mais importante de lorde Arthur Skelmerton. Ele depôs que, por volta das 22h30 da sexta-feira, 'uma pessoa' havia chegado a

The Elms de cabriolé e pediu para falar com lorde Arthur. Ao ouvir que sua senhoria estava recebendo visitas, ele pareceu muito contrariado.

"Pedi pra pessoa me dar o cartão', prosseguiu o sr. Chipps, 'porque eu não sabia se talvez sua senhoria gostaria de falar com ele, mas o deixei na porta da entrada, porque não gostei da aparência do sujeito. Levei o cartão pra dentro. Sua senhoria e os cavalheiros estavam jogando cartas na sala dos charutos, e assim que consegui avisar sem incomodar sua senhoria, entreguei o cartão da pessoa.'

"'Qual era o nome no cartão?', interrompeu-o o investigador-legista.

"'Não sei dizer, não', respondeu o sr. Chipps. 'Não lembro. Era um nome que eu nunca tinha visto. Mas eu vejo tanto cartão de visita de tudo que é jeito pra sua senhoria que não consigo me lembrar de todos os nomes.'

"'Então, depois de alguns minutos de espera, o senhor entregou o cartão a sua senhoria? E o que aconteceu?'

"'Sua senhoria não ficou muito contente, não', contou o sr. Chipps, com cautela digna. 'Mas no fim ele falou que iria receber o sujeito na biblioteca, se levantou da mesa de carteado e disse pros cavalheiros que voltaria em alguns minutos.

"'Estava pra abrir a porta pra sua senhoria quando milady chegou na sala, e então sua senhoria de repente mudou de ideia, e me falou pra avisar ao homem que ele estava ocupado e não podia vê-lo, aí voltou a se sentar no carteado. Eu voltei pra entrada e disse ao sujeito que sua senhoria não podia falar. Ele disse: 'Ah! Deixa pra lá, e saiu tranquilo.'

"'O senhor se recorda a que horas isso aconteceu?', perguntou alguém do júri.

"'Sim, senhor, eu olhei para o relógio enquanto esperava pra falar com sua senhoria; eram 22h20, senhor.'

"Havia mais um fato significativo em conexão com o caso, que serviu para atiçar ainda mais a curiosidade do público naquele momento e desconcertar a polícia posteriormente, e esse fato foi revelado por Chipps ao depor. A faca, a saber, aquela com a qual Charles Lavender havia sido apunhalado e a qual, lembre a senhorita, havia ficado presa ao corpo, foi apresentada ao tribunal. Depois de alguma incerteza, Chipps a identificou como sendo propriedade de seu patrão, lorde Arthur Skelmerton.

"A senhorita consegue imaginar como o júri, então, recusou-se em absoluto a definir um veredito contra George Higgins? Afora o depoimento do próprio lorde Arthur Skelmerton, não havia uma partícula de prova contra ele. Por outro lado, conforme o dia avançou e um depoente após o outro foi convocado, passou pela mente de todos os presentes a desconfiança de que o assassino não poderia ser outro senão o próprio lorde Arthur Skelmerton.

"A faca, é claro, era a prova circunstancial mais forte, e não havia dúvida de que a polícia esperava reunir muitas outras agora que tinham aquela em mãos. Logo após o veredito, que foi cautelosamente dirigido a uma pessoa desconhecida, a polícia obteve um mandado e prendeu lorde Arthur na própria residência.

"O alarde, obviamente, foi tremendo. Horas antes de ele ser levado diante do magistrado, a entrada do tribunal estava lotada. Seus convivas, sobretudo damas, estavam ansiosos para assistir ao arrojado *socialite* em situação tão temível. Havia solidariedade universal por lady Arthur, que estava em estado de saúde precário. A veneração que ela demonstrava pelo marido imprestável era de pleno conhecimento; não era à toa que a última e temível desfeita do homem havia praticamente partido o coração da dama. O último informe, emitido pouco antes da prisão, afirmava que não se esperava que milady sobrevivesse. Ela ficou em estado de coma e devia-se abandonar quaisquer esperanças.

"O prisioneiro enfim foi trazido. Ele estava, talvez, empalidecido, mas mantinha a postura de um cavalheiro da elite. Estava acompanhado de seu advogado, sir Marmaduke Ingersoll, que evidentemente conversava com ele em tom calmo, para tranquilizá-lo.

"O sr. Buchanan era o promotor em nome do Tesouro, e sua arguição foi sem dúvida magnífica. Segundo ele, só havia uma decisão a se chegar no caso: que o acusado no banco dos réus havia, em momento passional, talvez por medo, assassinado o chantagista que o ameaçava com revelações que poderiam arruiná-lo na sociedade em caráter permanente e, tendo cumprido o feito e temendo as consequências, provavelmente ao perceber que os policiais patrulheiros podiam captar sua figura em retirada, havia se aproveitado da presença de George Higgins no momento para acusá-lo do assassinato em alto e bom som.

"Tendo concluído seu competente discurso, o sr. Buchanan convocou seu depoente, e o depoimento dele, que à segunda vista pareceu mais condenatório do que nunca, foi repassado mais uma vez.

"Sir Marmaduke não tinha perguntas a fazer à testemunha da acusação; ficou apenas olhando para eles com toda placidez através dos óculos de aros dourados. Logo em seguida, já estava a postos para chamar seu próprio depoente pela defesa. O coronel McIntosh, da Royal Artillery, foi o primeiro. Ele estivera presente na festa oferecida por lorde Arthur na noite do assassinato. Seu depoimento tendeu primeiro a corroborar com o de Chipps, o lacaio, em relação às ordens de lorde Arthur de levar o visitante à biblioteca, e sua ordem contrária assim que a esposa entrou no recinto.

"'O senhor não achou estranho, coronel?', perguntou o sr. Buchanan, 'que lorde Arthur tenha mudado de ideia sobre receber o visitante de maneira tão repentina?'

"'Bom, não achei tão estranho', disse o coronel, uma figura refinada, máscula, soldadesca, que curiosamente parecia um peixe fora d'água no banco de depoentes. 'Não creio que seja uma ocorrência rara para homens das corridas ter certos conhecidos dos quais não queiram que as esposas tomem conhecimento.'

"'Então não lhe causou impressão que lorde Arthur Skelmerton tivesse algum motivo para não desejar que a esposa soubesse da presença daquele visitante específico em casa?'

"'Não creio que eu tenha dado qualquer consideração a esta questão', foi a resposta cautelosa do coronel.

"O sr. Buchanan não insistiu neste ponto e deixou que o depoente concluísse a fala.

"'Eu havia encerrado minha parte no carteado', disse ele, 'e saí ao jardim para fumar um charuto. Lorde Arthur Skelmerton veio me acompanhar alguns minutos depois, e estávamos sentados no caramanchão quando ouvi uma voz alta e, como pensei de início, ameaçadora vindo do outro lado da cerca viva.

"'Não captei as palavras, mas lorde Arthur me falou que parecia haver altercação ali e que daria uma olhada para saber o que era. Tentei demovê-lo, e não fiz qualquer menção de segui-lo, mas não mais do que meio minuto pode ter passado até eu ouvir um grito e um gemido, depois os passos de lorde Arthur correndo pela escada de madeira que leva à pista de corrida.'

"A senhorita há de imaginar", disse o homem da casa de chá, "o interrogatório árduo a que o galante coronel teve que se submeter para que suas afirmações fossem abaladas de alguma maneira pela promotoria, mas com precisão militar e com tranquilidade gélida ele repetiu as afirmações importantes em meio ao silêncio geral, no qual podia-se ouvir o proverbial alfinete.

"Ele havia ouvido a voz ameaçadora *enquanto* estava sentado com lorde Arthur Skelmerton; depois vieram o grito e o gemido; *depois disso,* os passos de lorde Arthur descendo a escada. Ele pensou em seguir para ver o que havia acontecido, mas a noite estava escura e ele não conhecia bem o terreno. Enquanto tentava encontrar o caminho até a escada do jardim, ele ouviu o grito de socorro que veio de lorde Arthur, o som dos cavalos dos policiais e, em seguida, toda a cena entre lorde Arthur, o tal Higgins e os oficiais. Quando por fim achou o caminho que levava à escada, lorde Arthur estava voltando para chamar um cavalariço que auxiliasse a polícia.

"O depoente firmou-se no que disse tal como havia feito com suas armas em Beckfontein um ano atrás; nada podia abalá-lo, e sir Marmaduke olhava com ar de triunfo para o colega da oposição.

"Com as afirmações do galante coronel, o castelo da promotoria começou a desabar. Veja que não havia uma partícula de prova que atestasse que o acusado havia encontrado e conversado com o falecido depois da visita do último à porta de The Elms. Ele havia dito a Chipps que não receberia o visitante, e Chipps imediatamente voltou ao saguão para mostrar a saída a Lavender. Não havia como qualquer indicativo ou sugestão da parte do assassinado a lorde Arthur, de que ele viria pela porta dos fundos e que queria encontrá-lo lá.

"Dois outros convidados de lorde Arthur asseveraram que, depois de Chipps anunciar o visitante, seu anfitrião ficou na mesa de carteado até às 22h45, quando evidentemente foi encontrar coronel McIntosh no jardim. O discurso de sir Marmaduke foi de inteligência extrema. Ponto a ponto, ele demoliu a torre de potência, a acusação contra George Higgins, baseando toda sua defesa nos depoimentos dos convidados de lorde Arthur Skelmerton naquela noite.

"Até às 22h45, lorde Arthur estava jogando cartas; quinze minutos depois, a polícia estava no local e um assassinato havia sido cometido. Neste meio-tempo, como o depoimento do coronel McIntosh provou de forma conclusiva, o acusado estava sentado com ele, fumando um charuto. Era, portanto, evidente, claro como a luz do dia, concluiu o grande jurista, que seu cliente tinha direito à plena soltura. Não mais: ele achava que a polícia deveria ser mais cuidadosa quanto a atiçar as emoções do público prendendo um senhor da elite com provas tão insuficientes quanto as que haviam apresentado.

"A pergunta sobre a faca permanece, é claro, mas sir Marmaduke a desprezou com cautelosa eloquência, encaixando a estranha pergunta na categoria das coincidências inexplicáveis que tendem a confundir os investigadores mais habilitados, e que os leva a erros crassos tão imperdoáveis quanto o daquele momento. Afinal de contas, o lacaio podia estar enganado. O desenho daquela faca não era exclusivo e ele, em nome de seu cliente, negava veementemente que a faca já lhe pertencera.

"Bom", prosseguiu o homem da casa de chá, com a risadinha que lhe era peculiar em momentos de animação, "o nobre prisioneiro foi dispensado. Talvez fosse de natureza questionável dizer que ele deixou o tribunal sem uma mancha no caráter, pois arrisco-me a dizer que a senhorita sabe, por experiência, que o crime conhecido como Mistério de York nunca foi resolvido de maneira satisfatória.

"Muitos balançaram a cabeça, em dúvida, ao lembrarem que, afinal de contas, Charles Lavender foi assassinado com uma faca que uma testemunha jurou pertencer a lorde Arthur; outros, mais uma vez, reverteram à teoria original de que George Higgins havia sido o assassino, que ele e James Terry haviam tramado a história da tentativa de extorsão de Lavender a lorde Arthur, e que o assassinato fora cometido para o único propósito de roubo.

"Seja como for, até o momento a polícia não conseguiu recolher provas suficientes contra Higgins e nem contra Terry, e o crime foi classificado tanto pela imprensa quanto pelo público na categoria dos ditos mistérios impenetráveis."

9. UMA MULHER DE CORAÇÃO PARTIDO

O homem da casa de chá pediu mais um copo de leite e bebeu devagar. Em seguida, continuou:

— Hoje, lorde Arthur mora a maior parte do tempo no exterior. Sua esposa sofrida, coitada, faleceu um dia após ele ser solto pelo magistrado. Ela nunca recuperou a consciência, nem o suficiente para ouvir a alegre notícia de que o homem que tanto amava era, enfim, considerado inocente. Mistério! — complementou ele, como se respondesse aos pensamentos de Polly. — O assassinato daquele homem nunca foi um mistério. Não consigo entender como a polícia pôde ser tão ingênua quando cada uma das testemunhas, tanto da acusação quanto da defesa, praticamente passaram o tempo todo apontando aquela pessoa como a culpada. O que a senhorita pensa a respeito?

— Acho que o caso como um todo é tão perturbador — respondeu ela — que não consigo enxergar os elementos com a devida clareza.

— Não vê? — questionou ele, muito entusiasmado, com os dedos ossudos remexendo de novo aquele inevitável barbante. — A senhorita não percebe que há um ponto claríssimo e que, a meu ver, foi chave para tudo?

"Lavender foi assassinado, não foi? Lorde Arthur não o matou. Ele tinha, no mínimo, uma testemunha incontestável na figura do coronel McIntosh para provar que não poderia ter cometido aquele assassinato... e, ainda assim", continuou o homem, com uma ênfase arrastada, mas animada, marcando cada frase com um nó no barbante, "ele propositalmente tentou jogar a culpa em um homem cuja inocência era evidente. Mas por quê?"

— Ele pode ter achado que ele era culpado.

— Ou queria proteger ou encobrir alguém *que ele sabia que era culpado.*

— Não entendi.

— Pense em uma pessoa — disse ele, bastante animado — que teria desejo tão grande quanto o de lorde Arthur de silenciar um escândalo em torno do nome daquele cavalheiro. Uma pessoa que, talvez desconhecida de lorde Arthur, havia entreouvido a mesma conversa que George Higgins informou à polícia e ao magistrado. Uma pessoa que, enquanto Chipps estava levando o cartão de Lavender a seu amo, teve alguns minutos para marcar um momento com Lavender, prometendo-lhe dinheiro, sem dúvida, em troca das notas promissórias e comprometedoras.

— O senhor não quer dizer que... — começou Polly, sem fôlego.

— Ponto número um — interrompeu-a sem pestanejar —, e absolutamente esquecido pela polícia: George Higgins, em seu depoimento, afirmou que na fase mais vivaz da conversa entre Lavender e lorde Arthur, e quando o tom de voz do agenciador de apostas ficou alto e ameaçador, uma voz do alto dos degraus interrompeu a conversa e disse: "Seu chá vai esfriar".

— Sim... mas... — contrapôs ela.

— Só um instante, há um segundo ponto. Aquela voz era feminina. Pois eu fiz exatamente o que a polícia devia ter feito, mas não fez. Fui conferir, pelo lado da pista de corrida, a escada do jardim que, a meu ver, é um fator importante na descoberta do crime. Encontrei apenas uma dúzia de degraus baixos; qualquer um que ficasse no alto teria ouvido cada palavra que Charles Lavender proferiu no instante em que ergueu a voz.

— Mesmo assim...

— Pois bem, a senhorita aceita — disse ele, animado. — Então temos o ponto maior, de suma importância, e que, por incrível que pareça, a promotoria não levou em consideração nem por um instante. Quando Chipps, o lacaio, contou a Lavender pela primeira vez que lorde Arthur não o atenderia, o agenciador de apostas ficou extremamente incomodado; Chipps, depois, foi falar com seu amo; passam-se alguns minutos e, quando o lacaio diz mais uma vez a Lavender que sua senhoria não vai recebê-lo, ele responde 'Deixa pra lá', e parece que trata o assunto com total indiferença.

"Obviamente, portanto, algo deve ter acontecido neste meio-tempo que mudou o estado de espírito do agenciador de apostas. Então! O que foi? Pense em todos os depoimentos e a senhorita verá que apenas uma coisa ocorreu no intervalo: no caso, a presença de lady Arthur no recinto.

"Para entrar na sala de charutos, ela deve ter atravessado o saguão; e deve ter visto Lavender. Naquele curto intervalo, ela deve ter percebido que o homem era insistente e, portanto, um perigo corrente para seu marido. Lembre-se de que as mulheres fazem coisas estranhas; elas são um enigma ainda maior para o estudioso da natureza humana do que o sexo austero e menos complexo já foi um dia. Conforme argui antes... como a polícia deveria ter arguido desde o início... por que lorde Arthur acusou propositalmente um inocente de assassinato se não para proteger a pessoa culpada de fato?

"Lembre-se de que lady Arthur podia ter sido descoberta; o homem, George Higgins, poderia tê-la avistado antes que ela conseguisse retirar-se por completo. A atenção dele sobre ela, assim como a dos policiais, tinha que ser desviada. Lorde Arthur agiu por impulso para salvar a esposa a qualquer custo."

— Ela podia ter encontrado o coronel McIntosh — argumentou Polly.

— Talvez tenha — concordou ele. — Quem sabe? O galante coronel teve que jurar pela inocência do amigo. Ele podia fazer tudo isso com consciência... Depois, seu dever estaria cumprido. Nenhum inocente estaria sofrendo pelos culpados. A faca que pertencia a lorde Arthur salvaria George Higgins. Por algum tempo, a faca apontara o marido; por sorte, nunca a esposa. A pobrezinha provavelmente morreu de coração partido; mas mulheres, quando amam, pensam apenas em uma coisa: seu amado.

"Para mim, era evidente desde o início. Quando ouvi o relato sobre o assassinato... a faca! Apunhalado! Ora! E eu não entendo o bastante da criminalidade *inglesa* para ter certeza de que *inglês* algum, seja o rufião da sarjeta ou seja filho do duque, apunhala sua vítima pelas costas? Italianos, franceses, espanhóis, sim, se assim me permite dizer; assim como as mulheres de quase todas as nações. O instinto do inglês é o soco, não a faca. George Higgins ou lorde Arthur Skelmerton teriam nocauteado a vítima; a mulher só ficaria no aguardo até o inimigo lhe dar de costas. Ela sabe de sua fraqueza e não tem intenção de falhar.

"Pense. Não há um ponto fraco no meu argumento, mas a polícia nunca pensou no assunto. E é possível que, neste caso, tenha sido melhor assim."

Ele partiu e deixou a srta. Polly Burton ainda observando a fotografia de uma mulher bonita, de aparência meiga, com um sorriso decidido e obstinado, e uma expressão estranha, inexplicável, nos olhos grandes e patéticos. A pequena jornalista sentiu-se grata pelo caso do assassinato de Charles Lavender, agenciador de apostas, por mais covarde e perverso que tenha sido, ainda ser um mistério para a polícia e o grande público.

O HOMEM DA CASA DE CHÁ

10. A MISTERIOSA MORTE NO METRÔ

O sr. Richard Frobisher (do *London Mail*) estava no direito de explodir do jeito que explodiu. Polly não o culpou.

Na verdade, passou a gostar ainda mais dele depois daquele estouro sincero de mau humor viril, que, afinal de contas, era apenas uma forma muito elogiosa de ciúme masculino.

No mais, Polly sentiu-se bastante culpada. Ela havia prometido encontrar Dickie — o sr. Richard Frobisher, no caso — às duas da tarde na frente do Palace Theatre, pois desejava ir à matinê de Maud Allan, e porque naturalmente ele queria ir com ela.

Porém, às duas em ponto, ela ainda estava na rua Norfolk, na Strand, dentro daquela casa de chá da Aërated Bread Company, tomando café gelado em frente a um senhor grotesco que brincava com um barbante.

Como alguém queria que ela se lembrasse de Maud Allan, do Palace Theatre ou até do próprio Dickie? O homem da casa de chá havia começado a falar da misteriosa morte no metrô e Polly perdeu a noção do tempo, do lugar e das circunstâncias.

Ela havia ido almoçar muito cedo, pois estava ansiosa pela matinê no Palace.

O homem espantalho estava sentado em seu lugar de sempre quando ela entrou no estabelecimento, mas ele não fez comentário algum enquanto a mulher comia um *scone* com manteiga. Polly estava pensando em como ele era grosseiro de nem ter dito "bom-dia" quando um comentário abrupto da parte do homem a fez erguer o olhar.

— A senhorita faria o grande favor — disse ele, de repente — de descrever o homem que se sentou ao seu lado agora mesmo, enquanto apreciava sua xícara de café e um *scone*?

Involuntariamente, Polly virou a cabeça para a porta do outro lado do salão, pela qual um homem de sobretudo claro passava naquele momento. Ela sabia que o homem havia sentado na mesa ao seu lado, assim que Polly sentou-se com seu café e o *scone*. Há questão de instantes, ele havia terminado a própria refeição, seja lá qual fosse, pagou no balcão e saiu. O incidente não pareceu de mínima importância a Polly.

Por isso, ela não respondeu ao senhor grosseiro. Apenas encolheu os ombros e chamou a garçonete para lhe trazer a conta.

— Sabe me dizer se era alto ou baixo, moreno ou loiro? — prosseguiu o homem da casa de chá, aparentemente sem se importar com a indiferença da mulher. — Consegue me dizer como era sua aparência?

— É claro que eu consigo — retrucou Polly, impaciente —, mas não vejo como teria alguma importância eu descrever um dos clientes de uma casa de chá.

Ele ficou um minuto em silêncio, enquanto seus dedos nervosos remexiam os bolsos espaçosos em busca do inevitável barbante. Quando encontrou aquele obrigatório "acessório ao raciocínio", ele fitou a moça mais uma vez com os olhos semicerrados e complementou, em tom de malícia:

— Mas, supondo que fosse de importância precípua que a senhorita fizesse uma descrição precisa do homem que se sentou ao seu lado hoje, durante meia hora, o que diria?

— Eu diria que ele é de altura mediana...

— Um metro e setenta, um metro e setenta e dois ou um metro e setenta e cinco? — interrompeu ele, sem alterar o tom.

— Como o senhor vê diferenças de poucos centímetros? — retrucou Polly, com a cara amarrada. — Não consegui identificar o tom de pele.

— Como assim? — perguntou ele, com voz suave.

— Não tinha tom de pele claro nem escuro. Tinha um nariz...

— Como era o nariz dele? Pode desenhar?

— Não sou artista. O nariz era bastante reto. Os olhos...

— Não eram claros nem escuros. O cabelo tinha essa mesma peculiaridade marcante. Ele não era alto nem baixo. Seu nariz não era nem aquilino nem arrebitado... — recapitulou ele, sarcástico.

— Não — retrucou Polly. — Ele era uma pessoa de aparência comum.

— A senhorita conseguiria identificá-lo se o visse de novo? Digamos que, amanhã, entre vários homens que não fossem nem altos nem baixos, de pele nem escura nem clara, e de narizes nem aquilinos nem arrebitados etc.?

— Não sei. Talvez sim. Ele não foi marcante para mim a ponto de ser lembrado de maneira especial.

— Exatamente — disse ele, se inclinando para a frente, animado, como se fosse o pombo querendo sair da cartola do mágico. — Exatamente. E a senhorita é jornalista. Ao menos assim se apresenta. E devia ser parte do seu trabalho perceber e descrever as pessoas. Não me refiro apenas à figura maravilhosa com os traços claros de saxônico, belos olhos azuis, o cenho de nobre e o rosto clássico, mas a pessoa comum. A pessoa que representa noventa de cada cem da nossa gente: o inglês mediano, digamos assim, ou o das classes médias, que não é nem alto nem muito baixo, que usa um bigode que não é claro e nem escuro, mas que recobre a boca, e uma cartola que esconde o formato da cabeça e o cenho. Um homem, na verdade, que se veste como centenas de suas criaturas afins, que caminha como elas, fala como elas, que não tem uma peculiaridade sequer.

"Tente *descrevê-lo,* reconhecê-lo, daqui a uma semana, digamos, entre seus outros 89 duplos. Pior ainda: tente jurar contra a vida dele, caso estivesse envolvido em algum crime, no qual a *sua* identificação lhe pusesse o laço em volta do pescoço.

"Tente e, eu lhe digo que, frente ao fracasso total, a senhorita entenderá de pronto como um dos maiores cafajestes fugiu da forca e continua à solta, e por que o mistério do metrô nunca foi resolvido.

"Acho que foi a única vez na minha vida em que fiquei seriamente tentado a prestar minha visão do caso à polícia. Veja que, embora eu admire o bruto pela sua esperteza, eu não entendia como a falta de uma punição contra ele poderia beneficiar uma pessoa que fosse.

"Nestes tempos de tração motorizada de todo tipo, a boa e velha 'melhor, mais barata e mais rápida rota para quem vai à cidade e ao West End' costuma ficar deserta, e em momento algum se pode dizer que os vagões antiquados da Metropolitan Railway ficam superlotados. De qualquer modo, quando aquele trem em específico chegou com seus vapores a Aldgate, por volta das quatro da tarde do último 18 de março, os vagões da primeira classe estavam longe de estarem vazios.

"O guarda passou em marcha plataforma acima e abaixo, olhando todos os vagões para conferir se alguém havia deixado para trás um jornaleco sensacionalista que pudesse ler. Ao abrir a porta de um dos compartimentos da primeira classe, percebeu uma senhora sentada no canto mais distante, com a cabeça virada para a janela, com patente indiferença ao fato de que, naquela linha, Aldgate é a estação terminal.

"'Para onde vai, senhora?', perguntou ele.

"Mas a dama não se mexeu. O guarda entrou no vagão, considerando que talvez ela estivesse dormindo. Ele tocou levemente no braço da dama e olhou no seu rosto. Como disse o guarda, com linguagem tão poética, ele 'caiu de quatro'. Naqueles olhos vidrados, na cor pálida do rosto, na rigidez da cabeça, havia o olhar inequívoco da morte.

"Tendo a cautela de trancar a porta do vagão, o vigia não perdeu tempo em convocar uma dupla de carregadores de bagagens, despachando um deles para a delegacia e o outro em busca do chefe da estação.

"Por sorte, naquele momento do dia, a plataforma superior não ficava tão lotada, sendo à tarde que todo o trânsito tendia para a zona oeste da cidade. Foi só quando apareceram em cena um inspetor e dois policiais, acompanhados de um detetive à paisana e um legista, e ficaram em torno daquela cabine da primeira classe que algumas pessoas perceberam que algo incomum havia acontecido e se amontoaram em volta, ávidas e curiosas.

"Foi assim que as edições posteriores dos jornais noturnos, sob a espalhafatosa manchete 'Misterioso Suicídio no Metrô', já tinham um registro do fato extraordinário. O legista logo chegou à conclusão de que o guarda não havia se enganado, e que a vida estava de fato extinta.

"A dama era jovem, e devia ser muito bonita antes daquela expressão de terror que tanto perturbou suas feições. Estava vestida com elegância, e os jornais mais frívolos conseguiram dar às leitoras femininas um relato detalhado do vestido da desafortunada, seus sapatos, chapéu e luvas.

"Ao que parece, uma das luvas, a da mão direita, estava parcialmente retirada, deixando dedão e pulso à vista. A mão segurava uma bolsinha, que a polícia abriu, à procura da identificação da falecida, mas que se descobriu conter apenas alguns trocados, sais aromáticos e um pequeno frasco vazio, que foi entregue ao legista para fins de análise.

"Foi a presença daquele frasco que fez circular a notícia de que o misterioso caso no metrô era um suicídio. O certo é que nem na mulher, tampouco na aparência do vagão havia o mínimo sinal de altercação ou mesmo de resistência. Apenas a expressão nos olhos da pobre mulher denunciava um terror repentino, a visão ligeira de uma morte inesperada e violenta, que provavelmente só durou uma fração infinitésima de segundo, mas que havia deixado marca indelével no rosto, em tudo mais plácido e imóvel.

"O corpo da falecida foi conduzido ao necrotério. Até ali, é claro, nenhuma alma fora capaz de identificá-la, nem de lançar a mínima luz ao mistério que pairava em torno de sua morte.

"Contra isso, uma multidão, de interesse genuíno ou não, obteve entrada para ver o corpo, sob o pretexto de ter perdido ou extraviado uma parente ou amiga. Por volta das 20h30, um jovem muito bem-vestido chegou à delegacia em um cabriolé e mandou entregar seu cartão ao superintendente. Era o sr. Hazeldene, agente de expedição da Crown Lane, E.C., nº 11, e da Addison Row, nº 19, Kensington.

"O jovem estava em condição lamentável de aflição mental; sua mão estava agarrada a um exemplar do *St. James's Gazette* que trazia a notícia da fatalidade. Ele pouco disse ao superintendente, fora que uma pessoa que lhe era amada não havia retornado à casa naquela noite.

"Ele não havia ficado tão ansioso até meia hora antes, quando lhe ocorreu a ideia repentina de conferir o jornal. A descrição da falecida, embora vaga, deixara-o extremamente alarmado. Ele havia saltado em um cabriolé e agora implorava permissão para ver o corpo, de modo que seus maiores temores pudessem ser amainados.

"A senhorita sabe o que se seguiu, é claro", prosseguiu o homem da casa de chá. "A aflição do jovem era de dar pena. Na mulher deitada à sua frente em um necrotério público, o sr. Hazeldene reconheceu a esposa.

"Estou ficando melodramático", disse o homem, que olhou para Polly com um sorriso meigo e delicado enquanto seus dedos nervosos empenhavam-se em vão para dar mais um nó no fio de barbante irregular com o qual não parava de brincar. "E temo que a história como um todo tenha sabor de livrinho barato. Mas a senhorita há de admitir, e, sem dúvida, há de lembrar, que foi um momento muito tocante e genuinamente dramático.

"O infeliz e jovem marido da falecida não estava muito preocupado com perguntas naquela noite. Aliás, ele não estava em condições de fazer qualquer afirmação que fosse coerente. Foi no dia seguinte, na audiência de inquérito com o investigador-legista, que certos fatos vieram à luz, os quais, de momento, pareciam ter elucidado o mistério que cercava a morte da sra. Hazeldene, apenas para afundar este mesmo mistério, posteriormente, em penumbra mais densa que antes.

"O primeiro depoente no inquérito foi, é claro, o próprio sr. Hazeldene. Creio que o jovem teve a solidariedade de todos ao ficar diante do investigador-legista e tentar lançar alguma luz sobre o mistério. Ele apareceu bem-vestido, tal como estava no dia anterior, mas parecia muito doente e preocupado, e o fato de não ter se barbeado indubitavelmente conferia a seu rosto um ar de aflição e negligência com a própria pessoa.

"Ao que parece, ele e a falecida haviam casado-se por volta de seis anos antes, e sempre haviam sido contentes na vida matrimonial. Não tinham filhos. A sra. Hazeldene aparentemente estava de plena saúde até pouco tempo, quando fora acometida por uma leve *influenza* e fora atendida pelo dr. Arthur Jones. O médico estava presente e explicaria ao investigador-legista e ao júri se achava que a sra. Hazeldene tinha a mínima predisposição a doenças cardíacas que pudessem ocasionar fim tão repentino e fatal.

"O investigador-legista, é claro, foi muito atencioso com o marido enlutado. Por meio de circunlocução, ele tentou chegar ao ponto que queria: no caso, o estado mental da sra. Hazeldene nos últimos tempos. O sr. Hazeldene parecia avesso a tratar do assunto. Ele fora informado, sem dúvida, da existência do pequeno frasco encontrado na bolsinha da esposa.

"'Sim, eu senti que, em alguns momentos', admitiu ele, relutante, 'minha esposa não era ela mesma. Ela já foi muito contente e alegre, e ultimamente eu a via à noite, sentada, como se matutando alguma questão que ela não se dava ao trabalho de me comunicar, é claro.'

"O investigador-legista seguiu insistindo, e apresentou o pequeno frasco.

"'Eu sei, eu sei', respondeu o jovem, com um suspiro curto e pesado. 'O senhor quer dizer... a questão do suicídio... eu não consigo entender, de modo algum... me parece tão repentino, tão terrível... ela parecia, sim, apática e preocupada, ultimamente... mas apenas às vezes... e ontem, pela manhã, quando eu saí para o trabalho, ela parecia a mesma de sempre, e eu sugeri que à noite poderíamos ir à ópera. Ela ficou encantada, eu sei, e me disse que à tarde ia fazer compras e cumprir outros compromissos.'

"'O senhor sabe onde ela pretendia ir quando embarcou no metrô?'

"'Bom, não com toda certeza. Talvez ela tivesse intenção de descer na rua Baker e ir até a rua Bond para fazer compras. Mas às vezes ela vai a uma loja em St. Paul's Churchyard e, neste caso, ela pegaria a passagem para rua Aldersgate; mas não sei dizer ao certo.'

"'Então, sr. Hazeldene', disse o investigador-legista, muito delicado, 'poderia tentar me dizer se havia algo na vida da sra. Hazeldene de que o senhor saiba e que, em alguma medida, possa explicar a causa do estado de espírito aflito que o senhor mesmo havia notado? Havia algum percalço financeiro que pode ter atormentado a mente da sra. Hazeldene; haveria alguma amizade, algum relacionamento dela, a que o senhor... veja bem... tenha feito objeção em algum momento? Aliás...', complementou o investigador-legista, como se estivesse grato por superar um momento desagradável, 'o senhor poderia mencionar o mínimo indicativo que tenderia a confirmar a suspeita de que a infeliz dama, em um instante de ansiedade ou perturbação mental, possa ter desejado tirar a própria vida?'

"O silêncio tomou o tribunal por alguns instantes. O sr. Hazeldene parecia, a todos presentes, sofrer de uma dúvida moral temível. Ele parecia muito pálido, arrasado, e por duas vezes tentou falar, mas não conseguiu. Até que, enfim, falou, em um tom que mal se ouvia:

"'Não, não havia dificuldades financeiras de qualquer monta. Minha esposa tinha um dote independente... não tinha gostos extravagantes...'

"'Nem uma amizade a que o senhor tenha feito objeção em algum momento?', insistiu o investigador-legista.

"'Nem qualquer amizade a que eu... tenha feito objeção em algum momento', gaguejou o desafortunado jovem, evidentemente fazendo esforço para falar.

"Eu estava presente na audiência de inquérito", contou o homem da casa de chá depois de beber um copo de leite e pedir mais um, "e posso garantir à senhorita que a pessoa mais obtusa ali perceberia claramente que o sr. Hazeldene estava mentindo. Era evidente à inteligência mais banal que a dama desafortunada não havia caído em estado de desânimo mórbido por nada, e que talvez ali existisse uma terceira pessoa que poderia explicar sua morte estranha e repentina melhor do que o infeliz e recém-viúvo de luto.

"Que a morte foi mais misteriosa até do que aparentou de início é algo que logo ficou bastante aparente. A senhorita leu sobre o caso na época, não tenho dúvida, e deve se lembrar da animação provocada no público pelos depoimentos dos dois médicos. O dr. Arthur Jones, médico recorrente da dama, que a havia atendido por conta de uma doença muito leve e que a recebera para fins profissionais recentemente, depôs com toda ênfase que a sra. Hazeldene não sofria de qualquer queixa de natureza orgânica que pudesse ter sido a causa da morte repentina. No mais, ele havia assistido o sr. Andrew Thornton, o legista oficial do distrito, a fazer uma autópsia e, juntos, concluíram que a morte se devia à ação de ácido prússico, que havia provocado a falência instantânea do coração. Mas, em relação a como a droga havia sido ele e o colega não conseguiam determinar até o momento.

"'Então o senhor deduz, dr. Jones, que a falecida morreu envenenada com ácido prússico?'

"'É a minha opinião', respondeu o médico.

"'O frasco encontrado na pequena bolsa continha ácido prússico?'

"'Com certeza conteve em algum momento.'

"'Na sua opinião, portanto, a dama provocou a própria morte tomando uma dose desta droga?'

"'Perdão, nunca sugeri algo assim. A dama morreu envenenada pela droga, mas não posso afirmar como foi administrada. Decerto, por algum tipo de injeção. A droga certamente não foi engolida; não havia vestígio dela no estômago.'

"'Sim', complementou o médico ao responder à outra pergunta do investigador-legista, 'a morte provavelmente se seguiu à injeção, quase de imediato; digamos que foi em dois minutos, talvez três. É possível que o corpo não teria mais do que uma convulsão rápida e repentina, talvez nem isso; a morte, nestes casos, é súbita e devastadora.'

"Não creio que, naquele momento, alguém no recinto houvesse percebido como a declaração do médico havia sido importante. Uma declaração que, a propósito, foi confirmada com todos os detalhes pelo legista distrital, o que havia realizado a autopsia. A sra. Hazeldene morrera de modo repentino por injeção de ácido prússico, administrado de maneira desconhecida e em momento desconhecido. Ela estava viajando em um vagão de primeira classe em horário de movimento.

A mulher jovem e elegante precisaria de coragem e frieza singulares para submeter-se ao processo de uma injeção em si mesma, com um veneno mortal, na presença de outras duas ou três pessoas.

"Perceba que, quando digo que ninguém ali percebeu a importância da declaração do médico naquele instante, eu estava errado; havia três pessoas que entendiam perfeitamente a gravidade da situação e o avanço magnífico que o caso estava começando a tomar.

"É claro que eu devia me excluir da pauta", comentou o estranho senhor, com aquela presunção inimitável que lhe era peculiar. "Adivinhei ali mesmo, em um instante, em que pontos a polícia estava enganada e no que continuariam se enganando até que a misteriosa morte no metrô houvesse afundado no esquecimento, assim como outros casos que administraram mal de tempos em tempos.

"Falei que havia três pessoas que entendiam a gravidade das declarações dos dois médicos: as outras duas eram, primeiramente, o investigador que havia analisado o vagão no início, um jovem de energia e muita inteligência aplicada de forma equivocada; a outra era o sr. Hazeldene.

"Neste estágio, o elemento interessante na história como um todo foi apresentado aos trâmites, e isto se deu pelo humilde conduíte de Emma Funnel, empregada da sra. Hazeldene, que, até onde sabíamos então, foi a última pessoa que viu a mulher desafortunada viva e que havia conversado com ela.

"'A sra. Hazeldene almoçou em casa', explicou Emma, que era acanhada e cuja fala lembrava um sussurro, 'ela parecia bem, alegre. Saiu por volta das 15h30 e me disse que iria na Spence's, em St. Paul's Churchyard, para provar um novo vestido sob medida. A sra. Hazeldene queria ter ido pela manhã, mas foi impedida pela ligação do sr. Errington.'

"'Sr. Errington?', perguntou o investigador-legista, despreocupado. 'Quem é o sr. Errington?'

"Mas Emma teve dificuldade de explicar. O sr. Errington era... o sr. Errington, e só.

"'O sr. Errington era um amigo da família. Ele morava em um apartamento em Albert Mansions. Vinha com frequência a Addison Row e geralmente ficava até tarde.'

"Ainda acossada pela pergunta, Emma, por fim, afirmou que, nos últimos tempos, a sra. Hazeldene fora ao teatro várias vezes com o sr. Errington e que, naquelas noites, seu patrão ficava muito soturno e mal-humorado.

"Reconvocado, o jovem viúvo ficou estranhamente reticente. Ele respondia de má vontade, e o investigador-legista ficou satisfeitíssimo consigo mesmo e com a maneira maravilhosa como, depois de quinze minutos de interrogatório firme, mas ao mesmo tempo delicado, havia suscitado do depoente a informação que queria.

"O sr. Errington era amigo da esposa dele. Era um cavalheiro abastado e, aparentemente, tinha muito tempo a seu dispor. Ele, de sua parte, não gostava do sr. Errington, mas nunca havia feito observações a esse respeito à esposa.

"'Mas quem é o sr. Errington?', repetiu o investigador-legista. 'O que ele faz? Em que ramo atua?'

"'Ele não tem emprego nem ramo.'

"'Qual é a ocupação dele, então?'

"'Ele não tem uma ocupação em especial. Possui um amplo patrimônio pessoal. Mas tem um hobby que é importante e que toma muito de seu tempo.'

"'Que seria?'

"'Ele passa todo seu tempo fazendo experimentos químicos e creio que seja, embora amador, um eminente toxicólogo.'"

11. SR. ERRINGTON

— A senhorita já viu o sr. Errington, o cavalheiro que ficou ligado de forma tão íntima à misteriosa morte no metrô? — perguntou o homem da casa de chá, colocando retratos diante da srta. Polly Burton. — Aí está, fiel a como ele é de fato. Bonito, de expressão agradável. Mas comum, absolutamente comum. Foi esta ausência de qualquer peculiaridade que chegou bem perto de levar a corda ao pescoço do sr. Errington. Mas estou me adiantando, e a senhorita vai perder o fio da meada.

"O grande público, evidentemente, nunca ouviu como aconteceu do sr. Errington, o solteiro rico de Albert Mansions, membro do Grosvenor e de outros clubes de dândis, um dia ver-se diante dos magistrados da rua Bow, acusado de envolvimento na morte de Mary Beatrice Hazeldene, da Addison Row, nº 19.

"Eu posso lhe assegurar que tanto a imprensa quanto o grande público ficaram literalmente pasmos. Perceba que o sr. Errington era membro bem conhecido e muito popular de um certo extrato intelectual da sociedade londrina. Era frequentador da ópera, das pista de corrida, do Park, do Carlton, tinha grande número de amigos e, por essa razão, houve grande comparecimento ao tribunal da polícia naquela manhã.

"O que transcorreu foi o seguinte:

"Após as parcas evidências que surgiram durante a audiência de inquérito, dois cavalheiros refletiram que talvez tivessem algum dever a cumprir em relação ao Estado e ao público em geral. Deste modo, eles haviam tomado a frente, oferecendo-se para lançar a luz que pudessem quanto ao misterioso caso do metrô.

"A polícia naturalmente achou que aquela informação, pela sua natureza, havia chegado tarde. Mas como a pista provou-se de suma importância e os dois cavalheiros, no mais, eram de condição social indubitável, a polícia estava grata pelo que tinha e agiu de acordo. Trouxeram o sr. Errington de imediato ao magistrado com a acusação de homicídio.

"O acusado estava pálido e preocupado quando eu o vi pela primeira vez no tribunal. O que não era algo de se admirar, considerando a situação tenebrosa em que se encontrava.

"Ele havia sido preso em Marseille, onde estava preparando-se para uma viagem para Colombo.

"Não creio que tenha se dado conta da situação até o avançar dos trâmites, quando todas os depoimentos relativos à prisão tinham sido ouvidos e Emma Funnel repetiu a declaração em relação ao telefonema do sr. Errington à Addison Row, nº 19 naquela manhã, e a sra. Hazeldene ter partido para St. Paul's Churchyard às 15h30 daquela tarde.

"O sr. Hazeldene não tinha nada a acrescentar às declarações que havia feito no inquérito do investigador-legista. Ele havia visto a esposa viva pela última vez na manhã do fatídico dia. Ela parecia disposta e alegre.

"Creio que todos os presentes entenderam que ele estava tentando dizer o mínimo possível que pudesse ligar o nome da falecida esposa ao do acusado.

"Ainda assim, conforme o depoimento da criada, indubitavelmente ficou claro que a sra. Hazeldene, que era jovem, bonita e que, sem dúvida, apreciava a admiração alheia, havia deixado o marido aborrecido algumas vezes com seus flertes um tanto óbvios, embora inocentes, para com o sr. Errington.

"Creio que todos estavam muito impressionados com a postura moderada e digna do viúvo. Aqui, nesta pilha, a senhorita pode ver a foto dele. Era assim que ele estava no tribunal. Vestido de preto, é claro, mas não fazia qualquer sinal de ostentação no luto. Ele havia deixado a barba crescer e a havia aparado para formar uma ponta.

"Depois do depoimento, aconteceu o alarde do dia. Um homem alto, de cabelos escuros, metaforicamente acompanhado da palavra 'City' sobre si, beijou o livro e esperava sua vez de contar a verdade e nada além da verdade.

"Ele declarou que se chamava Andrew Campbell, diretor da imobiliária Campbell & Co., da rua Throgmorton.

"Na tarde de 18 de março, o sr. Campbell, viajando no metrô, havia percebido uma bela mulher no mesmo vagão que ele. Ela havia perguntado se estava no trem certo para Aldersgate. O sr. Campbell respondeu que sim, e então mergulhou nas cotações da bolsa de valores do seu jornal vespertino.

"Na rua Gower, um cavalheiro usando terno de *tweed* e chapéu-coco entrou no vagão e sentou-se em frente à dama.

"Ela pareceu surpresa em ver aquela pessoa, mas o sr. Andrew Campbell não recordava exatamente as palavras que a mulher tinha dito.

"Os dois conversaram bastante entre si, e a dama parecia animada e contente. A testemunha não lhes deu atenção; ele estava absorto em seus cálculos e, por fim, saiu na rua Farringdon. Ele percebeu que o homem com terno de *tweed* também saiu logo atrás, tendo apertado a mão da dama e dito em tom agradável: '*Au revoir!* Não se atrase esta noite.' O sr. Campbell não escutou a resposta da mulher, e logo perdeu o homem de vista na multidão.

"Todos estavam inquietos, aguardando com ansiedade pelo momento palpitante em que o depoente ia descrever e identificar o homem que havia visto e falado por último com a desafortunada, provavelmente em questão de cinco minutos da estranha e inexplicável morte da moça.

"De minha parte, eu sabia o que estava por vir antes de o corretor escocês abrir a boca.

"Eu podia ter anotado a descrição gráfica e realista que ele daria de um provável assassino. Caberia da mesma forma ao homem que se sentou e fez seu lanche nesta mesa agora mesmo; certamente seria uma descrição cabível a cinco de cada dez jovens ingleses que a senhorita conhece.

"O indivíduo era de altura mediana, tinha um bigode que não era muito claro nem muito escuro, seu cabelo ficava entre uma cor e outra. Usava chapéu-coco e terno de *tweed*... e... e... era isso... Talvez o sr. Campbell o reconhecesse se o visse mais uma vez, mas talvez não... não prestara muita atenção... o cavalheiro estava sentado do mesmo lado do vagão que ele... passou o tempo todo de chapéu. O sr. Campbell, de sua parte, estava ocupado com seu jornal... sim... talvez ele o reconhecesse outra vez... mas não tinha como garantir.

"O depoimento do sr. Andrew Campbell não tinha grande valor, a senhorita há de dizer. Não, não valia por si só, e não justificaria uma prisão, não fossem as declarações extras feitas pelo sr. James Verner, gerente dos *messieurs* Rodney & Co., proprietários de gráfica a cores.

"O sr. Verner era amigo íntimo do sr. Andrew Campbell e parece que, quando estava na rua Farringdon, aguardando o trem, viu o homem descer do vagão de primeira classe. O sr. Verner conversou com ele por um segundo e depois, quando o trem estava começando a se movimentar, entrou no mesmo compartimento deixado pelo corretor e pelo homem do terno de *tweed*. Ele recordou-se com incerteza de uma dama sentada no canto oposto ao seu, com o rosto virado para o outro lado, aparentemente adormecida, mas não lhe deu atenção especial. Ele ficou como ficam quase todos os cavalheiros quando viajam: absorto em seu jornal. Em seguida, uma cotação em especial o interessou; ele quis anotar, tirou um lápis do bolso do colete e, percebendo um pedaço de papel no chão, pegou e ali fez uma anotação. Por fim, enfiou o papel em sua caderneta.

"'Foi só dois ou três dias depois', complementou o sr. Verner em meio ao silêncio das respirações entrecortadas, 'que tive motivo para recorrer de novo a este papel.'

"'Neste meio-tempo, os jornais foram tomados pela misteriosa morte no metrô, e os nomes dos conectados ao caso me eram muito familiares. Assim, foi com grande surpresa que, ao conferir o papel que eu havia recolhido casualmente no vagão, que vi o nome ali: Frank Errington.'

"Não resta dúvida de que a comoção no tribunal foi quase sem precedentes. Nunca, desde os tempos do mistério da rua Fenchurch e do julgamento de Smethurst, eu vira tanta exaltação. Veja que eu, no caso, não me exaltei. Naquele momento eu já sabia de todos os detalhes do crime, como se eu mesmo o houvesse cometido. Aliás, eu não poderia ter feito melhor, embora seja estudioso da criminalidade há muitos anos. Muita gente ali, sobretudo seus amigos, acreditavam que Errington estava condenado. Acho que Errington pensou o mesmo, pois eu via que seu rosto estava branco e que vez por outra passava a língua pelos lábios, como se estivessem ressequidos.

"Perceba que ele se encontrava em um dilema terrível. Perfeitamente natural, a propósito. Ele não conseguia *provar um álibi*. O crime, se é que havia sido um crime, tinha cometido três semanas antes. Um homem da sociedade como o sr. Frank Errington talvez lembre que passou certas horas de uma tarde especial no clube, ou no Park, mas duvida-se que, em nove casos de cada dez, ele conseguiria encontrar um amigo que pudesse afirmar veementemente que o vira por lá. Não! Não! O sr. Errington estava em situação delicada, e sabia disso. Veja que havia, além dos depoimentos, duas ou três evidências que não ajudavam em sua situação. Seu hobby no ramo da toxicologia, para começar. A polícia havia encontrado em seu aposento todas as descrições possíveis de substâncias venenosas, incluindo ácido prússico.

"Também aquela jornada a Marseille, os planos de ir para Colombo, foram, embora perfeitamente inocentes, muito infelizes. O sr. Errington havia partido em uma viagem sem qualquer objetivo escuso, mas o público achava que ele ia fugir, apavorado com o próprio crime. Sir Arthur Inglewood, contudo, mais uma vez demonstrou sua habilidade magnífica em nome do cliente no modo magistral como voltou todos os depoentes da Coroa do avesso.

"Tendo primeiro conseguido que o sr. Andrew Campbell afirmasse de forma positiva que, no acusado, ele *não* identificava o homem do terno de *tweed*, o eminente jurista, após vinte minutos de interrogatório, havia perturbado tanto a serenidade do corretor que é provável que ele não reconhecesse o próprio *office-boy*.

"Mas, em meio a agitação e ao incômodo, o sr. Andrew Campbell continuava certo de uma coisa; no caso, que a dama estava viva e contente, e conversando de modo agradável com o homem do terno de *tweed* até o instante em que o último, depois de apertar a mão dela, a deixou com um agradável '*Au revoir!* Não se atrase esta noite'. Ele não havia escutado gritos ou altercação e, no seu parecer, se o indivíduo do terno de *tweed* havia administrado uma dose de veneno a sua acompanhante, devia ter sido com próprio conhecimento e volição dela; a mulher no trem, ele enfatizou, não parecia ou falava como alguém preparado para uma morte repentina e violenta.

"O sr. James Verner, contra isto, jurou também com veemência que estava à plena vista da porta do vagão desde o instante em que o sr. Campbell saiu até ele mesmo entrar no compartimento, de que não havia ninguém naquele vagão entre as ruas Farringdon e Aldgate, e que a mulher, até onde ele acreditava, não havia feito qualquer movimentação durante toda a viagem.

"Não; Frank Errington *não* foi levado a julgamento pela pena capital", declarou o homem da casa de chá com um sorriso sarcástico, "graças à perspicácia de sir Arthur Inglewood, seu advogado. Ele negou absolutamente sua identificação com o homem do terno de *tweed* e jurou que não via a sra. Hazeldene desde as onze da manhã daquele dia. Não havia *prova* de que ele a vira depois disso; no mais, segundo o parecer do sr. Campbell, havia toda probabilidade de que o homem do terno de *tweed* não fosse o assassino. O senso comum não admitiria que uma mulher podia ter um veneno letal injetado em si sem o conhecimento dela, enquanto conversava tranquilamente com seu assassino.

"Hoje em dia, o sr. Errington mora no exterior. Está prestes a se casar. Eu não creio que algum de seus verdadeiros amigos tenham acreditado, nem por um instante, que ele tenha cometido o crime vil. A polícia acha que sabe tudo. Eles só sabem o seguinte: que não haveria como ser um suicídio e que, se o homem que, sem sombra de dúvida, andou no vagão com a sra. Hazeldene naquela tarde fatal não tivesse crime algum na consciência, teria se confessado há muito tempo e explicado tudo o que pudesse sobre o mistério.

"Em relação a quem era aquele homem, a polícia é cega, não tem qualquer noção. Sob a crença inabalável de que Errington era culpado, eles passaram os últimos meses em um empenho incessante para encontrar provas extras e contundentes de sua culpa. Mas não vão encontrar, pois não existem. Não há prova inegável contra o verdadeiro assassino, pois ele foi um desses canalhas muito espertos que pensam em tudo, e podem antever exatamente quais provas serão levantadas contra eles e agir de acordo.

"Este ser, inescrupuloso desde o princípio, tinha o corpo e a personalidade de Frank Errington em mente. Ele foi a areia que o cafajeste lançou, metaforicamente, nos olhos da polícia, e, a senhorita há de admitir, houve algum sucesso em cegá-

-los. A ponto de fazê-los esquecer totalmente de uma frase simples, entreouvida pelo sr. Andrew Campbell, e que, é claro, entregava tudo: a única derrapada que o ardiloso malandro deu. '*Au revoir!* Não se atrase esta noite.' A sra. Hazeldene ia à ópera com o marido naquela noite...

"Ficou pasma?", perguntou ele, encolhendo os ombros. "A senhorita ainda não percebeu a tragédia, a que tenho a minha frente desde o início. A jovem e frívola esposa, os flertes com o amigo? Tudo uma cortina de fumaça, mera encenação. Eu me dei ao trabalho que a polícia deveria ter tido imediatamente, o de encontrar algo a respeito da *economia doméstica* dos Hazeldene. Dinheiro, em nove de dez casos, é a chave para o crime.

"Descobri que o testamento de Mary Beatrice Hazeldene havia sido validado pelo marido, seu único executor, sendo o patrimônio declarado de 15 mil libras. Descobri, além disso, que o sr. Edward Sholto Hazeldene era um pobre escriturário quando se casou com a filha de um construtor ricaço de Kensington. E depois anotei o fato de que o viúvo inconsolado havia deixado a barba crescer desde a morte da esposa.

"Não há dúvidas de que foi um malandro muito esperto", completou a estranha criatura, debruçando-se sobre a mesa e perscrutando o rosto de Polly. "Sabe como o veneno mortal foi injetado no corpo da pobre mulher? Pelo modo mais simples que há, de conhecimento de todo cafajeste do sul da Europa. Um anel. Sim! Um anel, que tem uma minúscula agulha oca, capaz de armazenar quantidade suficiente de ácido prússico para matar duas pessoas, não só uma. O homem do terno de *tweed* apertou as mãos da bela companheira e... é provável que ela tenha sentido a picada, mas não a ponto de provocar um grito. E perceba que o cafajeste teve toda a vantagem, dada sua amizade com o sr. Errington, de localizar o veneno de que precisava, sem falar do cartão de visita do amigo. Não temos como avaliar por quantos meses ele come-

O HOMEM DA CASA DE CHÁ   95

çou a tentar copiar Frank Errington no jeito de se vestir, no corte do bigode, na aparência em geral, o que provavelmente tornou a mudança tão gradual que ninguém em seu ambiente iria notar. Ele escolheu por modelo um homem de sua própria altura e físico, com cabelo do mesmo tom."

— Mas havia o risco muito grande de ser identificado pela outra pessoa que viajava no metrô — observou Polly.

— Sim, com certeza. Ele optou por assumir esse risco, e foi inteligente. Ele avaliou que vários dias iam se passar até que aquela pessoa, que, a propósito, era um homem de negócios absorto em seu jornal, o visse de novo. O grande segredo do crime exitoso é estudar a natureza humana — complementou o homem da casa de chá, enquanto começava a procurar seu chapéu e casaco. — Edward Hazeldene sabia disso muito bem.

— E o anel?

— Ele pode ter comprado quando estava em lua de mel — sugeriu o homem com um sorriso sinistro. — A tragédia não foi planejada em uma semana, pode ter levado anos para maturar. Mas a senhorita há de convir que lá se vai mais um canalha fugindo da forca. Deixei-lhe estas fotografias de como ele estava há um ano e como está agora. A senhorita perceberá que ele tirou a barba de novo, assim como o bigode. Imagino que agora seja amigo do sr. Andrew Campbell.

Ele deixou a srta. Polly Burton questionando-se, sem saber no que acreditar.

E foi por isso que ela perdeu o horário combinado com o sr. Richard Frobisher (do *London Mail*) e não assistiu Maud Allan dançar no Palace Theatre naquela tarde.

12. O MISTÉRIO DE LIVERPOOL

— Um título de nobreza... Um título de nobreza estrangeiro, quer dizer, sempre ajuda quando se tem fins de golpe e fraude — comentou o homem da casa de chá, um dia, para Polly. — Os assaltos mais inteligentes dos tempos modernos foram os cometidos em Viena por um homem que se denominava lorde Seymour. Aqui, a mesma categoria de vilão apresenta-se como conde Fulano, sempre com um nome que termine em "o", ou príncipe Sicranoff, com esta terminação em "off" ou "ov".

— Felizmente, quem administra nossos hotéis e hospedarias — respondeu ela —, anda mais atento aos costumes dos vigaristas estrangeiros e trata esta aristocracia titulada, que fala inglês errado, como trapaceiros ou ladrões em potencial.

— E o resultado, por vezes, é muitíssimo desagradável para os *grand seigneurs* de fato que honram este país com suas visitas — respondeu o homem da casa de chá. — Observe o caso do príncipe Semionicz, um homem cujas dezesseis moradas estão devidamente registradas no *Almanaque de Gota*, que transportava bagagem suficiente para pagar todos os quartos de um hotel pelo mínimo de uma semana, cuja cigarreira de ouro com detalhes em diamante e turquesa foi roubada sem que ele demonstrasse o mínimo incômodo para reavê-la; foi o mesmo homem que, ainda assim, recebeu olhares de desconfiança do gerente do Liverpool North-Western Hotel desde o instante em que seu valete (um francês baixinho, elegante, um tanto vulgar) reservou, em nome do patrão, de si mesmo e de um pajem, o melhor conjunto de quartos daquele hotel.

"Era óbvio que a desconfiança não tinha fundamento, pois o valete baixinho, assim que o príncipe Semionicz chegou, confiou ao gerente uma pilha de cédulas, assim como documentos e debêntures, cujo valor excedia em dez vezes a conta mais escandalosa que pudesse ser cobrada do nobre visitante. No mais, *monsieur* Albert Lambert explicou que o príncipe, que tinha planos de passar poucos dias em Liverpool, estava a caminho de Chicago, onde planejava visitar a princesa Anna Semionicz, sua irmã, casada com o sr. Girwan, rei do cobre e multimilionário.

"Porém, como eu lhe disse antes, apesar de todas essas garantias inquestionáveis, a desconfiança quanto ao abastado príncipe russo rondava as mentes da maioria dos habitantes de Liverpool com quem ele teve relações comerciais. Ele estava há dois dias no North-Western quando despachou seu valete à Winslow & Vassall, os joalheiros da rua Bold, solicitando que fizessem a gentileza de enviar um representante ao hotel com peças refinadas de joalheria, sobretudo com diamantes e pérolas, que ele desejava levar de presente a sua irmã em Chicago.

"O sr. Winslow recebeu o pedido de *monsieur* Albert com reverência. Então foi à sala dos fundos e consultou o sócio, o sr. Vassall, quanto ao melhor andamento a ser adotado. Os dois cavalheiros estavam desejosos de negócios, dado que as transações andavam muito fracas. Nenhum deles queria recusar um cliente em potencial, nem ofender o sr. Pettitt, gerente do North-Western, que os havia recomendado ao príncipe. Mas aquele título estrangeiro e o valete francês baixinho e vulgar não desciam na garganta dos dois joalheiros empolados e digníssimos de Liverpool, e, juntos, eles combinaram, em primeiro lugar, não conceder crédito algum; e, em segundo, que se fossem oferecidos um cheque ou mesmo uma ordem de pagamento, as joias seriam entregues apenas quando este cheque ou ordem fossem descontados.

"Então surgiu a dúvida em relação a quem devia levar as joias ao hotel. Era absolutamente contra a etiqueta comercial os próprios sócios cumprirem tais incumbências; no mais, considerou-se que seria mais fácil um funcionário explicar, sem causar ofensa indevida, que não podia assumir responsabilidade por um cheque ou ordem de pagamento sem seu desconto anteceder a entrega das joias.

"Além disso, havia a dúvida quanto à necessidade suposta de conversarem em língua estrangeira. O auxiliar-chefe, Charles Needham, que era funcionário da Winslow & Vassall há doze anos, era, à legítima moda britânica, ignorante de qualquer idioma fora o seu próprio; assim se decidiu enviar o sr. Schwarz, um jovem funcionário alemão que havia chegado há pouco, para a delicada tarefa.

"O sr. Schwarz era sobrinho e afilhado do sr. Winslow, tendo uma das irmãs do último casado-se com o diretor da grande firma alemã de ourives Schwarz & Co., de Hamburgo e Berlim.

"O jovem logo tornou-se muito próximo do tio e provavelmente seria seu herdeiro, dado que o sr. Winslow não tinha filhos.

"De início, o sr. Vassall mostrou relutância quanto a despachar o sr. Schwarz com tantas joias de valor, sozinho, em uma cidade que ele ainda não havia tido tempo de estudar em minúcias; mas, por fim, se deixou ser convencido pelo sócio majoritário. Fez-se uma bela seleção de colares, pingentes, pulseiras e anéis, que somavam mais de 16 mil libras, e decidiu-se que o sr. Schwarz deveria ir ao North-Western em um táxi no dia seguinte, por volta das três da tarde. Foi o que ele fez, e o dia seguinte foi uma terça-feira.

"Os negócios prosseguiram na loja como sempre, sob direção do auxiliar-chefe, até por volta das sete da noite, quando o sr. Winslow retornou de seu clube, onde costumava passar uma hora com os jornais toda tarde, e imediatamente perguntou pelo sobrinho. Para sua surpresa, o sr. Needham lhe informou que o sr. Schwarz ainda não havia voltado. Isto lhe soou um tanto estranho. O sr. Winslow, um pouco nervoso, entrou na sala dos fundos para consultar seu sócio minoritário. O sr. Vassall ofereceu-se para ir ao hotel e conversar com o sr. Pettitt.

"'Eu mesmo estava começando a ficar nervoso', disse ele, 'mas não quis admitir que estava. Estou aqui há meia hora, esperando que a qualquer momento o senhor comparecesse e pudesse dar notícias que me tranquilizassem. Achei que pudesse ter encontrado o sr. Schwarz e que estivessem voltando juntos.'

"O sr. Vassall, contudo, voltou ao hotel e interrogou o recepcionista. Este lembrava perfeitamente do sr. Schwarz enviar seu cartão ao príncipe Semionicz.

"'Quando isso aconteceu?', perguntou o sr. Vassall.

"'Ele chegou por volta das 15h10, senhor; saiu cerca de uma hora depois.'

"'Ele saiu?', bufou o sr. Vassall.

"'Sim, senhor. O sr. Schwarz saiu daqui por volta das 15h45, senhor.'

"'Tem certeza?'

"'Absoluta. O sr. Pettitt estava no saguão quando ele saiu e lhe fez alguma pergunta sobre os negócios. O sr. Schwarz riu e respondeu: 'Nada mal'. Espero que não haja algo errado, senhor', complementou o homem.

"'Ah... hã... nada... obrigado. Posso falar com o sr. Pettitt?'

"'É claro, senhor.'

"O sr. Pettitt, o gerente do hotel, compartilhou do nervosismo do sr. Vassall assim que soube que o jovem alemão ainda não havia voltado para casa.

"Conversei com ele pouco antes das quatro da tarde. Havíamos acabado de acender as lâmpadas elétricas, o que sempre fazemos nesse horário nos meses de inverno. Mas eu não me preocuparia, sr. Vassall; o jovem pode ter tido algo para fazer no caminho para a loja. Provavelmente o senhor o encontrará assim que voltar.'

"Parecendo um pouco mais tranquilo, o sr. Vassall agradeceu ao sr. Pettitt e voltou à loja às pressas, mas descobriu que o sr. Schwarz não havia retornado, embora já fosse quase oito da noite.

"O sr. Winslow parecia tão abatido e incomodado que seria cruel somar reprimendas a seus problemas ou proferir a mínima sugestão de que o desaparecimento prolongado do jovem Schwarz, com 16 mil libras em joias e dinheiro, estava dentro dos limites da probabilidade.

"Restava uma chance, mas, dadas as circunstâncias, uma chance muito pequena. A casa dos Winslow ficava no alto de Birkenhead. O jovem Schwarz residia com eles desde sua chegada a Liverpool e, fosse por uma indisposição ou por outro motivo, poderia ter ido diretamente para casa sem avisar à loja. Era improvável, pois joias de valor nunca eram guardadas na casa, mas... era uma possibilidade.

"Seria inútil", prosseguiu o homem da casa de chá, "e certamente desinteressante eu lhe relatar as outras angústias dos senhores Winslow e Vassall em relação ao jovem desaparecido. Basta dizer que, ao chegar lá, o sr. Winslow descobriu que seu afilhado não havia voltado nem enviado mensagem telegráfica.

"Sem querer alarmar sua esposa sem necessidade, o sr. Winslow tentou jantar, mas imediatamente depois correu de volta ao North-Western Hotel e pediu para falar com o príncipe Semionicz, que estava no teatro com seu valete e era provável que só chegasse em casa perto da meia-noite.

"O sr. Winslow, assim, sem saber o que pensar nem o que temer, e apesar do terror que sentia em dar publicidade ao desaparecimento do sobrinho, achou que era seu dever ir à delegacia e conversar com o inspetor. É incrível como notícias desse tipo correm rápido em uma cidade grande como Liverpool. Os jornais matutinos já estavam tomados pela última sensação: 'Desaparecimento misterioso de comerciante renomado'.

"Na mesa do café da manhã, o sr. Winslow deparou-se com um exemplar do jornal que continha a notícia sensacionalista. Estava ao lado de uma carta dirigida a ele, com a letra do sobrinho, que havia sido postada em Liverpool.

"O sr. Winslow deixou a carta, escrita a ele pelo sobrinho, nas mãos da polícia. Seu conteúdo, assim, logo se tornou propriedade pública. As afirmações estarrecedoras que o sr. Schwarz fez ali criaram, na tranquila e profissional Liverpool, uma sensação que raramente se igualou na cidade.

"Ao que parece, o jovem de fato havia tratado com o príncipe Semionicz às 15h15 da quarta-feira, 10 de dezembro, com uma sacola cheia de joias, que somavam um valor de quase 16 mil libras. O príncipe de fato admirou e, por fim, selecionou entre os adornos um colar, um pingente e uma pulseira, sendo o total avaliado pelo sr. Schwarz, seguindo instruções, em 10.500 libras. O príncipe Semionicz foi rápido e profissional em sua negociação.

"'O senhor necessita fazer o pagamento imediato das peças, é claro', falou ele em inglês perfeito, 'e sei que homens de negócios como o senhor preferem dinheiro vivo a cheques, especialmente ao tratar com estrangeiros. Em função disso, eu sempre estou bem abastecido do papel-moeda do Bank of England', complementou com um sorriso agradável, 'pois 10.500 libras em ouro podem ser de transporte inconveniente. Se o senhor fizer a gentileza de preparar o recibo, meu valete, *monsieur* Lambert, resolverá todas as questões comerciais com o senhor.'

"Imediatamente ele pegou as joias que havia selecionado e as depositou em uma frasqueira com tranca, cujo belo conteúdo em prata o sr. Schwarz só captou de relance. Então, estando aprovisionado de papel e tinta, o jovem joalheiro anotou a conta e o recibo, enquanto *monsieur* Lambert, o valete, contou diante dele 105 notas novinhas em folha do Bank of England, de cem libras cada. Depois, com uma última mesura para seu cliente extremamente cortês e satisfatório, o sr. Schwarz pediu licença para partir. No saguão, viu e conversou com o sr. Pettitt, depois saiu.

"Ele havia acabado de deixar o hotel e estava a caminho de passar para St. George's Hall quando um cavalheiro, usando um magnífico casaco de peles, saiu rapidamente de um táxi que estava estacionado perto do meio-fio e, com um leve toque no seu ombro, falou com ar inegável de autoridade ao mesmo tempo em que lhe entregava um cartão:

"'Este é meu nome. Preciso falar com o senhor agora mesmo.'

"Schwarz olhou o cartão de relance e, à luz das lâmpadas de arco voltaico sobre sua cabeça, leu ali o nome 'Dimitri Slaviansky Burgreneff, de la Troisième Section de la Police Imperial de S.M. le Czar'.

"Rapidamente, o dono daquele nome impronunciável e do título significativo apontou para o táxi de onde havia acabado de desembarcar, e Schwarz, que teve todas as desconfianças em relação ao cliente principesco eriçadas em um só instante, agarrou sua bolsa e seguiu o imponente interlocutor; assim que os dois estavam confortáveis no táxi, o último começou com um pedido de desculpas cortês, em inglês macarrônico, embora fluente.

"'Peço perdão, senhor, por intrometer-me em seu tempo precioso, o que sem dúvida não faria não fosse a certeza de que nossos interesses pelo assunto que tenho em pauta sejam praticamente idênticos, no que tange a que ambos desejamos sobrepujar um patife muito inteligente.'

"Por instinto, e com a mente tomada de apreensões, a mão do sr. Schwarz dirigiu-se a sua caderneta, que transbordava de cédulas que ele havia recebido há pouco do príncipe.

"'Ah, entendi', interveio o russo cortês, dando um sorriso, 'ele lhe aplicou o conto do vigário, com o acréscimo usual de muitas das ditas cédulas do Bank of England.'

"'Ditas?', repetiu o jovem desafortunado, engasgando.

"'Creio que não costumo enganar-me ao julgar meus compatriotas', prosseguiu *monsieur* Burgreneff. 'O senhor há de lembrar que tenho vasta experiência. Assim, duvido que esteja cometendo uma injustiça com *monsieur*... hã... como ele se apresentou? Príncipe Fulano... se eu afirmar, mesmo sem tocar nestas notas novinhas em folha que o senhor traz na carteira, que nenhum banco as trocará por ouro.'

"Lembrando-se das desconfianças do tio e das próprias, o sr. Schwarz amaldiçoou-se pela ingenuidade e insensatez em aceitar as notas com tanta facilidade, sem por um instante imaginar que fossem falsas. Com todas as desconfianças em alerta total, tocou as cédulas com dedos nervosos, ansiosos, enquanto o imperturbável russo calmamente acendia um fósforo.

"'Veja aqui', disse ele, apontando uma das cédulas, 'a forma deste W na assinatura do tesoureiro-chefe. Não sou um policial inglês, mas eu perceberia este "W" espúrio entre mil genuínos. Perceba que já vi muitos.'

"O pobre e jovem Schwarz, é claro, não havia visto tantas notas do Bank of England na vida. Ele não teria como dizer se um W na assinatura do sr. Bowen diferia de outro. Mas, embora não falasse inglês tão fluente quanto o de seu empolado interlocutor, ele entendeu cada palavra da terrível declaração que o último havia feito.

"'Então, aquele príncipe', falou ele, 'no hotel...'

"'É tão príncipe quanto o senhor e eu, meu caro', concluiu com a voz calma o cavalheiro da polícia de Sua Majestade.

"'E as joias? As joias do sr. Winslow?'

"'Quanto às joias pode haver uma chance... ah! Uma mísera chance. Estas cédulas falsas, que o senhor aceitou com toda confiança, podem ser os meios para recuperar sua propriedade.'

"'Como?'

"'A pena por forjar e fazer circular papel-moeda falso é pesada. O senhor sabe. O medo de servidão penal por sete anos será um sedativo maravilhoso para... hã... a boa disposição do príncipe. Nada tema, pois ele me entregará as joias de bom grado. Ele sabe', acrescentou o policial russo, com o rosto sério, 'que tem várias contas a acertar, e não precisa de mais esta do dinheiro falso. Perceba que temos interesses idênticos. Posso confiar na sua cooperação?'

"'Ah, farei tudo que o senhor deseja', disse o jovem alemão contente. 'Sr. Winslow e sr. Vassall... eles confiaram em mim e fui um tolo. Espero que não seja tarde demais.'

"'Creio que não', respondeu o sr. Burgreneff, com a mão já na maçaneta da porta do táxi. 'Enquanto eu venho conversando com o senhor, mantive um olho no hotel e sei que nosso amigo príncipe ainda não saiu. Nós da polícia secreta russa estamos acostumados, o senhor sabe, a ter olhos em todo lugar. Creio que não pedirei que o senhor esteja presente na defrontação. Talvez seja melhor me esperar no táxi. A neblina está feia e o senhor ficará mais protegido. Pode me alcançar as belas cédulas? Obrigado! Não fique nervoso. Não vou demorar.'

"Ele levantou o chapéu e encaixou as notas no bolso interno de seu magnífico casaco de peles. Enquanto o fazia, o sr. Schwarz percebeu uma farda suntuosa e um cinturão largo, que indubitavelmente daria lastro moral diante do patife no andar de cima.

"Então, o agente da polícia de Sua Majestade saiu rápido do táxi, e o sr. Schwarz ficou sozinho."

13. UM CRÁPULA ARDILOSO

— Sim, absolutamente sozinho — prosseguiu o homem da casa de chá, com um riso sarcástico. — Tão sozinho, aliás, que várias horas se passaram e o magnânimo policial da farda pomposa não voltou. Quando já era tarde demais, Schwarz amaldiçoou-se mais uma vez por ser um imbecil inveterado. Ele mais do que se dispôs a acreditar que o príncipe Semionicz era um mentiroso e um patife, e sob esta desconfiança injusta havia virado presa fácil de um dos crápulas mais ardilosos que já encontrara.

"Um questionamento ao recepcionista do North-Western rendeu a resposta de que nenhuma figura tal como a descrita pelo sr. Schwarz havia entrado no hotel. O jovem pediu para falar com o príncipe Semionicz, com todas as esperanças de que nem tudo estivesse perdido. O príncipe o recebeu com toda cortesia; ele estava ditando cartas para seu valete, enquanto o pajem estava na sala ao lado preparando os trajes noturnos do amo. O sr. Schwarz teve muita dificuldade em explicar o que queria de fato.

"Lá estava a frasqueira na qual o príncipe havia trancado as joias, e ali estava a bolsa da qual o valete havia tirado as cédulas. Depois de muita hesitação da parte de Schwarz e muita impaciência da parte do príncipe, o jovem derramou toda a história do dito policial russo cujo cartão ele ainda tinha em mãos.

"O príncipe, ao que parece, levou a situação toda de bom grado; não há dúvida de que ele achou o joalheiro um imbecil incurável. Ele lhe mostrou as joias, o recibo que tinha, assim como um maço de cédulas similares às que Schwarz tinha entregado, com insensatez condenável, ao crápula no táxi.

"'Pago todas as minhas contas com notas do Bank of England, sr. Schwarz. Talvez fosse mais sagaz o senhor conversar com o gerente do hotel a meu respeito antes de dispor-se a acreditar em uma história sem pé nem cabeça sobre minhas supostas malandragens.'

"Por fim, ele colocou um pequeno livro diante do jovem joalheiro, e falou com um sorriso simpático:

"'Se as pessoas deste país que são muito envolvidas com negócios, e por isso tem alta probabilidade de contato com gente de nacionalidade estrangeira, pudesse estudar estes pequenos volumes antes de fazer transações com um estrangeiro que afirma ter título, seriam economizadas muitas decepções e muitos prejuízos. Caso conferisse a página 797 deste pequeno volume do *Almanaque de Gota,* o senhor teria visto meu nome e saberia desde o princípio que o dito investigador russo é um mentiroso.'

"Não havia mais nada a dizer, e o sr. Schwarz partiu do hotel. Agora que não havia dúvida de que fora ludibriado sem dó, ele não ousava ir para casa e tinha leve esperança de que, ao informar a polícia, eles conseguiriam prender o ladrão antes que ele tivesse tempo de deixar Liverpool. O sr. Schwarz conversou com o detetive-inspetor Watson e foi imediatamente defrontado pelos enormes empecilhos, que tornavam a recuperação do dinheiro quase impensável. Ele não havia tido tempo nem oportunidade de anotar os números das cédulas.

"O sr. Winslow, embora com fúria abissal frente a seu sobrinho, não quis expulsá-lo de casa. Assim que recebeu a carta de Schwarz, ele o localizou, com a ajuda do inspetor Watson, em seus aposentos na rua North, onde o desafortunado jovem quis se esconder até que a tempestade passasse, ou talvez até o ladrão ser pego em flagrante, com o saque ainda em mãos.

"Este acontecimento afortunado, não preciso dizer, nunca aconteceu, embora a polícia tenha empreendido esforços para rastrear o homem que havia convencido Schwarz a entrar no táxi. Sua aparência era incomum; era muito improvável que ninguém em Liverpool o tivesse notado depois de sair do táxi. O magnífico casaco de peles, a barba comprida: tudo era saliente, embora fossem mais de quatro da tarde de um dia de bastante neblina em dezembro.

"Mas todas as investigações provaram-se fúteis; ninguém que respondia à descrição que Schwarz fizera daquele homem havia sido visto, em lugar algum. Os jornais continuavam a referir-se ao caso como 'O Mistério de Liverpool'. A pedido da polícia de Liverpool, a Scotland Yard enviou o sr. Fairburn, o célebre investigador, para ajudar nas investigações, mas de nada adiantou.

"O príncipe Semionicz e sua comitiva deixaram Liverpool, e aquele que havia tentado manchar seu caráter e tivera sucesso em extrair 10.500 libras dos *messieurs* Winslow e Vassall, havia sumido por completo."

O homem da casa de chá ajustou sua gola e gravata, as quais, durante a narrativa deste interessante mistério, haviam subido até seu pescoço comprido como um mastro, ficando sob suas orelhas de abano. Seu traje de *tweed* xadrez, de desenho particularmente extravagante, havia chamado a atenção de algumas garçonetes, que estavam em outro canto olhando para ele e rindo. Era evidente que aquilo o deixava nervoso. O homem ergueu um olhar cheio de humildade para Polly, parecendo um marabu trajado para uma festa.

— É claro que, no início, surgiu todo tipo de teoria sobre o roubo. Uma das mais famosas, e ao mesmo tempo a que foi desbaratada mais rápido, era a de que o jovem Schwarz havia contado uma história da carochinha e que ele mesmo era o ladrão.

"Contudo, como eu disse antes, isto foi desconsiderado muito rápido, pois o pai do sr. Schwarz, um comerciante muito rico, não deixaria a negligência do filho virar prejuízo sério para seus generosos patrões. Assim que ele tomou plena ciência das circunstâncias do caso extraordinário, fez um cheque de 10.500 libras que remeteu a *messieurs* Winslow e Vassall. Uma ação justa, mas também nobre.

"Toda Liverpool ficou sabendo do ato de generosidade, pois o sr. Winslow se certificou de que soubessem; qualquer desconfiança espúria quanto ao jovem sr. Schwarz desapareceu tão logo quanto surgiu.

"Depois, é claro, circulou a teoria sobre o príncipe e sua comitiva. Imagino que até hoje haja muitos em Liverpool, assim como em Londres, que afirmam que o dito policial russo era um cúmplice. Não há dúvida de que a teoria era bastante plausível, e *messieurs* Winslow e Vassall gastaram um bom dinheiro tentando armar um processo contra o príncipe russo.

"Logo depois, contudo, a teoria também estava fadada a entrar em colapso. O sr. Fairburn, cuja reputação como investigador de crimes aumenta na proporção inversa a suas habilidades, tomou a rota óbvia de interrogar os gerentes das maiores casas de câmbio de Liverpool. Ele logo descobriu que o príncipe Semionicz havia convertido uma grande quantidade de dinheiro russo e francês em notas inglesas desde que chegara ao país. Mais de 30 mil libras em dinheiro válido, sólido, honesto, foi rastreado até os bolsos do cavalheiro das dezesseis moradias. Parecia, portanto, mais do que improvável que um homem obviamente muito rico se arriscaria ao cárcere e ao trabalho forçado, se não coisa pior, apenas para somar um pouco mais de 10 mil libras a sua fortuna.

"Contudo, a teoria da culpa do príncipe fincou raízes nas mentes estúpidas das autoridades policiais. Eles tinham todo tipo de comprovação dos antecedentes do príncipe Semionicz na Rússia; seu título e sua fortuna estavam acima de qualquer suspeita, e ainda assim eles suspeitaram e continuaram suspeitando dele e de seu valete. Comunicaram-se com a polícia de cada capital europeia; e embora ainda esperem obter provas suficientes contra aqueles de quem suspeitam, eles tranquilamente deixam que o culpado desfrute de sua malandragem."

— O culpado? — perguntou Polly. — Quem o senhor acha...

— Quem eu acho que sabia, naquele instante, que o jovem Schwarz carregava aquele dinheiro? — perguntou ele, muito animado, saracoteando-se na poltrona como se tivesse bicho-carpinteiro. — Era óbvio que a pessoa culpada do roubo sabia que Schwarz havia ido conversar com um russo ricaço e que havia alta probabilidade que fosse voltar em posse de uma grande soma em dinheiro.

— Quem, de fato, se não o príncipe e seu valete? — argumentou ela. — Mas agora mesmo o senhor disse...

— Agora mesmo eu disse que a polícia estava decidida pela culpa do príncipe e seu valete; eles não olharam muito além de seus narizes rombudos. *Messieurs* Winslow e Vassall gastaram muito dinheiro nessas investigações. O sr. Winslow, como sócio majoritário, podia perder mais de 9 mil libras com o roubo. O caso do sr. Vassall era diferente.

"Quando vi que a polícia seguia cometendo erros crassos no caso, eu me dei ao trabalho de fazer certas investigações. A situação toda me interessava muito e fiquei sabendo tudo que eu queria. Descobri que o sr. Vassall era de fato um sócio minoritário na firma, que só tinha dez porcento dos lucros, tendo sido promovido à sociedade recentemente após ser auxiliar-sênior.

"Mas a polícia não se deu ao trabalho de descobrir este dado."

— O senhor não quer dizer que...

— Quero dizer que, em todos os casos em que um roubo afeta mais do que uma pessoa, a primeira coisa a descobrir é se afeta a segunda parte igualmente. Foi o que eu provei à senhorita, não foi mesmo, quanto àquele roubo em Phillimore Terrace? Ali, tal como aqui, um das partes perderia muito pouco se comparada à outra...

— Mesmo assim... — começou Polly.

— Espere um instante, pois descobri algo mais. No momento em que assegurei que o sr. Vassall não estava tirando mais do que aproximadamente quinhentas libras por ano de sua participação societária, tentei descobrir o nível de vida que levava e quais eram seus maiores vícios. Descobri que ele tinha uma bela casa em Albert Terrace. Os aluguéis dessas casas são de 250 libras ao ano. Portanto, a especulação, o turfe ou algum tipo de aposta deviam ajudá-lo a manter aquela moradia. A especulação e a maioria das formas de aposta são sinônimo de dívida e ruína. É apenas questão de tempo. Se o sr. Vassall estava em dívida naquela época, isso eu não sei dizer, mas o que eu sei é que, desde aquele prejuízo desafortunado que teve, de cerca de mil libras, ele conservou a casa em condições melhores do que antes, e agora tem uma boa conta bancária no banco Lancashire & Liverpool, que abriu um ano após seu 'grande prejuízo'."

— Mas deve ter sido muito difícil... — contrapôs Polly.

— O quê? — perguntou ele. — Ter planejado tudo isso? Pois implementar o plano foi brincadeira de criança. Ele tinha 24 horas para executar tudo. Por quê, o que havia a fazer? Em primeiro lugar, procurar uma gráfica em região afastada da cidade e conseguir que imprimam lá alguns cartões com um nome pomposo. Isto, é claro, se faz "na moita". Além disso, compra-se uma boa farda de segunda mão, um casaco de peles, uma barba e peruca de um figurinista.

"Não, não. A execução não foi difícil; foi o planejamento de tudo, a ousadia, isto, sim, foi refinado. Schwarz, é claro, era estrangeiro; ele estava na Inglaterra há pouco mais de uma quinzena. O inglês macarrônico de Vassall o enganou; provavelmente ele não conhecia o sócio júnior com tanta intimidade. Não tenho dúvida disso, não fosse o preconceito britânico absurdo do tio e suas desconfianças para com o príncipe russo, Schwarz não teria acreditado tão facilmente na malandragem do último. Como eu disse, seria uma grande benesse se comerciantes ingleses estudassem mais o *Almanaque de Gota*; mas foi inteligente, não foi? Eu mesmo não faria melhor."

A última frase foi típica dele. Antes que Polly pudesse pensar em um argumento plausível contra a teoria, o homem já havia ido embora, e ela tentava, em vão, encontrar outra solução para o mistério de Liverpool.

14. O MISTÉRIO DE EDIMBURGO

O homem da casa de chá não havia gostado do almoço. A srta. Polly Burton viu que ele tinha algo em mente, pois, mesmo antes de começar a falar naquela manhã, o sujeito mexia e remexia seu barbante, deixando os nervos dela agitados.

— A senhorita já sentiu solidariedade genuína por um criminoso ou criminosa? — perguntou ele depois de algum tempo.

— Uma vez, eu acho — respondeu ela —, mas não tenho certeza de que a desafortunada que atraiu minha simpatia era criminosa como o senhor a pinta.

— A senhorita se refere à heroína do mistério de York? — perguntou ele, em tom suave. — Sei que a senhorita fez muito esforço para desabonar a única versão possível do misterioso assassinato, a minha versão. Pois tenho igual certeza de que a senhorita, neste momento, não tem mais ideia de quem assassinou e assaltou a pobre lady Donaldson, da Charlotte Square de Edimburgo, do que tem a própria polícia, e ainda assim sente-se no direito de fazer pouco caso dos meus argumentos e desabonar minha versão do mistério. É assim que funciona a cabeça da moça jornalista.

— Se o senhor tem uma história sem fundamento para explicar aquele caso extraordinário — retorquiu ela —, é claro que vou desacreditá-lo. Se o senhor pretende angariar minha simpatia por Edith Crawford, eu lhe garanto que não terá sucesso.

— Bom, não posso dizer que esta é minha intenção por completo. Vejo que a senhorita tem interesse pelo caso, mas ouso dizer que não se recorda das circunstâncias. Perdoe-me caso eu repita informações que já conhece. Se já esteve alguma vez em Edimburgo, terá ouvido falar do Graham's Bank, e que o sr. Andrew Graham, atual diretor da firma, é indubitavelmente uma das figuras de maior proeminência na "Atenas moderna".

O homem da casa de chá tirou duas ou três fotos de sua caderneta e as colocou diante da moça. Em seguida, apontando para elas com seu dedo comprido e ossudo, disse:

— Eis o sr. Elphinstone Graham, o filho mais velho. Um típico jovem escocês, como pode ver. E eis David Graham, o segundo filho.

Polly analisou a segunda foto com mais atenção, e viu um rosto jovem no qual uma mágoa de longa data havia deixado marcas. O rosto era delicado e magro, os traços eram emaciados e os olhos pareciam grandes e proeminentes de maneira incomum.

— Ele tem uma deficiência — comentou o homem da casa de chá, respondendo aos pensamentos da moça —, e, por isso, é motivo de pena e até de repugnância para a maioria de seus amigos. Havia também muitas conversas na sociedade de Edimburgo a respeito de seu estado psiquiátrico, pois, segundo amigos íntimos dos Graham, às vezes sua mente parecia perturbadíssima. Seja como for, imagino que a vida dele deva ter sido triste; ele perdeu a mãe ainda muito bebê, e seu pai, por mais estranho que pareça, dava a impressão de alimentar um desprezo quase insuperável pelo filho.

"Todos sabiam da triste situação de David Graham na casa do pai, assim como da grande estima que ele tinha da parte de sua madrinha, lady Donaldson, irmã do sr. Graham.

"Era uma senhora de fortuna considerável, por ser viúva de sir George Donaldson, o fabricante de bebidas alcoólicas; mas também tinha suas excentricidades. Em tempos recentes, surpreendera toda a família, composta por presbiterianos inflexíveis, ao anunciar sua intenção de adotar a fé católica romana, e depois retirar-se ao convento de St. Augustine em Newton Abbot, Devonshire.

"A senhora tinha controle exclusivo e absoluto da vasta fortuna que o marido apaixonado lhe havia legado. Era evidente que ela tinha liberdade para outorgá-la a um convento de Devonshire, se assim quisesse. Mas esta, como se viu, estava longe de ser sua intenção.

"Eu lhe falei da afeição que ela sentia pelo afilhado com deficiência, não falei? Como o emaranhado de excentricidades que era, ela tinha muitos hobbies, nenhum deles maior do que a determinação de, antes de retirar-se do mundo por completo, ver David Graham casado e feliz.

"Pois o que se sabe é que David Graham, mesmo sendo feio, meio maluco e tendo uma deficiência, havia apaixonado-se perdidamente pela srta. Edith Crawford, filha do finado dr. Crawford de Prince's Gardens. A moça, contudo, talvez como lhe seria natural, evitava David Graham, o qual, nesta época, de fato parecia muito esquisito e taciturno. Mas lady Donaldson, com a firmeza que lhe era característica, parecia resolvida a amolecer o coração da srta. Crawford em relação ao sobrinho desafortunado.

"No último dia 2 de outubro, em uma festa de família promovida pelo sr. Graham em sua bela mansão da Charlotte Square, lady Donaldson anunciou a todos sua intenção de doar a seu sobrinho, David Graham, por escritura juramentada, certas propriedades, fundos e ações que somariam o valor total de 100 mil libras, assim como seus magníficos diamantes, que valiam 50 mil libras, para proveito da esposa do mesmo sobrinho. No dia seguinte, Keith Macfinlay, advogado da rua Prince, recebeu as instruções para elaborar a devida escritura, que ela se comprometeu a assinar no dia do casamento do afilhado.

"Uma semana depois, o jornal *The Scotsman* trazia a seguinte notícia:

"'Está marcado o casamento, com efetivação iminente, de David, filho mais novo do dr. Andrew Graham, da Charlotte Square, Edimburgo, e Dochnakirk, Perthshire, e de Edith Lillian, única filha remanescente do finado dr. Kenneth Crawford, de Prince's Gardens.'

"Na alta sociedade de Edimburgo, os comentários sobre o casamento vindouro foram ferozes e variados. Em termos gerais, estavam longe de serem elogiosos às famílias envolvidas. Não creio que os escoceses sejam particularmente sentimentais, mas as negociações comerciais foram tão evidentes neste casamento que a grã-finagem escocesa se revoltou.

"As três pessoas diretamente interessadas, pelo contrário, pareciam contentes. David Graham estava transformado; seu enfado havia deixado o corpo, ele havia perdido o jeito esquisito e os acessos insanos, e tornou-se suave e afetuoso, imerso naquela felicidade tão grande quanto inesperada. A srta. Edith Crawford encomendou seu enxoval e falava dos diamantes a suas amigas, enquanto lady Donaldson apenas aguardava a consumação do casamento, seu maior desejo, para enfim deixar este mundo, em paz com ele e consigo.

"A escritura da doação estava pronta para assinatura no dia do casamento, que ficou marcado para 7 de novembro. Lady Donaldson passou a residir temporariamente na casa do irmão em Charlotte Square.

"O sr. Graham organizou um grande baile em 23 de outubro. Havia interesse especial pelo baile, dado o fato de que lady Donaldson insistira que, na ocasião, a futura esposa de David ostentasse os magníficos diamantes que logo se tornariam dela.

"Eram diamantes soberbos, ao que se sabe, que alçavam a beleza majestosa da srta. Crawford à perfeição. O baile foi um enorme sucesso, sendo que o último convidado saiu às quatro da manhã. No dia seguinte, era o principal assunto das conversas. No dia posterior, ao abrir as edições quentinhas dos jornais matutinos, a cidade toda descobriu com horror que lady Donaldson havia sido assassinada, o corpo fora encontrado em seu próprio quarto, e que os festejados diamantes haviam sido roubados.

"A linda e pequena cidade mal havia se recuperado deste choque, contudo, e os jornais já traziam outra comoção para os leitores.

"Todos os jornais escoceses e ingleses já sugeriam, misteriosamente, uma 'notícia espantosa' que fora obtida pela promotoria escocesa, e uma 'surpreendente prisão prestes a efetivar-se'.

"Então veio a notícia, e todos em Edimburgo leram, horrorizados, que a 'surpreendente prisão' era a de ninguém menos que a srta. Edith Crawford, por homicídio e roubo, ambos tão ousados e terríveis que a razão se recusava a crer que uma dama tão jovem, nascida e criada nos melhores círculos sociais, poderia ter planejado, quanto menos executado, crime tão atroz. Ela foi presa em Londres, no Midland Hotel, e levada a Edimburgo, onde foi interrogada judicialmente e sua soltura mediante fiança foi negada."

15. UM APURO TERRÍVEL

— Pouco mais de uma quinzena depois, Edith Crawford foi devidamente convocada a seu julgamento diante do Tribunal Superior de Justiça. Ela declarou-se inocente na sessão de petição, e sua defesa foi confiada a sir James Fenwick, um dos advogados mais proeminentes da Vara Penal.

"É estranho dizer", prosseguiu o homem da casa de chá após um tempo, "que a opinião pública, desde o começo, estava contra a acusada de maneira categórica. O público é absolutamente infantil, irresponsável e de todo ilógico; defendia-se que, como a srta. Crawford era uma pessoa apta a contrair núpcias com uma criatura deformada e quase insana em troca de 100 mil libras, também estava disposta a assassinar e roubar uma senhora por 50 mil libras em joias sem a incumbência de um marido tão indesejável.

"Talvez a solidariedade que a consciência popular despertou por David Graham tivesse a ver com a animosidade para com a acusada. David Graham, depois deste assassinato cruel e covarde, havia perdido a melhor, senão única, amiga que tinha. Ele também havia perdido, de um só golpe, a grande fortuna que lady Donaldson estava prestes a lhe outorgar.

"A escritura de doação não fora assinada e, como não havia testamento, a vasta fortuna daquela dama, em vez de enriquecer o sobrinho predileto, foi distribuída entre seus herdeiros por lei. Para coroar este longo capítulo de dissabores, David

Graham viu a moça que amava tornar-se acusada do terrível crime que lhe roubara a amiga e a fortuna.

"Era, portanto, com a emoção inegável da digna satisfação que a sociedade de Edimburgo via esta acusada, esta 'mercenária', em tão terrível apuro.

"Eu tinha interesse imenso pelo caso, e viajei à cidade para ter melhor perspectiva dos atores principais no drama que estava prestes a se desenrolar no local.

"Tive êxito, como geralmente tenho, em garantir um lugar na primeira fila, e já estava instalado com muito conforto no tribunal quando vi a cabeça da presidiária emergir pelo alçapão. Ela vestia um traje formoso, todo preto, e, conduzida por dois policiais, tomou seu assento no banco dos réus. Sir James Fenwick apertou as mãos dela com simpatia, e quase o ouvi proferir palavras de consolo.

"O julgamento durou seis dias completos, durante os quais mais de quarenta pessoas foram interrogadas pela promotoria e o mesmo número pela defesa. Mas os depoentes mais interessantes foram, certamente, os dois médicos; a governanta Tremlett; Campbell, o joalheiro da rua High; e David Graham.

"Havia, é claro, uma boa dose de laudos médicos a repassar. A pobre lady Donaldson havia sido encontrada com uma echarpe de seda amarrada no pescoço, e seu rosto demonstrava, até ao olhar leigo, todos os sintomas de estrangulamento.

"Então foi chamada Tremlett, a dama de companhia de lady Donaldson. Interrogada pela Promotoria da Coroa, ela fez um relato do baile do dia 23, na Charlotte Square, e das joias que a srta. Crawford usou na ocasião.

"'Ajudei a srta. Crawford a colocar a tiara sobre o cabelo', disse ela, 'e a minha senhora dispôs pessoalmente os dois colares no pescoço da srta. Crawford. Havia também lindos broches, braceletes e brincos. Às quatro horas da manhã, quando o baile acabou, a srta. Crawford trouxe as joias de volta ao quarto de minha senhora. Milady já havia ido para a cama, e eu havia desligado a lâmpada elétrica, pois também ia me retirar. Havia apenas uma vela no quarto, perto da cama.

"'A srta. Crawford tirou todas as joias e pediu a lady Donaldson a chave do cofre, para guardá-las. Minha senhora lhe deu a chave e disse que eu podia ir para a cama, já que devia estar cansada. Fui grata, pois mal conseguia ficar de pé. Estava exausta. Desejei boa-noite a minha senhora e a srta. Crawford, que estava guardando as joias. Quando eu estava saindo do quarto, ouvi lady Donaldson perguntar se a srta. Crawford tinha conseguido guardar tudo, e a resposta foi que sim, tudo fora guardado.'

"Em resposta a sir James Fenwick, Tremlett disse que lady Donaldson sempre carregava a chave do cofre de joias em uma fita em volta do pescoço, e assim havia feito durante todo o dia que antecedeu sua morte.

"'Na noite do dia 24', prosseguiu ela, 'lady Donaldson ainda parecia muito cansada, e subiu ao quarto logo depois do jantar, enquanto a família ainda estava na mesa. Ela me pediu que arrumasse seu cabelo, depois vestiu o roupão e sentou-se na poltrona para ler. Disse que estava se sentindo estranha, inquieta, nervosa, e não sabia explicar por quê.

"'Contudo, minha senhora não queria que eu ficasse com ela, então pensei que o melhor a fazer seria contar ao sr. David Graham que ela estava indisposta. Minha senhora tinha grande afeição pelo sr. David; ela sempre ficava feliz ao recebê-lo. Então fui para meu quarto e, às 20h30, o sr. David me chamou. Ele disse que minha senhora parecia um tanto inquieta naquela noite e que, se fosse eu, iria escutar por trás da porta dela em mais ou menos uma hora, e caso ela ainda não estivesse deitada, entraria e ficaria com ela até que dormisse. Por volta das dez da noite, fiz o que o sr. David sugeriu e fiquei ouvindo por trás da porta de minha senhora. Estava tudo tranquilo no quarto e, supondo que minha senhora havia ido dormir, voltei para a cama.

"'Na manhã seguinte, às oito horas, quando levei a xícara de chá de minha senhora, eu a vi caída no chão, com seu pobre rosto arroxeado e distorcido. Gritei e as outras criadas vieram correndo. Então o sr. Graham mandou trancar a porta e chamar o médico e a polícia.'

"A pobre mulher parecia estar com dificuldades para não sucumbir ali mesmo. Ela foi interrogada exaustivamente por sir James Fenwick, mas não tinha mais o que dizer. Havia visto sua ama viva pela última vez às oito horas da noite do dia 24.

"'E quando a senhorita foi escutar à porta dela, às 22h', perguntou sir James, 'a senhorita tentou abrir?'

"'Tentei, mas estava trancada', respondeu ela.

"'Lady Donaldson costumava trancar o quarto à noite?'

"'Quase sempre.'

"'E, pela manhã, quando a senhorita levou o chá?'

"'A porta estava destrancada. Entrei sem bater.'

"'Tem certeza?', insistiu sir James.

"'Eu juro', a mulher assentiu.

"Depois disso, fomos informados por vários funcionários da residência do sr. Graham que a srta. Crawford havia ido tomar chá na Charlotte Square na tarde do dia 24 e que ela disse a todos que iria a Londres no trem noturno, pois queria fazer compras na cidade. Parece que tanto o sr. Graham quanto David tentaram convencê-la a ficar para o jantar, e partir no trem das 21h10 que saía da estação Caledonian. A srta. Crawford, contudo, recusou-se, dizendo que sempre preferia partir da estação Waverley. Era mais perto de sua residência, e ela ainda tinha cartas a escrever.

"Apesar disso, dois depoentes viram a acusada na Charlotte Square mais tarde, na mesma noite. Ela carregava uma bolsa que parecia pesada, e caminhava em direção à estação Caledonian Railway.

"Mas o momento mais emocionante naquele julgamento surpreendente foi o que se atingiu no segundo dia, quando David Graham, com aparência adoentada, desgrenhada e abatida, subiu ao banco de depoentes. Um murmúrio de solidariedade cruzou a plateia ao ver aquele homem, a segunda vítima e talvez a mais afetada pela tragédia de Charlotte Square.

"David Graham, respondendo à Promotoria da Coroa, fez um relato de seu último diálogo com lady Donaldson.

"'Tremlett me disse que ela parecia nervosa, incomodada, e eu fui conversar; ela logo se alegrou e...'

"Neste ponto, o desafortunado jovem hesitou visivelmente. Passado um tempo, porém, retomou a fala com esforço patente.

"'Ela falou de meu casamento e da doação que estava prestes a me fazer. Disse que os diamantes seriam para minha esposa, e depois para minha filha, caso eu tivesse uma. Ela também reclamou que o sr. Macfinlay havia sido muito meticuloso no preparo da escritura de doação e que era uma pena que 100 mil libras não pudessem passar das mãos dela a minha sem tanto espalhafato.

"'Ficamos conversando durante mais ou menos meia hora; então a deixei, pois ela parecia pronta para se deitar; mas eu disse à governanta para ir escutar atrás da porta em questão de uma hora.'

"Houve silêncio profundo no tribunal durante alguns instantes, um silêncio que me pareceu quase elétrico. Foi como se, um pouco antes de ser proferida, a pergunta seguinte da promotoria ao depoente houvesse pairado no ar.

"'O senhor já foi noivo da srta. Edith Crawford, não foi?'

"As pessoas não ouviram, elas sentiram o 'Sim' quase inaudível que escapou dos lábios cerrados de David Graham.

"'Sob quais circunstâncias o noivado chegou ao fim?'

"Sir James Fenwick já havia levantado-se para contestar, mas David Graham foi o primeiro a falar.

"'Não creio que eu precise responder a esta pergunta.'

"'Então vou fazê-la de outra maneira', disse o representante da Coroa com toda educação, 'à qual meu estimado amigo não pode se opor. O senhor, no dia 27 de outubro, recebeu ou não uma carta da acusada, na qual ela dizia que queria desobrigar-se da promessa de casamento com o senhor?'

"Mais uma vez, David Graham recusou-se a responder. Definitivamente não deu resposta audível à pergunta do estimado jurista. Mas todos na plateia ali, incluindo os integrantes do júri e da vara, leram no semblante pálido de Graham e em seus olhos grandes e tristonhos o nefasto 'Sim!' que não conseguira chegar a seus trêmulos lábios."

16. "AUSÊNCIA DE PROVAS"

— Não há dúvida — prosseguiu o homem da casa de chá — de que a mínima solidariedade que a temível situação da moça houvesse despertado no consciente público se extinguiu no instante em que David Graham saiu do banco de depoentes, naquele segundo dia de julgamento. Se Edith Crawford era culpada de homicídio ou não, o modo insensível como ela havia aceitado seu amado com deficiência e depois dispensado havia voltado todos contra ela.

"Foi o próprio sr. Graham o primeiro a deixar o promotor de posse do fato de que a acusada havia enviado uma carta de Londres para David, rompendo o noivado. Esta informação, não há dúvidas, dirigiu a atenção do promotor à srta. Crawford, e a polícia logo apresentou a prova que levou à prisão da moça.

"Tivemos uma última comoção no terceiro dia, quando o sr. Campbell, joalheiro da rua High, depôs. Ele disse que, em 25 de outubro, uma dama havia aparecido em sua loja e se oferecido para lhe vender um par de brincos de diamante. A loja não ia bem e ele recusou o negócio, embora a dama parecesse disposta a deixar os brincos por uma quantia extraordinariamente baixa, considerando a beleza das pedras.

"Aliás, foi por causa do evidente desejo por parte da dama de vender os brincos a *qualquer* custo que ele deu mais atenção à transação do que o comum. Ele estava disposto a jurar que a dama que havia lhe oferecido os brincos de diamante era a presidiária no banco de réus.

"Eu lhe garanto que, enquanto escutávamos este depoimento aparentemente condenatório, seria possível ouvir um alfinete cair entre a plateia daquele tribunal lotado. A moça, sozinha no banco, continuava calma e impassível. Lembre-se de que, ao longo de dois dias, ouvimos depoimentos que provavam que o velho dr. Crawford havia deixado a filha sem um tostão furado após sua morte; que, por não ter mãe, ela havia sido criada por uma tia solteira, que a preparou para ser governanta, ocupação que ela manteve por anos; e que nenhum de seus amigos a havia visto, jamais, em posse de brincos de diamante.

"A promotoria havia garantido um trunfo. Mas sir James Fenwick, que durante todo aquele dia parecera pouco interessado nos trâmites, naquele momento levantou-se do assento e eu soube de imediato que ele havia conseguido uma informação escandalosa, que tinha um 'ás' na manga. Magro e muitíssimo alto, com um nariz que lembrava um bico de pássaro, ele sempre parecia imponente quando abordava um depoente com seriedade. Ele deu o máximo de si, eu lhe garanto. Em um instante ele estava em cima do afetado joalheiro.

"'O sr. Campbell por acaso fez uma anotação especial em seu diário quanto à visita da dama em questão?'

"'Não.'

"'Ele teria algum meio de assegurar quando a visita aconteceu de fato?'

"'Não... mas...'

"'Que registro ele teria da visita?'

"O sr. Campbell não tinha nada. Aliás, após aproximadamente vinte minutos de interrogatório, ele admitiu que tinha dado pouca consideração ao diálogo com a dama naquele momento, e sem dúvida não viu conexão com o assassinato de lady Donaldson até ler nos jornais que uma moça havia sido presa.

"Então ele e seu funcionário conversaram sobre o assunto, ao que parece, e juntos se recordaram que uma dama havia trazido lindos brincos para venda em um dia que *pode ter sido* o da manhã após o homicídio. Se o objetivo de sir James Fenwick era desabonar o depoente, ele certamente conseguiu.

"Toda a afetação se esvaiu do sr. Campbell, que ficou agitado, em seguida animado, e então perdeu a paciência. Depois disso ele teve permissão para sair do tribunal, e sir James Fenwick voltou a seu assento, aguardando por sua presa como um abutre.

"A presa apresentou-se na pessoa do funcionário do sr. Campbell, que, diante do promotor, corroborou o depoimento do patrão em cada aspecto. Na Escócia, nenhum depoente, no caso que for, fica presente no tribunal durante o interrogatório de outro, e assim o sr. Macfarlane, o funcionário, estava despreparado para as armadilhas que sir James Fenwick havia preparado. Ele tropeçou e caiu de cara em todas, e o eminente jurista o virou do avesso como uma luva.

"O sr. Macfarlane não perdeu a paciência; ele tinha o espírito muito humilde para tanto. Mas entrou em um atoleiro desesperador de lembranças confusas, e acabou também saindo do banco de depoentes despreparado para assegurar qual havia sido o dia da conversa com a dama dos brincos de diamante.

"Eu ouso dizer, no caso", prosseguiu o homem da casa de chá, com uma risadinha, "que, para a maioria dos presentes, o interrogatório de sir James Fenwick parecia deveras irrelevante. Tanto o sr. Campbell quanto seu funcionário dispunham-se a jurar ter tido um diálogo relativo a brincos de diamantes com uma dama, de cuja semelhança com a acusada eles estavam perfeitamente convencidos, e ao observador casual a questão quanto ao horário ou mesmo ao dia em que o diálogo aconteceu faria pouca diferença, ao fim e ao cabo.

"Já eu começara a captar o rumo da defesa que sir James Fenwick armara para Edith Crawford. Quando o sr. Macfarlane saiu do banco de depoentes como segunda vítima da língua cáustica do eminente jurista, consegui ler como um livro aberto todo o histórico daquele crime, sua investigação e os erros que cometeram, primeiro, a polícia e, depois, a promotoria pública.

"Sir James Fenwick os conhecia também, é claro, e botou um dedo em cada um, demolindo, tal como uma criança que assopra um castelo de cartas, toda a armação montada pela promotoria.

"A identificação da acusada pelo sr. Campbell e pelo sr. Macfarlane como a da dama que, na mesma data (que se admitia incerta) tentara vender um par de brincos de diamante foi o primeiro ponto. Sir James tinha várias testemunhas para provar que, no dia 25, um dia após o assassinato, a acusada estava em Londres, e, no dia anterior, a loja do sr. Campbell havia fechado muito antes da família ter a última notícia de lady Donaldson. Era evidente que o joalheiro e seu funcionário deviam ter visto outra mulher, e a imaginação vivaz dos dois fabulou que ela fosse idêntica à acusada.

"Então adveio a grande questão dos horários. O sr. David Graham evidentemente havia sido o último a ver lady Donaldson viva. Ele falou com ela até as 20h30. Sir James Fenwick chamou dois carregadores na estação Caledonian Railway que depuseram que a srta. Crawford havia tomado assento em um vagão de primeira classe no trem das 21h10, minutos antes da partida.

"'Seria concebível, assim', defendeu sir James, 'que, no espaço de meia hora, a acusada, uma moça jovem, poderia ter aberto caminho pela casa, sorrateiramente, em um horário em que todos os criados estavam de pé, teria estrangulado lady Donaldson, arrombado o cofre e fugido com as joias? Um ladrão experiente, um homem, poderia ter conseguido. Mas eu argumento que a acusada é fisicamente incapaz de realizar tal façanha.

"'Em relação ao noivado rompido', prosseguiu o advogado, dando um sorriso, 'pode parecer um tanto insensível, de certo, mas a insensibilidade não é crime aos olhos da lei. A acusada afirmou em sua declaração que, no momento em que se correspondeu com o sr. David Graham para romper o noivado, nada sabia da tragédia de Edimburgo.

"'Os jornais de Londres haviam comentado o caso de forma breve. A acusada estava ocupada fazendo compras; ela não sabia da situação alterada do sr. David Graham. Não há sentido em dizer que o rompimento do noivado seja prova de que a mulher obteve posse das joias por meio de ato tão imundo.'

"É claro, eu acredito ser impossível", prosseguiu o homem da casa de chá, em tom pesaroso, "dar alguma noção da eloquência e da lógica magistral do eminente jurista. Todos ficaram impressionados, creio, tal como eu fiquei, que ele tenha voltado sua atenção sobretudo ao fato de que não havia *prova alguma* contra a acusada.

"Seja como for, o resultado daquele notável julgamento foi o veredito de 'ausência de provas'. O júri ausentou-se por quarenta minutos, e parece que, na mente de todos ali permanecia, apesar da argumentação de sir James, uma convicção profundamente enraizada, chame de instinto, se assim quiser, de que Edith Crawford havia dado cabo de lady Donaldson para ficar com a posse daquelas joias e que, apesar das muitas contradições do afetado joalheiro, ela havia lhe oferecido diamantes para venda. Mas não havia provas suficientes para condenação, então ela ganhou o benefício da dúvida.

"Já ouvi ingleses defenderem que, se fosse na Inglaterra, ela iria à forca. Da minha parte, duvido muito. Acredito que um júri inglês, não tendo a brecha judicial da 'ausência de provas', estaria fadado a absolvê-la. O que a senhorita acha?"

17. FATOS INEGÁVEIS

Foi um instante de silêncio, pois Polly não respondeu de imediato e ele continuou fazendo nós impossíveis em seu barbante. Então ela falou, com calma:

— Creio que eu concorde com estes ingleses que dizem que um júri inglês a teria condenado... Não tenho dúvida de que ela seja a culpada. Ela pode não ter cometido o ato maligno em si por conta própria. Alguém em Charlotte Square pode ter sido cúmplice, tendo matado e furtado lady Donaldson enquanto Edith Crawford aguardava as joias do lado de fora da casa. David Graham deixou sua madrinha a sós às 20h30. Se o cúmplice foi uma das pessoas que trabalhava na casa, ele ou ela teriam tempo de sobra para qualquer perversidade, e Edith Crawford ainda podia ter embarcado no trem das 21h10 na estação Caledonian.

— Então quem, na opinião da senhorita — perguntou ele, sarcástico, deixando a cabeça pender para o lado como um passarinho —, tentou vender os brincos de diamante ao sr. Campbell, o joalheiro?

— Edith Crawford, é claro — retorquiu ela, triunfal. — Ele e o funcionário a reconheceram.

— Quando ela tentou vender os brincos?

— Ah, isso é o que eu não consigo decifrar. Aí, a meu ver, resta o único mistério nesse caso. No dia 25, é certo que ela estava em Londres, e não é muito provável que voltasse a Edimburgo para livrar-se das joias na cidade, onde seriam facilmente rastreadas.

— Não é muito provável, sem dúvida — confirmou ele, seco.

— Além disso — complementou a jovem jornalista —, no dia antes de ela partir para Londres, lady Donaldson estava viva.

— Valha-me... — disse ele de repente, enquanto analisava o belo nó que havia acabado de atar entre os dedos compridos, com complacência cômica —, o que isso tem a ver com o caso?

— Mas tem tudo a ver! — retrucou ela.

— Ah, aí está. — Ele suspirou com ênfase cômica. — Parece que meus ensinamentos não incrementaram sua potência de raciocínio lógico. A senhorita se deu tão mal quanto a polícia. Lady Donaldson foi furtada e assassinada, e a senhorita imediatamente defende que ela foi furtada e assassinada pela mesma pessoa.

— Mas... — argumentou Polly.

— Não há "mas" — disse ele, cada vez mais empolgado. — Veja como é simples: Edith Crawford usa os diamantes em uma noite, depois os leva de volta ao quarto de lady Donaldson. Lembre-se do depoimento da governanta: "Minha ama perguntou se ela tinha conseguido guardar tudo." Uma afirmação simples, absolutamente ignorada pela promotoria. Mas o que significava? Que lady Donaldson não conseguia ver por conta própria se Edith Crawford havia colocado as joias de volta ou não, *pois ela perguntou.*

— Então o senhor argumenta que...

— Eu nunca argumento — interrompeu ele, ainda animado —, eu afirmo fatos inegáveis. Edith Crawford, que queria roubar as joias, as levou naquele momento, quando teve oportunidade. Por que diabos ela teria esperado? Lady Donaldson estava na cama, e Tremlett, a governanta, havia saído do quarto.

"No dia seguinte, dia 25, ela tenta desovar o par de brincos com o sr. Campbell; não consegue e decide ir a Londres, onde tem mais oportunidades. Sir James Fenwick não achou desejável trazer depoentes para provar o que eu afirmo como fato: no caso, que no dia 27 de outubro, três dias antes de ser presa, a srta. Crawford foi à Bélgica, tendo retornado a Londres no dia seguinte. É na Bélgica, não tenho dúvida, que os diamantes de lady Donaldson, longe de seus engastes, repousam tranquilamente neste momento, enquanto o dinheiro que se derivou da venda está depositado com segurança em um banco belga.

— Mas, então, quem assassinou lady Donaldson, e por quê? — perguntou Polly, inconformada.

— Não quer supor? — perguntou ele, calmamente. — Não expus o fato com toda clareza? A mim parece simples. Foi um assassinato ousado, brutal, lembre-se. Pense em alguém que, não sendo a própria ladra, teria, no entanto, a motivação mais forte de todas para protegê-la das consequências de seu delito. Sim! E a força! Já que seria absolutamente ilógico... não, impensável ele ser cúmplice.

— Mas não...

— Pense na natureza curiosa, na deficiência moral, tanto quanto física... sabe como se sentem pessoas desta natureza? Mil vezes mais fortes que as naturezas equilibradas e retas do cotidiano. Então pense em tal natureza face a face com este problema terrível.

"A senhorita acredita que uma pessoa desta natureza hesitaria antes de cometer um crime para salvar a amada das consequências daquele feito? Veja que não afirmo nem por um instante que David Graham tivesse *intenção* de assassinar lady Donaldson. Tremlett lhe diz que ela parece incomodada, estranha; ele vai ao quarto dela e fica sabendo que ela descobriu o furto. A madrinha, é óbvio, suspeita de Edith Crawford, recorda-se dos incidentes da noite anterior, provavelmente expressa o que pensa a David Graham e ameaça processo e escândalo imediatos, o que for.

"Repito mais uma vez: ouso dizer que ele não tinha intenção de matá-la. Deve ter apenas a ameaçado. O médico que falasse de insuficiência cardíaca repentina indubitavelmente estaria certo. Então imagine o remorso de David Graham, seu horror e seus temores. O cofre vazio deve ter sido o primeiro objeto que lhe sugeriu o panorama sombrio de furto e assassinato que ele organizou para garantir a própria segurança.

"Mas lembre-se de uma coisa: não se viu um malfeitor entrar ou sair da casa, furtivo ou não; o assassino não deixou sinais de ingresso, nem de saída. Um ladrão armado teria deixado algum vestígio. *Alguém* teria ouvido *algo*. Então quem trancou e destrancou a porta de lady Donaldson naquela noite enquanto ela estava morta?

"Alguém de dentro da casa, eu garanto. Alguém que não deixou rastro. Alguém de quem não se levantaria suspeita. Alguém que matou, aparentemente, sem a mínima premeditação e sem a mínima motivação. Pense nisso. Eu sei que estou certo. E depois me diga que consegui sua solidariedade pelo autor do Mistério de Edimburgo."

O homem foi embora. Polly olhou de novo a foto de David Graham. Será que uma mente distorcida habitava de fato aquele corpo estranho? E haveria no mundo crimes que fossem tão grandes a ponto de os considerarmos sublimes?

18. O ROUBO NO ENGLISH PROVIDENT BANK

— Há ocasiões em que a questão da motivação pode ser difícil e complexa de deteminar — disse o homem da casa de chá, vagarosamente retirando um imenso par de luvas de couro dos dedos magros. — Vi investigadores experientes declararem, como axioma infalível, que encontrar a pessoa interessada no cometimento de um crime significa encontrar o criminoso.

"Bom, pode ser assim na maioria dos casos, mas minha experiência provou que existe um fator neste nosso mundo que é a chave-mestra das atitudes humanas: a emoção. Pois são as emoções boas e ruins que governam nossa pobre humanidade. Lembre-se de que temos as mulheres! Os investigadores franceses, mestres consagrados do ramo, não começam a investigação sem conhecer o elemento feminino no crime; seja em roubos, assassinatos ou fraudes, segundo a teoria deles, sempre há uma mulher.

"Talvez o motivo pelo qual o roubo em Phillimore Terrace nunca tenha chegado a seus executores seja que não havia mulher alguma vinculada ao caso. E eu tenho plena certeza, por outro lado, que o motivo pelo qual o ladrão do English Provident Bank continua impune é que uma mulher inteligente fugiu aos olhos de nossa força policial."

Ele havia discursado por bastante tempo e em tom ditatorial. A srta. Polly Burton não se aventurou a contradizê-lo, já sabendo que, quando ele estava irritável, era sempre grosseiro e ela teria que aguentar o pior.

— Quando eu for mais velho — retomou ele —, e não tiver mais nada a fazer, creio que vou ingressar profissionalmente na polícia. Eles têm muito a aprender.

Haveria algo mais ridículo do que a presunção, a vaidade incomum deste comentário, proferido por esse arremedo carcomido de humanidade, com um tom de voz nervoso e hesitante? Polly não teceu comentários, mas tirou do bolso um belo fio de barbante e, sabendo que ele tinha o costume de fazer nós em um artigo como aquele enquanto deslindava seus mistérios, lhe entregou o fio por cima da mesa, o que o deixou corado, sem dúvida.

— Um acessório ao raciocínio — disse ela, guiada pelo espírito conciliatório.

Ele olhou o brinquedo inestimável que a moça havia deixado de forma tentadora ao alcance de sua mão. Depois, obrigou-se a olhar para toda a casa de chá: para Polly, para a garçonete e para as pilhas de pãezinhos pálidos sobre o balcão. Involuntariamente, porém, seus olhos azuis-claros voltaram-se, apaixonados, para o comprido barbante no qual sua imaginação lúdica sem dúvida viu uma série de nós que seriam tão sedutores de atar e desatar.

— Conte-me do roubo no English Provident Bank — sugeriu Polly, com ares de superioridade.

Ele olhou para ela como se Polly houvesse proposto cumplicidade misteriosa em um crime insabido. Por fim, seus dedos magros buscaram a ponta do barbante e puxaram-no para si. Por um instante, seu rosto se iluminou.

— Havia um elemento de tragédia naquele roubo em específico — começou ele, após alguns momentos de santificados nós —, de todo diferente do que se vincula à maioria dos crimes; uma tragédia que, se dependesse de mim, iria fechar meus lábios para sempre e proibi-los de proferir uma palavra que pudesse colocar a polícia na pista certa.

— Seus lábios — comentou Polly, sarcástica — ficam, até onde vejo, geralmente selados diante de nossa sofrida e incompetente polícia e...

— E a senhorita deveria ser a última a reclamar deste fato — interrompeu ele, mantendo o tom —, pois já passou horas muito agradáveis aqui, escutando o que taxou de histórias "sem pé nem cabeça". A senhorita deve conhecer o English Provident Bank na rua Oxford; saíram diversos desenhos do banco nos jornais da época. Aqui temos uma foto do lado externo. Eu mesmo que tirei há algum tempo, e queria ter tido a audácia ou a sorte de conseguir um retrato da parte interna. Mas veja que o escritório tem uma entrada à parte do resto da edificação, que foi, e ainda é, como é costume em casos assim, habitada pelo gerente e sua família.

"O sr. Ireland era o gerente na época; isto se deu há menos de seis meses. Ele morava em cima do banco com esposa e família. Tinha um filho, atendente no banco, e duas ou três crianças pequenas. A edificação é menor do que parece na foto, pois não tem profundidade, e tem apenas um grupo de quartos em cada andar que dá para a rua; os fundos da casa são apenas a escadaria. O sr. Ireland e a família, portanto, ocupavam-na por inteiro.

"Quanto às dependências comerciais, elas eram do padrão: um escritório com suas fileiras de mesas, atendentes e caixas e, atrás, passando uma porta de vidro, a sala do gerente, com o portentoso cofre, uma mesa e assim por diante.

"A sala tem uma porta que dá para o saguão da casa, de modo que o gerente não precisa sair à rua para chegar ao banco. Não há salas de estar no térreo e a casa não tem porão.

"Sou obrigado a explicar-lhe todos estes detalhes arquitetônicos, embora pareçam um tanto enfadonhos e desinteressantes, porque são necessários para que meu argumento fique claro.

"À noite, é claro, as dependência do banco são gradeadas e trancadas para a rua, e, por precaução extra, sempre há um vigia noturno no escritório. Como falei antes, há apenas uma porta de vidro entre o escritório e a sala do gerente. Isto explica como o vigia noturno ouviu tudo o que ouviu naquela noite memorável, e assim ajudou ainda mais a emaranhar o fio desse mistério impenetrável.

"O sr. Ireland, por regra, entrava no escritório toda manhã um pouco antes das dez horas. Mas, naquela manhã específica, por motivo que nunca pôde nem quis explicar, ele desceu antes de tomar seu desjejum, por volta das nove horas. A sra. Ireland declarou mais tarde que, ao não ouvir o marido retornar, ela mandou a criada descer para avisar ao amo que o desjejum estava esfriando. Os gritos da garota foram o primeiro indício de que havia ocorrido algo de alarmante.

"A sra. Ireland correu em direção ao som. Ao chegar no corredor, encontrou a porta da sala do marido aberta. Era de lá que vinham os gritos da moça.

"'O amo, senhora... o pobre amo... ele morreu, senhora... ele morreu, morreu!' Os gritos dela foram acompanhados de baques vigorosos contra a partição de vidro e do linguajar nada comedido da parte do vigia na dependência externa, tal como: 'Por que não abre a porta em vez de fazer esse escarcéu?'.

"A sra. Ireland não é o tipo de mulher que, sob a circunstância que fosse, perderia a paz de espírito. Creio que ela tenha provado isso ao longo das muitas circunstâncias complexas relacionadas à investigação do caso. Ela deu apenas um olhar para a sala e entendeu a situação. Na poltrona, com a cabeça caída para trás e os olhos fechados, jazia o sr. Ireland, aparentemente desmaiado e inconsciente; um choque incrível devia ter destroçado seu sistema nervoso de súbito, deixando-o prostrado. Era fácil adivinhar qual teria sido a surpresa.

"A porta do cofre estava aberta, e o sr. Ireland parecia ter cambaleado e desmaiado diante da verdade terrível que o cofre aberto lhe revelara; ele conseguira se apoiar em uma cadeira caída no chão e finalmente caiu, inconsciente, sobre a poltrona.

"Tudo isso, que leva algum tempo para descrever", prosseguiu o homem da casa de chá, "tomou, recorde-se, apenas um segundo da mente da sra. Ireland, como um lampejo; ela rapidamente girou a chave da porta de vidro, que ficava por dentro e, com ajuda de James Fairbairn, o vigia, carregou o marido para o andar de cima, até seu quarto. Mandou chamar a polícia e um médico de imediato.

"Como a sra. Ireland havia previsto, seu marido havia sofrido um choque forte que o deixara totalmente prostrado. O médico prescreveu descanso absoluto e proibiu quaisquer perguntas inquietantes de momento. O paciente não era jovem; o choque havia sido grave. Era um caso, muito leve, de derrame. O raciocínio do sr. Ireland, se não a vida, estaria em sério risco por qualquer tentativa de recordar com sua mente debilitada as circunstâncias que haviam precedido seu colapso.

"Assim, a polícia teve que proceder lentamente com a investigação. O investigador encarregado do caso viu-se em desvantagem, já que uma das peças principais no drama era incapaz de prover auxílio.

"Para começar, era óbvio que o ladrão, ou ladrões, não havia chegado à sala interna pelas dependências do banco. James Fairbairn havia ficado a noite inteira de vigília, com a luz elétrica acesa em todo o ambiente, e obviamente ninguém poderia atravessar a sala externa ou forçar as portas gradeadas sem seu conhecimento.

"Havia ainda o outro acesso à sala do gerente, pelo saguão da casa. A porta do saguão, ao que parece, era sempre gradeada e trancada pelo sr. Ireland em pessoa, à noite, quando entrava em casa, viesse do teatro ou do clube. Era um dever que nunca permitia a alguém que não ele mesmo cumprir. Durante suas férias anuais com esposa e família, seu filho, que normalmente convidava o subgerente para ficar ali naquelas ocasiões, assumia a função de gradear e trancar. Mas sempre honrando o compromisso de que o procedimento deveria ser feito até às 22 horas.

"Como já lhe expliquei, há apenas uma partição de vidro entre a dependência geral e a sala do gerente e, segundo o relato de James Fairbairn, naturalmente ela ficava aberta para o caso de, durante a vigília noturna, ele ouvir o mínimo ruído. Por regra, não havia luz acesa na sala do gerente e a outra porta, a que levava à residência, era trancada por dentro por James Fairbairn no instante em que ele estava satisfeito com a segurança do local e iniciava sua vigilância noturna. Uma campainha elétrica em ambos os escritórios comunicava-se com o quarto do sr. Ireland e com o de seu filho, o sr. Robert Ireland, e havia um telefone em conexão direta com o atendimento da delegacia mais próxima, com um sinal combinado que significava 'Polícia'.

"Às nove horas da manhã, era dever do vigia noturno, assim que chegasse o primeiro caixa, tirar o pó, arrumar a sala do gerente e abrir as trancas; depois disso, ele estava livre e podia ir para casa, fazer seu desjejum e descansar.

"Veja a senhorita que o cargo de James Fairbairn no English Provident Bank é de grande responsabilidade e confiança; mas em todo banco e empreendimento comercial há homens com cargos similares. São sempre homens de caráter renomado e experiente, muitas vezes velhos soldados com ótimo histórico de conduta. James Fairbairn é um belo e robusto escocês; era vigia noturno do English Provident Bank há quinze anos e, à época, não tinha mais de 43 ou 44 anos. Já foi membro da Guarda Real e tem um metro e noventa de altura.

"Era o depoimento dele, é claro, o de importância precípua e que, de um modo ou de outro, apesar do máximo cuidado por parte da polícia, tornou-se de conhecimento público e provocou o maior alarde nas rodas bancárias e comerciais.

"James Fairbairn afirmou que, às oito da noite do dia 25 de março, depois de trancar e gradear todas as persianas e a porta da dependência do fundo, ele estava prestes a trancar a porta do gerente, como sempre fazia, quando o sr. Ireland chamou do andar de cima, dizendo para ele deixar a porta aberta porque talvez quisesse voltar ao escritório por um segundo quando chegasse em casa, às 23 horas. James Fairbairn perguntou se devia deixar a luz acesa, mas o sr. Ireland disse: 'Não, pode desligar. Se eu quiser, acendo'.

"O vigia noturno do English Provident Bank tinha permissão para fumar, além de direito a uma bela lareira e a uma bandeja que consistia em uma travessa de sanduíches substanciosos e um copo de cerveja, que podia tomar quando quisesse. James Fairbairn acomodou-se na frente da lareira, acendeu seu cachimbo, pegou seu jornal e começou a ler. Ele pensou ter ouvido a porta da rua se abrir e fechar por volta das 21h45; imaginou que fosse o sr. Ireland saindo para o clube. Porém, às 22h50, o vigia ouviu a porta da sala do gerente se abrir e alguém entrar, imediatamente fechando a partição de vidro e girando a chave.

"Ele concluiu, é claro, que seria o próprio sr. Ireland.

"Do ponto onde o vigia estava, ele não conseguia enxergar a sala, mas percebeu que a luz elétrica não havia sido ligada e que o gerente aparentemente não tinha luz, fora um fósforo.

"'Durante aquele minuto', prosseguiu James Fairbairn, 'passou pela minha mente a ideia de que algo poderia estar errado, e deixei meu jornal de lado para ir à outra ponta da sala, na direção da partição de vidro. A sala do gerente ainda estava escura e eu não conseguia enxergar direito ali dentro, mas a porta para a residência estava aberta e uma luz vinha de lá. Eu havia chegado bem perto da partição quando vi a sra. Ireland parada na porta e a ouvi dizer com surpresa na voz: 'Ora, Lewis, achei que você tinha ido para seu clube há horas. O que é que está fazendo aqui no escuro?'.

O HOMEM DA CASA DE CHÁ

"'Lewis é o nome de batismo do sr. Ireland', declarou James Fairbairn em seguida. 'Não ouvi a resposta do gerente, mas, satisfeito por não haver nada de errado, retornei a meu cachimbo e meu jornal. Quase imediatamente depois, ouvi o gerente sair de sua sala, cruzar o saguão da residência e sair pela porta da rua. Foi só depois de ele sair que eu recordei que ele devia ter esquecido de destrancar a partição de vidro e que, assim, eu não poderia trancar a porta para a residência como sempre fazia. Penso que foi assim que estes ladrões desgraçados levaram a melhor.'"

19. PROVAS CONFLITANTES

— Assim que o público conseguiu raciocinar quanto ao depoimento de James Fairbairn, certa inquietude e desassossego começaram a percorrer o banco em si, assim como os integrantes do nosso contingente investigatório encarregados do caso. Os jornais falavam do assunto com bastante cautela, e alertavam a todos leitores para aguardar mais avanços no triste caso.

"Enquanto o gerente do English Provident Bank estivesse em condição de saúde precária, era impossível chegar a um entendimento satisfatório do que o ladrão havia levado de fato. O chefe dos caixas, contudo, estimava que o prejuízo fosse de aproximadamente 5 mil libras em ouro e cédulas. Isto, é claro, supondo-se que o sr. Ireland não tivesse seu próprio dinheiro ou bens de valor no cofre.

"Veja que, neste momento, a solidariedade do público estava muito atiçada a favor do pobre homem acamado, talvez moribundo. Ainda assim, por mais estranho que pareça, a desconfiança havia encostado nele com sua presa envenenada.

"Talvez desconfiança seja uma palavra muito forte para usar neste ponto da história. Ninguém desconfiava de ninguém naquele momento. James Fairbairn havia contado sua história e jurado que um ladrão com chaves falsas devia ter entrado pela casa até chegar ao escritório privativo.

"O alarde público, a senhorita há de lembrar, nada perdeu com a espera. Mal havíamos tido tempo de nos questionar sobre o depoimento singular do vigilante noturno e, pendente mais detalhes que freassem nossa solidariedade crescente pelo homem adoentado, o lado surpreendente deste caso misterioso culminou em um fato extraordinário e absolutamente inesperado. A sra. Ireland, após 24 horas de vigília incansável ao lado da cama do marido, enfim foi abordada pelo investigador e convidada a responder a perguntas simples, para, assim, ajudar a lançar alguma luz sobre o mistério que havia provocado o mal-estar do sr. Ireland e, consequentemente, seu nervosismo de esposa.

"Ela afirmava-se disposta a responder a quaisquer perguntas que lhe colocassem, e surpreendeu tanto o inspetor quanto o investigador quando declarou, com firmeza e ênfase, que James Fairbairn devia estar sonhando ou dormindo quando achou que a vira na porta às 22 horas daquela noite, e imaginou ter ouvido sua voz.

"Ela podia estar ou não no saguão naquela hora em específico, pois normalmente descia para ver se havia cartas da última entrega do correio. Mas era quase certo que não havia visto nem conversado com o sr. Ireland naquele horário, pois o sr. Ireland havia saído uma hora antes, ela mesmo tendo aberto a porta para ele. Nem por um instante ela desviou desta afirmação extraordinária. Ela conversou com James Fairbairn na presença do investigador e disse ao vigia que ele *devia* estar enganado, que ela *não* havia visto o sr. Ireland e que *não* havia falado com ele.

"Outra pessoa foi questionada pela polícia: o sr. Robert Ireland, filho mais velho do gerente. Supunha-se que ele saberia algo dos negócios do pai; a ideia que se apoderara da mente do investigador era de que, quem sabe, dificuldades financeiras sérias haviam tentado o desafortunado gerente a apropriar-se de parte do dinheiro da firma.

"O sr. Robert Ireland, contudo, não tinha muito a dizer. Seu pai não tinha confiança nele a ponto de contar todos os seus assuntos particulares, mas certamente o dinheiro em casa nunca fora escasso, e o sr. Ireland não tinha, até onde ia o conhecimento de seu filho, qualquer hábito extravagante. Ele, por sua vez, estava jantando com um amigo naquela noite memorável, e o acompanhara ao Oxford Music Hall. Ele encontrou o pai na frente do banco por volta das 23h30 e eles entraram juntos. Não havia nada de notável no sr. Ireland no momento, afirmou o filho; ele não parecia agitado e deu um boa-noite alegre ao filho.

"Havia um empecilho extraordinário, notável", prosseguiu o homem da casa de chá, que ficava mais animado a cada instante. "O grande público, que às vezes é muito burro, ainda assim percebeu-o com clareza. É claro que todos imediatamente chegaram à conclusão natural de que a sra. Ireland estava mentindo. Uma mentira nobre, uma mentira da esposa que se entrega ao sacrifício, uma mentira abnegada com todas as virtudes que a senhorita quiser ver, mas ainda assim uma mentira.

"Ela estava tentando salvar o marido, mas estava indo pelo caminho errado. James Fairbairn, afinal, não poderia ter sonhado tudo que ele declarava ter visto e ouvido. Ninguém suspeitava de James Fairbairn; não havia justificativa para tanto; para começar, ele era um escocês grande e robusto sem grande imaginação, tal como a que a estranha afirmação da sra. Ireland lhe creditava; no mais, o roubo do dinheiro não lhe seria de mínima utilidade.

"Mas lembre-se de que havia um empecilho; sem ele, a opinião pública já teria condenado o homem doente no andar de cima, sem esperança de reabilitação. Este fato impressionou a todos.

"Se considerarmos que o sr. Ireland havia entrado em seu escritório às 21h50 daquela noite, com fins de extrair 5 mil libras em notas e ouro do cofre do banco, dando ao furto a aparência de um assalto noturno; se considerarmos que ele foi atrapalhado pela esposa na hora de cumprir seu intento nefasto e que, como ela não conseguiu convencê-lo a fazer a restituição, tomou o lado dele com toda a bravura e foi canhestra ao tentar resgatá-lo deste apuro... por que o gerente, às nove horas da manhã seguinte, teria um desmaio e um derrame ao ver o desfalque que ele já sabia ter ocorrido? A pessoa pode simular um desmaio, mas não consegue inventar temperatura alta e um derrame, pois até o médico mais ordinário veria que era inexistente.

"O sr. Ireland, segundo o depoimento de James Fairbairn, teria saído logo depois do roubo, entrado com o filho uma hora e meia depois, conversado com ele, ido para a cama com tranquilidade, e teria aguardado nove horas para passar mal diante da visão do próprio crime. A senhorita há de admitir que não tem lógica. Infelizmente, o pobre homem não tinha como dar explicações das trágicas aventuras daquela noite.

"O sr. Ireland continuava muito fraco e, embora sob forte desconfiança, ficou, por ordens médicas, em ignorância absoluta das acusações pesadas que gradualmente se acumulavam contra ele. O acamado fazia muitas perguntas quanto ao resultado da investigação a todos que chegavam a seu leito, assim como quanto à provável captura célere dos ladrões. Mas todos tinham ordens rigorosas de informar ao homem apenas que a polícia não tinha qualquer pista.

"A senhorita há de admitir, como fizeram todos, que havia algo de muito patético quanto à situação do homem desafortunado, tão incapaz de se defender, se é que havia defesa, contra este montante avassalador de provas. É por isso que ele ainda tinha a solidariedade do público. Mesmo assim, era horrível pensar em sua esposa supostamente sabendo que ele era culpado e aguardando, nervosa, temendo o instante em que, com a saúde restaurada, ele teria que encarar as dúvidas, as desconfianças, provavelmente as acusações escancaradas que se erguiam ao redor de sua pessoa a todo vapor."

20. UM ÁLIBI

— Foi depois de quase seis semanas de recuperação que o médico enfim deixou seu paciente ter contato com o assunto sério que o deixara tanto tempo prostrado.

"Neste meio-tempo, entre os muitos que haviam direta ou indiretamente sofrido neste caso misterioso, ninguém, creio eu, foi mais digno de pena e recebeu mais simpatia genuína do que Robert Ireland, filho mais velho do gerente.

"A senhorita se recorda de que ele era funcionário do banco? Bom, naturalmente, no instante em que a desconfiança começou a se atrelar ao pai, sua situação na empresa ficou insustentável. Creio que todos foram muito gentis com ele. O sr. Sutherland French, que foi promovido a gerente interino 'durante a lamentável ausência do sr. Lewis Ireland', fez tudo a seu alcance para demonstrar disponibilidade e simpatia para com o jovem. Mas creio que nem ele nem qualquer pessoa tenha se surpreendido quando, após o posicionamento extraordinário da sra. Ireland no caso ter se tornado de conhecimento público, ele insinuou com toda descrição ao gerente interino que havia decidido romper vínculos com o banco.

"A melhor das cartas de recomendação foi colocada à sua disposição, e por fim se compreendeu que, assim que o pai tivesse a saúde totalmente restabelecida e não precisasse mais de sua presença em Londres, ele tentaria obter contratação no exterior. Ele falou da nova tropa de voluntários organizada para o policiamento militar das novas colônias e, verdade seja dita, ninguém poderia culpá-lo por querer deixar para trás todas as conexões com o mundo bancário londrino. A postura do filho decerto não atenuaria a situação do pai. Estava evidente que sua própria família havia abandonado as esperanças pela inocência do pobre gerente.

"Ainda assim, ele era absolutamente inocente. A senhorita há de lembrar como este fato foi demonstrado assim que o pobre homem conseguiu falar uma palavra por conta própria. E falou com propósito.

"O sr. Ireland gostava, e ainda gosta, muito de música. Na noite em questão, enquanto estava no clube, ele viu em um dos jornais o anúncio de uma programação peculiarmente atraente no concerto de Queen's Hall. Ele não estava trajado para o evento, mas mesmo assim tinha o desejo irresistível de ouvir uma ou duas destas atrações musicais e partiu em direção ao local. Este tipo de álibi costuma ser de prova muito difícil, mas a sorte, estranhamente, colaborou com o sr. Ireland nesta ocasião, talvez para compensá-lo pelos golpes que vinha lhe desferindo à larga nas últimas semanas.

"Parece que houve alguma complicação quanto ao assento que lhe foi vendido na bilheteria, que ele achou ocupado por uma dama enganada, embora decidida a não se retirar. Tiveram que chamar a gerência; os presentes recordavam não apenas do incidente, mas também do rosto e da aparência do cavalheiro que era a parte inocente da altercação.

"Assim que o sr. Ireland conseguiu falar por si, ele comentou o incidente e as pessoas que haviam testemunhado. Ele foi identificado por elas, para muita surpresa, deve-se confessar, da polícia e do público, que havia confortavelmente decidido que ninguém *podia* ser o culpado que não o gerente do Provident Bank em pessoa. No mais, o sr. Ireland era um homem bastante rico, com bom saldo no Union Bank e abundância de recursos, resultado de anos de vida prudente.

"Ele teve que provar que, se de fato tivesse necessidade imediata de 5 mil libras, a quantia que foi extraída do cofre do banco naquela noite, ele tinha títulos de crédito de sobra com os quais poderia, em questão de uma hora, levantar o dobro daquela quantia. Seus seguros de vida estavam todos quitados; ele não tinha uma dívida que uma nota de cinco libras não pudesse cobrir com facilidade.

"Na noite fatídica, ele lembrava de fato de ter pedido ao vigia para não aferrolhar a porta do escritório, pois achava que podia ter uma ou duas cartas para escrever quando voltasse para casa. Porém, mais tarde, se esquecera disso. Depois do concerto, encontrou o filho na rua Oxford, na frente de casa, e não deu mais atenção ao escritório, cuja porta estava fechada e não apresentava nada de incomum.

"O sr. Ireland negava absolutamente ter estado no escritório no momento em que James Fairbairn afirmava ter escutado a sra. Ireland perguntar ao marido o que estava fazendo ali, com um tom surpreso. Ficou evidente que a visão da esposa do gerente havia sido uma ilusão de James Fairbairn.

"O sr. Ireland abdicou de seu cargo de gerente no English Provident. Tanto ele quanto a esposa pensavam que, no geral, houvera muitas conversas, muitos escândalos vinculados ao nome deles, para sua continuidade na função ser vantajosa para o banco. No mais, a saúde do sr. Ireland não estava tão boa quanto antes. Agora, ele tem uma bela casa em Sittingbourne e, nas horas de lazer, entretém-se com a horticultura amadora. E eu sou o único em Londres, além das pessoas diretamente vinculadas a este caso misterioso, que sabe a solução genuína do enigma, e me pergunto o quanto dela é sabido do ex-gerente do English Provident Bank."

O homem da casa de chá ficou algum tempo em silêncio. A srta. Polly Burton, em sua soberba, havia decidido, no início da história, ouvir atentamente a cada ponto de prova em conexão com o caso que ele recapitulou e seguir estes pontos para tentar chegar a uma conclusão própria, avassalando o velho antiquado com sua sagacidade.

Ela ficou em silêncio, pois não havia chegado à conclusão alguma. O caso confundia a todos, e havia surpreendido o público em várias etapas, desde o momento em que a opinião começou a lançar dúvidas quanto à honestidade do sr. Ireland até aquele em que sua integridade foi provada acima de qualquer suspeita. Uma ou duas pessoas chegaram a desconfiar da sra. Ireland como a verdadeira ladra, mas esta ideia também foi abandonada em seguida.

A sra. Ireland tinha todo o dinheiro que queria; o roubo ocorrera há seis meses, e nem uma nota bancária sequer foi rastreada até seu bolso; além do mais, ela precisaria de um cúmplice, já que havia outra pessoa na sala do gerente naquela noite; e se essa outra pessoa fosse sua cúmplice, por que ela se arriscaria a traí-la falando abertamente, na presença de James Fairbairn, quando seria muito mais simples desligar a luz e lançar o saguão da residência em meio a escuridão?

— A senhorita está seguindo a pista absolutamente errada — soou uma voz aguda em resposta ao raciocínio de Polly. — Absolutamente errada. Se quer chegar a meu método de indução e incrementar seu potencial de raciocínio, a senhorita precisa seguir meu sistema. Primeiro, pense em um fato garantido e indisputável. É preciso ter um ponto de partida, e não ficar vagando pelos reinos da suposição.

— Mas não existem fatos concretos — rebateu ela, irritada.

— Não me diga? — disse ele, sem se alterar. — A senhorita não chama de fato concreto que o cofre do banco foi subtraído de 5 mil libras na noite de 25 de março, antes das 23h30?

— Sim, isso é tudo que está garantido e...

— A senhorita não chama de fato concreto — interrompeu ele, sem mudar o tom —, que, como a trava do cofre não foi adulterada, ele deve ter sido aberto com sua própria chave?

— Eu sei disso — retorquiu ela, rabugenta —, e por isso tudo concordaram que James Fairbairn não teria como...

— E a senhorita não chamaria de fato garantido, portanto, que James Fairbairn não teria como etc. etc., ao ver que a porta de vidro da partição estava trancada por dentro; a sra. Ireland em pessoa deixou James Fairbairn entrar no escritório do marido quando ela o viu deitado, desmaiado diante do cofre aberto. É claro que este é um fato garantido, assim como o que pode ser provado por qualquer mente pensante: se o cofre foi aberto com uma chave, só o podia ter sido por uma pessoa com acesso à chave.

— Mas o homem na sala...

— Exatamente! O homem na sala do gerente. Enumere os pontos, por obséquio — disse aquela criatura esquisita, marcando cada ponto com um de seus nós preferidos. — Era um homem que, naquela noite, talvez tivesse acesso à chave do cofre, sem que gerente ou mesmo sua esposa soubessem, e um homem pelo qual a sra. Ireland estivesse disposta a contar uma mentira deslavada. Existem muitos homens pelos quais uma mulher da classe média elevada, e uma mulher inglesa, estaria disposta a cometer perjúrio? É claro que não! Talvez ela cometesse pelo marido. O público achou que ela havia feito isso. Nunca lhes ocorreu que ela podia ter cometido pelo filho!

— O filho! — exclamou Polly.

— Ah! Era uma mulher inteligente — proferiu ele com entusiasmo. — Uma mulher de coragem e presença de espírito que não já ter visto igual. Antes de ir para a cama, ela desce a escada para ver rapidamente se o correio trouxe alguma carta. Ela vê a porta do escritório do marido entreaberta, ela a abre, e ali, pelo brilho repentino de um fósforo acendido às pressas, ela percebe de um só um relance que há um ladrão diante do cofre aberto, e naquele ladrão ela reconhece o filho. Naquele exato instante, ela ouve os passos do vigia che-

O HOMEM DA CASA DE CHÁ   149

gando à partição. Não há tempo para alertar o filho; ela não sabe que a porta de vidro está fechada; James Fairbairn pode acender a lâmpada elétrica e ver o jovem no ato de roubar o cofre de seu empregador.

"Apenas uma coisa pode tranquilizar o vigia. Apenas uma pessoa tinha o direito de estar lá naquela hora da noite. Sem hesitar, ela pronuncia o nome do marido.

"Veja, eu acredito firmemente que, naquele momento, a pobre mulher só queria ganhar tempo, que tinha toda esperança de que o filho ainda não tivesse tido a oportunidade de deixar culpa tão pesada na própria consciência.

"O que se passou entre mãe e filho, nunca saberemos. Mas há um tanto que sabemos: que o jovem vilão fugiu com sua pilhagem e confiou que a mãe nunca o trairia. Pobre mulher! Que noite deve ter passado. Mas ela era inteligente e enxergava longe. Ela sabia que o caráter do marido não seria afetado pela atitude dela. Assim, tomou a única medida que tinha para salvar o filho da ira do pai, e refutou com toda a ousadia o depoimento de James Fairbairn.

"É claro que sabia muito bem que o marido podia inocentar-se facilmente, e o pior que se poderia dizer dela é que ela o considerava culpado e tentara salvá-lo. Ela confiou ao futuro livrá-la de qualquer acusação de cumplicidade no roubo.

"Neste momento, todos já esqueceram a maioria das circunstâncias; a polícia ainda acompanha a carreira de James Fairbairn e os gastos da sra. Ireland. Como a senhorita sabe, nem uma só cédula, até o momento, foi rastreada até os pertences dela. Em contraposição, uma ou duas notas voltaram à Inglaterra. Ninguém percebe como é fácil depositar cédulas inglesas nas pequenas casas de câmbio do exterior. Os cambistas ficam muito contentes em recebê-las; de que interessa a eles de onde vêm, desde que sejam verdadeiras? E uma semana ou duas depois, o *monsieur* cambista não teria como dizer quem lhe entregou uma nota em específico.

"Perceba que o jovem Robert Ireland partiu para o exterior e algum dia voltará depois de ter feito fortuna. Esta é a foto dele. E esta é sua mãe: uma mulher inteligente, não é?"

Antes que Polly tivesse tempo de responder, ele se foi. Ela nunca havia visto alguém cruzar um recinto tão depressa. Mas ele sempre deixava um rastro interessante: um pedaço de barbante com nós de ponta a ponta, além de algumas fotos.

21. O MISTÉRIO DE DUBLIN

— Sempre considerei a história daquele testamento falsificado uma das mais interessantes que já li — disse o homem da casa de chá naquele dia.

Fazia algum tempo que ele estava em silêncio, concentrado em organizar e examinar um maço de pequenas fotografias que guardava em sua caderneta. Polly supôs que elas seriam dispostas na mesa para ela analisar, e foi o que aconteceu logo em seguida.

— Este é o velho Brooks — explicou o homem, apontando uma das fotos. — O Milionário Brooks, como o conheciam. E estes são seus dois filhos, Percival e Murray. Foi um caso curioso, não foi? Da minha parte, não questiono a confusão da polícia. Se alguma figura do nosso estimadíssimo contingente policial fosse tão esperta quanto o autor daquele testamento falso, poucos crimes neste país permaneceriam insolúveis.

— É por isso que sempre tento convencer o senhor a oferecer sua grande perspicácia e sabedoria à nossa pobre e ignorante polícia — disse Polly, com um sorriso.

— Eu sei — respondeu ele com suavidade. — A senhorita é muito generosa neste aspecto. Mas sou apenas um amador. A criminalidade me interessa apenas quando remete a um jogo sagaz de xadrez, com diversos movimentos complexos que tendem a uma única solução: o xeque-mate do antagonista. No caso, da força investigatória do nosso país. Pois confesse

que, no mistério de Dublin, a esperta polícia levou um xeque-
-mate absoluto.

— É verdade.

— Tal como o grande público. Na verdade, dois crimes foram cometidos na mesma cidade e os dois tornaram as investigações uma confusão absoluta: o assassinato do advogado Patrick Wethered e o testamento falso do Milionário Brooks. A Irlanda não tem tantos milionários; não era à toa que o velho Brooks fosse uma pessoa notável, a seu modo. Dizem que o negócio dele, que creio ser a cura do bacon, garante-se em mais de dois milhões de libras.

"O filho mais novo de Brooks, Murray, era um homem refinado, bem-educado e, no mais, o menino dos olhos do pai por ser o queridinho da sociedade de Dublin; bonito, magnífico nas pistas de dança e a perfeição na montaria, era o 'partido' mais cobiçado do mercado matrimonial irlandês, e muitas eram as casas da aristocracia que estavam de portas abertas para o filho predileto do milionário.

"É claro que era o filho mais velho, Percival Brooks, que herdaria o grosso dos bens do idoso, e provavelmente a maior parte da empresa; ele também era um homem bonito, ainda mais do que o irmão; também cavalgava, dançava e falava bem. Mas fazia muitos anos que as matronas com filhas solteiras haviam abandonado a esperança de ter Percival Brooks como genro. A obsessão do jovem por Maisie Fortescue, dama de charme indubitável, mas de antecedentes duvidosos, era bem conhecida e consagrada para estimular qualquer esperança neste quesito.

"Era pouco provável que Percival Brooks se cassasse com Maisie Fortescue algum dia. O velho Brooks tinha toda a fortuna à disposição, e Percival se veria em maus lençóis caso apresentasse uma esposa indesejável à magnífica mansão da Fitzwilliam Place.

"Esta era a situação", prosseguiu o homem da casa de chá, "na manhã em que a sociedade de Dublin tomou conhecimento, com grande pesar, de que o velho Brooks havia falecido repentinamente em sua residência após poucas horas de um mal-estar. De início, concluiu-se que ele teve um ataque apoplético; mesmo assim, estivera trabalhando com o vigor de sempre na véspera da morte, que aconteceu no fim da noite de 1º de fevereiro.

"Foram os jornais matutinos do dia 2 de fevereiro que deram a triste notícia aos leitores, e foram esses mesmíssimos jornais que, naquela manhã agitada, traziam uma notícia ainda mais espantosa, que se provou prelúdio de uma série de comoções públicas que a tranquila e plácida Dublin não vivia há muitos anos. Aconteceu que, na mesma tarde do dia que testemunhou a morte do maior milionário de Dublin, o sr. Patrick Wethered, seu advogado, foi assassinado em Phoenix Park. O assassinato aconteceu às cinco da tarde, quando o jurista estava voltando para casa após uma visita a seu cliente da Fitzwilliam Place.

"Patrick Wethered era tão conhecido quanto os pontos turísticos da cidade. A morte misteriosa e trágica deixou Dublin inteira consternada. O advogado, que era um homem de sessenta anos, foi atingido na nuca por um porrete, garroteado e, em seguida, roubado, pois nem dinheiro, nem relógio, nem caderneta foram encontrados entre seus pertences. A polícia logo descobriu na casa do advogado que ele havia saído de casa às duas horas, levando tanto o relógio quanto a caderneta e, é claro, dinheiro também.

"Houve uma audiência de inquérito, na qual definiu-se o veredito de homicídio doloso pelas mãos de pessoa ou pessoas desconhecidas.

"Mas Dublin ainda não havia esgotado seu estoque de comoção. O Milionário Brooks havia sido enterrado com a devida pompa e magnificência, e seu testamento havia sido subscrito, com empresa e bens avaliados em 2,5 milhões de libras, por Percival Gordon Brooks, o filho mais velho e único executor. O filho mais novo e mais amado, Murray, que dedicou os melhores anos de sua vida sendo amigo e companheiro do pai, enquanto Percival corria atrás de dançarinas de balé e estrelas de ópera, ficou com uma ninharia de trezentas libras ao ano e nenhuma parcela sequer no gigantesco negócio da Brooks & Sons, curadores de bacon de Dublin.

"Algo evidentemente havia acontecido nas dependências da mansão Brooks, algo que o público e a sociedade de Dublin tentavam, sem sucesso, entender. Matronas e debutantes coradas já pensavam na melhor maneira de demonstrar sua antipatia por Murray Brooks na temporada seguinte. De repente o jovem se tornou 'elemento indesejado' no mercado matrimonial, quando todas as comoções encerraram-se com um escândalo gigantesco, avassalador, que alimentou as fofocas em toda sala de visitas em Dublin pelos três meses seguintes.

"O sr. Murray Brooks, no caso, havia entrado com um pedido de legitimação do testamento lavrado por seu pai em 1891, declarando que o documento, preparado no exato dia da morte do pai e subscrito pelo irmão como único executor, era inválido por ser falso."

22. A FALSIFICAÇÃO

— Os fatos que transcorreram em conexão a este caso extraordinário foram tão misteriosos que causaram confusão a todos. Como já contei à senhorita, nenhum dos amigos do sr. Brooks engoliu a ideia de que o idoso teria cortado a herança do filho predileto.

"Perceba que Percival sempre fora uma pedra no sapato do velho. O turfe, o jogo, o teatro e as casas de ópera, aos olhos do velho açougueiro, eram pecados capitais que o filho cometia diariamente em sua vida. Todos na mansão da Fitzwilliam Place podiam atestar as muitas e amargas brigas que haviam eclodido entre pai e filho por conta das dívidas de apostas ou corridas de Percival. Muitos afirmavam que Brooks preferia deixar seu dinheiro para instituições de caridade do que vê-lo esbanjado com as estrelas da ópera.

"O caso foi à audiência no início do outono. Neste meio-tempo, Percival Brooks havia abandonado seus colegas de jogo e acomodado-se na mansão da Fitzwilliam Place, e conduzia os negócios do pai, sem nem mesmo um gerente, com toda energia e previdência que até então dedicava a causas mais indignas.

"Murray havia optado por não ficar na antiga mansão; não há dúvida de que as associações eram muito dolorosas e recentes. Ele se hospedou com a família do sr. Wilson Hibbert, que era sócio do finado Patrick Wethered. Eram pessoas tranquilas, prosaicas, que moravam em uma casinha na rua

Kilkenny. O pobre Murray, apesar do luto, deve ter sentido e muito a mudança de seus aposentos de luxo na mansão do pai para o minúsculo quarto e as refeições simples que passou a fazer.

"Percival Brooks, que até aquele momento tinha uma renda de mais de cem mil libras por ano, foi criticado com firmeza por aderir com tanto rigor à letra do testamento do pai, e pagar ao irmão apenas as míseras trezentas libras por ano, que eram literalmente migalhas em sua magnífica mesa de jantar.

"Aguardava-se com muito interesse, portanto, a resolução do caso do testamento contestado. Nesse meio-tempo, a polícia, que de início parecia muito loquaz quanto ao assassinato do sr. Patrick Wethered, de uma hora para outra ficou anormalmente quieta, o que despertou inquietação na mente do grande público. Até que um dia o *Irish Times* publicou o seguinte parágrafo, tão extraordinário quanto enigmático:

"'Soubemos por fonte de autoridade inquestionável que são aguardados avanços grandiosos quanto ao brutal assassinato de nosso distinto cidadão, sr. Patrick Wethered. A polícia, aliás, tenta manter em segredo, em vão, que possui uma pista que é tão importante quanto escandalosa, e que aguarda apenas a iminência de um litígio bem conhecido nos tribunais de sucessões para efetivar a prisão.'

"O público de Dublin correu ao tribunal para ouvir a arguição no grande caso do testamento. Eu mesmo viajei a Dublin. Assim que consegui abrir caminho para adentrar o tribunal lotado, fiz um balanço das diversas personagens do drama que eu, como espectador, estava disposto a apreciar. Os dois litigantes eram Percival Brooks e seu irmão Murray, ambos bonitos e bem-vestidos, esforçando-se para parecerem despreocupados e confiantes, ocupados em diálogos com seus respectivos advogados. Quem acompanhava Percival Brooks era Henry Oranmore, o eminente K.C.* irlandês, enquanto Walter Hibbert, jovem jurista em ascensão e filho de Wilson Hibbert, representava Murray.

"O testamento do qual Murray reivindicava legitimação era datado de 1891, e havia sido preparado pelo sr. Brooks durante uma enfermidade séria que ameaçou encerrar seus dias. Este testamento foi depositado nas mãos dos *messieurs* Wethered e Hibbert, advogados do falecido, e nele o sr. Brooks legava seus pertences com divisão igualitária entre os dois filhos, mas a empresa inteiramente ao filho mais novo, com uma taxa devida a Percival de duas mil libras por ano. A senhorita perceba, portanto, que Murray Brooks tinha pleno interesse que o segundo testamento fosse anulado.

"O velho sr. Hibbert havia instruído seu filho muito bem, de modo que a intervenção inicial de Walter Hibbert foi de extrema perspicácia. Ele declarou que viria a demonstrar em nome de seu cliente que o testamento com data de 1º de fevereiro de 1908 nunca poderia ter sido lavrado pelo finado sr. Brooks, pois era absolutamente contrário às suas intenções declaradas, e que, se o finado sr. Brooks havia, no dia em questão, lavrado um testamento novo, de certo *não era* o subscrito pelo sr. Percival Brooks, pois este não passava de uma falsificação da primeira à última linha. O sr. Walter Hibbert anunciou que chamaria vários depoentes para dar suporte aos dois argumentos.

"Por outro lado, o sr. Henry Oranmore, K.C., foi muito destro e cortês ao responder que também tinha múltiplos depoentes para provar que o sr. Brooks havia lavrado um testamento no dia em questão, e que, quaisquer que tenham sido suas intenções no passado, ele devia tê-las alterado no dia do falecimento, pois o testamento subscrito pelo sr. Percival

---

* *King's counsel*, ou "jurisconsulto do Rei", honorífico que designa juristas de carreira eminente titulados pela coroa britânica. [*N.T.*]

Brooks foi encontrado após sua morte, sob o travesseiro do falecido, devidamente assinado por ele e por testemunhas, e era válido em todos os sentidos do ponto de vista jurídico.

"Então a batalha começou com a devida diligência. Havia uma série de depoentes a ser convocada dos dois lados, com depoimentos de importância maior ou menor. Sobretudo menor. Mas o interesse centrava-se na figura prosaica de John O'Neill, o mordomo de Fitzwilliam Place, que estava na família do sr. Brooks há trinta anos.

"'Eu estava recolhendo o café da manhã', disse John, 'quando ouvi a voz do amo no escritório ao lado. Nossa, como estava irritado! Ouvi as palavras 'desgraça', 'vilão', 'mentiroso' e 'coquete', mais uma ou duas palavras feias relacionadas a uma dama, as quais eu não gostaria de repetir. De início, não dei grande atenção, pois estava acostumado a ouvir meu finado e caro amo discutir com o sr. Percival. Então desci as escadas carregando os utensílios do café da manhã. Eu havia recém começado a limpar a prataria quando a campainha do escritório tocou com veemência e ouvi a voz do sr. Percival berrando no saguão: 'John! Depressa! Mande o dr. Mulligan vir imediatamente. Seu amo não está bem! Mande um dos serviçais buscar o doutor e venha me ajudar a levar o sr. Brooks para a cama.

"'Mandei um dos cavalariços buscar o médico', prosseguiu John, que ainda parecia comovido ao recordar-se do pobre amo, com o qual evidentemente tinha forte laço, 'e fui ver o sr. Brooks. Eu o encontrei caído no piso do escritório, com a cabeça apoiada nos braços do sr. Percival. 'Meu pai sofreu um desmaio', disse o jovem patrão. 'Me ajude a levá-lo ao quarto antes do dr. Mulligan chegar.'

"'O sr. Percival estava muito pálido e nervoso, o que era natural. Depois que levamos meu pobre amo à cama, perguntei se eu não deveria dar a notícia ao sr. Murray, que saíra para a empresa uma hora antes. Contudo, antes de o sr. Percival ter tempo de me dar uma ordem, o médico chegou. Achei que havia visto a morte declarada no rosto do meu patrão. Quando levei o médico à porta, uma hora depois, e ele me disse que voltaria imediatamente, eu sabia que o fim estava próximo.

"'O sr. Brooks me convocou em questão de um minuto ou dois, logo em seguida. Ele me disse para mandar chamar o sr. Wethered de pronto; se não ele, o sr. Hibbert, caso o sr. Wethered não pudesse vir. 'Não tenho muitas horas de vida, John', disse ele... 'Meu coração está partido, o médico disse que meu coração se partiu. Um homem não devia se casar nem ter filhos, John, pois cedo ou tarde eles partem seu coração.' Eu estava tão transtornado que não conseguia falar, mas no mesmo momento mandei chamar o sr. Wethered, que chegou por volta das três da tarde.

"'Depois de terem ficado a sós por cerca de uma hora, fui convocado e o sr. Wethered me disse que o sr. Brooks gostaria que eu e mais um dos criados fôssemos testemunhas de que o patrão assinara um documento que estava na mesa de cabeceira. Chamei Pat Mooney, o superior dos serviçais, e, à nossa frente, o sr. Brooks deixou seu nome na parte inferior do documento. Então o sr. Wethered me deu a caneta e pediu para eu assinar meu nome como testemunha e para Pat Mooney fazer o mesmo em seguida. Depois disso, disseram a nós dois que podíamos sair.'

"A seguir, o mordomo idoso explicou que estivera presente no quarto do finado amo no dia seguinte, quando os agentes funerários, que estavam lá para preparar o corpo, encontraram um documento embaixo do travesseiro. John O'Neill identificou que o documento era o mesmo ao que ele havia anexado sua assinatura no dia anterior, levou-o ao sr. Percival e o entregou em mãos.

"Respondendo ao sr. Walter Hibbert, John confirmou que havia retirado o documento das mãos do agente funerário, levando-o diretamente ao aposento do sr. Percival.

"'Ele estava sozinho', contou John; 'eu lhe entreguei o documento. O sr. Percival apenas deu uma olhada e achei que pareceu surpreso. Mas ele não disse nada e eu saí do quarto naquele instante.'

"'Quando o senhor diz que identificou o documento como sendo aquele que vira seu amo assinar no dia anterior, como confirmou que era o mesmo documento?', perguntou o sr. Hibbert em meio ao interesse aflito da parte dos espectadores. Observei com atenção o rosto do depoente.

"'Pareceu-me exatamente o mesmo documento, senhor', respondeu John, um pouco hesitante.

"'O senhor analisou o conteúdo do documento, então?'

"'Não, senhor. Não analisei.'

"'E havia analisado no dia anterior?'

"'Não, senhor. Apenas a assinatura de meu amo.'

"'Então o senhor apenas achou que, pela *aparência* do documento, seria o mesmo?'

"'Parecia exatamente o mesmo, senhor', insistiu John, obstinado.

"Veja a senhorita", prosseguiu o homem da casa de chá, animado, inclinando-se sobre a estreita mesa de mármore, "que a alegação do advogado de Murray Brooks era que o finado sr. Brooks, após ter feito um testamento e de escondê-lo, pelo motivo que fosse, sob o travesseiro... que aquele documento havia caído, pelos meios relatados por John O'Neill, nas mãos do sr. Percival Brooks, que o destruiu e o substituiu por um falso, que adjudicava o total dos milhões do sr. Brooks para si. Era uma acusação terrível e muito ousada, dirigida contra um cavalheiro que, apesar das muitas loucuras da juventude, era uma figura proeminente e importante na alta sociedade irlandesa.

"Todos os presentes ficaram horrorizados com o que ouviram, e os comentários que escutei nos cochichos ao meu redor mostraram que a opinião pública, enfim, não sustentava a acusação ousada do sr. Murray Brooks contra o irmão.

"Mas John O'Neill ainda não havia encerrado o depoimento, e o sr. Walter Hibbert ainda tinha um escândalo na manga. Ele apresentou um documento: a saber, o testamento subscrito pelo sr. Percival Brooks, e perguntou mais uma vez a John O'Neill se reconhecia o documento.

"'É claro que sim, senhor', disse John, sem hesitação, 'é o que o agente funerário encontrou sob o travesseiro de meu pobre e falecido amo, e que levei de imediato ao quarto do sr. Percival.'

"Em seguida, o documento foi desdobrado e apresentado ao depoente.

"'Então, sr. O'Neill, pode me confirmar se esta é sua assinatura?'

"John ficou observando por um instante, depois disse: 'Com licença, senhor', e retirou um par de óculos que ajustou com cuidado antes de analisar o papel de novo. Então balançou a cabeça em negação, pensativo.

"'Não se parece muito com minha letra, senhor', disse ele, por fim. 'Quer dizer', complementou, de modo a elucidar a questão, 'parece minha letra, mas creio que não seja.'

"Naquele momento, vi uma expressão no rosto do sr. Percival Brooks", prosseguiu o homem da casa de chá, com a voz tranquila, "que imediatamente transmitiu todo o histórico daquelas desavenças, da doença do sr. Brooks, do testamento e, sim, do assassinato de Patrick Wethered também.

"Fiquei pensando apenas em como cada um desses eminentes jurisconsultos, de ambos os lados, não captava a pista do mesmo modo que eu. Eles seguiram arguindo, discursando e interrogando durante quase uma semana, até chegarem à única conclusão possível, inevitável desde o princípio: a de que o testamento *era* falso. Que era uma falsificação grosseira, desastrada, aparvalhada, já que tanto John O'Neill quanto

Pat Mooney, as duas testemunhas, negaram em absoluto que as assinaturas fossem deles. A única caligrafia em que o falsificador tivera êxito fora a do velho sr. Brooks.

"Havia um fato muito curioso, e que indubitavelmente auxiliou o falsificador a realizar seu trabalho de forma veloz: o sr. Wethered, tendo percebido que o sr. Brooks não tinha muitos instantes de vida, não elaborou o documento comum, redigido com a devida pompa e letra cara ao seu coração jurídico. Em vez disso, havia usado um destes formulários prontos e comuns, à venda em qualquer papelaria, para preparar o testamento de seu cliente.

"O sr. Percival Brooks, é claro, negou veementemente a seríssima alegação que foi levantada contra ele. Ele admitiu que o mordomo havia lhe trazido o documento na manhã após a morte do pai, e que ele, ao conferi-lo, havia ficado pasmo em ver que era o testamento. Ademais, declarou que seu conteúdo não o surpreendeu em grau algum, que sabia das intenções do testador, mas que pensou que o pai havia confiado o testamento aos cuidados do sr. Wethered, que cuidou de todas as burocracias.

"'Apenas conferi a assinatura superficialmente', concluiu ele, falando com voz clara e tranquila. 'O senhor há de compreender que a ideia de falsificação estava longe de minha mente, e que a assinatura de meu pai está muito bem imitada. Se, de fato, não for dele mesmo, e não me disponho a crer que seja. Quanto às assinaturas das testemunhas, não creio que já as tenha visto. Levei o documento aos *messieurs* Barkston e Maud, que já me auxiliaram nos negócios, e eles me garantiram que o testamento estava em perfeita ordem.'

"Questionado por que ele não havia confiado o julgamento aos advogados do pai, ele respondeu:

"'Pelo simplíssimo motivo de que exatamente meia hora antes de o testamento ser entregue em minhas mãos, eu li que o sr. Patrick Wethered havia sido assassinado na noite anterior. O sr. Hibbert, o sócio minoritário, não era alguém que eu conhecia pessoalmente.'

"Depois disso, por uma questão de formalidade. Ouviu-se boa parte dos depoimentos de peritos a respeito da assinatura do falecido. Mas foi uma seção unânime, que apenas corroborou o que já havia sido determinado sem sombra de dúvida: o testamento com data de 1º de fevereiro de 1908 era uma falsificação, e que seria dada legitimação ao testamento datado de 1891, favorecendo o sr. Murray Brooks, único executor ali mencionado."

23. UM DIA MEMORÁVEL

— Dois dias depois, a polícia solicitou um mandado de prisão para o sr. Percival Brooks, com a acusação de falsificação.

"A Coroa prosseguiu e o sr. Brooks mais uma vez foi representado pelo sr. Oranmore, o eminente jurisconsulto. Perfeitamente tranquilo, tal como um homem consciente da própria inocência e incapaz de entender a ideia de que a justiça por vezes malogra, o sr. Brooks, filho do milionário, já detentor de uma imensa fortuna sob o antigo testamento, levantou-se no banco dos réus naquele dia memorável de outubro de 1908, que sem dúvida ainda vive na memória de muitos de seus amigos.

"Todos os depoimentos referentes aos últimos instantes do sr. Brooks e ao testamento falso foram repassados. O documento, na opinião da Coroa, havia sido forjado de forma tão escancarada para servir apenas a favor do acusado, cortando todos os demais beneficiários, que mais ninguém citado naquela falsificação, obviamente, teria motivo para a forja.

"Muito pálido, e com um franzir entre seus belos e profundos olhos irlandeses, Percival Brooks ouviu os vários depoimentos que a Coroa havia somado contra ele.

"Havia momentos em que ele fazia breves consultas ao sr. Oranmore, que parecia muito relaxado. Já viu Oranmore no tribunal? Parece um personagem saído de Dickens. O sotaque pronunciado, o rosto gordo, rechonchudo e barbeado, as mãos grandes – nem sempre de higiene imaculada –, muitas vezes encantaram o caricaturista. Como rapidamente transcorreu durante aquele memorável e magistral inquérito, ele confiava em um veredito a favor de seu cliente a partir de dois argumentos principais, pois havia concentrado toda a habilidade em fazê-los o mais significativos possível.

"O primeiro argumento era o dos horários. John O'Neill, interrogado por Oranmore, afirmou sem hesitar que havia entregado o testamento ao sr. Percival às onze da manhã. Naquele momento, o eminente K.C. veio à frente e colocou no banco de testemunhas os mesmos advogados em cujas mãos o acusado havia disposto o testamento. O sr. Barkston, advogado muito conhecido da rua King, afirmou que o sr. Percival Brooks estava no escritório às 11h45. Dois de seus funcionários confirmaram o horário exato em seus depoimentos, e era *impossível*, argumentou o sr. Oranmore, que em apenas 45 minutos o sr. Brooks pudesse ter ido a uma papelaria, comprado um formulário de testamento e copiado a escrita do sr. Wethered e as assinaturas de seu pai, de John O'Neill e de Pat Mooney.

"Algo assim podia ter sido planejado, organizado, ensaiado e, enfim, depois de muito empenho, realizado com êxito. Mas a inteligência humana não conseguia captar a outra opção como uma possibilidade.

"Ainda assim, o juiz hesitou. O eminente K.C. havia abalado, mas não aniquilado, sua certeza quanto à culpa do réu. Porém existia mais um argumento, e este, Oranmore, com a habilidade de um dramaturgo, havia reservado para o cair da cortina.

"Ele percebia cada indicativo no rosto do juiz, e supôs que seu cliente não estava livre por completo do perigo. Só então apresentou os dois últimos depoentes.

"Um deles era Mary Sullivan, uma das empregadas na mansão Fitzwilliam. Ela tinha sido orientada pelo cozinheiro, às 16h15 de 1º de fevereiro, a levar a água quente que a enfermeira havia pedido ao quarto do patrão. Quando estava prestes a bater na porta, o sr. Wethered estava saindo do quarto. Mary parou com a bandeja na mão e, à porta, o sr. Wethered se virou e falou em voz muito alta: 'Não se alarme, não fique nervoso, tente ficar calmo. Seu testamento está no meu bolso, ninguém, a não ser o senhor, pode alterá-lo nem mudar uma palavra.

"É evidentemente um ponto muito contencioso na lei se o depoimento de uma empregada pode ou não ser aceito. Veja que ela estava citando as palavras de um homem que faleceu, ditas a um também já falecido. Não existe dúvida de que, se houvessem depoimentos fortes do outro lado contra Percival Brooks, o de Mary Sullivan não teria adiantado em nada; mas, como eu lhe disse antes, a crença do juiz na culpa do acusado já estava bastante abalada, e agora o último golpe direcionado a ele pelo sr. Oranmore destroçava as dúvidas que lhe restavam.

"O dr. Mulligan, no caso, havia sido colocado pelo sr. Oranmore no banco de depoentes logo em seguida. Ele era um homem da medicina, de autoridade incontestável, aliás, no topo do seu ramo em Dublin. O que ele disse praticamente corroborava o depoimento de Mary Sullivan. Ele tinha ido ver o sr. Brooks às 16h30 e soube por ele que seu advogado havia acabado de sair.

"É certo que o sr. Brooks, embora muitíssimo fraco, estava calmo e mais sereno. Ele estava morrendo de um ataque cardíaco repentino, e o dr. Mulligan anteviu o fim quase imediato. Mas ele ainda estava consciente e conseguiu balbuciar com a voz fraca: 'Sinto-me mais aliviado agora, doutor... fiz meu testamento... Wethered já se foi... ele o levou no bolso... ali está seguro... seguro daquele...'. Mas as palavras morreram em seus lábios, e depois falou muito pouco. Ele viu os dois filhos antes de morrer, mas mal os reconheceu e sequer olhou para os dois.

"Veja", concluiu o homem da casa de chá, "que a promotoria estava prestes a entrar em colapso. Oranmore não lhe deixou nem um argumento. O testamento era falso, é verdade, forjado a favor de Percival Brooks e de ninguém mais, forjado para ele e para seu benefício, apenas. Se ele sabia e foi conivente com a falsificação, é algo que nunca foi provado nem, até onde sei, sugerido. Mas era impossível opor-se a todos os depoimentos, os quais apontavam que, no que dizia respeito ao ato, ele era inocente. Perceba que não havia contestação ao depoimento do dr. Mulligan. O de Mary Sullivan foi igualmente forte.

"Há duas testemunhas afirmando que o testamento do velho Brooks estava nas mãos do sr. Wethered quando este deixou a mansão da Fitzwilliam Place às 16h15. Às dezessete horas, o advogado foi encontrado sem vida em Phoenix Park. Entre 16h15 e vinte horas, Percival Brooks não saiu da casa. Isto foi comprovado subsequentemente por Oranmore, sem deixar sombra de dúvida. Já que o testamento encontrado sob o travesseiro de Brooks era falso, onde estava o testamento que ele fez de fato, e que Wethered carregou consigo no bolso?"

— Foi roubado, é claro — retrucou Polly —, por aqueles que o assassinaram e assaltaram; pode não ter sido de valor algum para quem o matou, mas é natural que a pessoa destrua o documento para não deixar pistas contra si.

— Então a senhorita diz que foi mera coincidência? — perguntou ele, animado.

— O quê?

— O fato de Wethered ter sido assassinado e assaltado no momento em que carregava o testamento no bolso, enquanto outro era forjado para tomar seu lugar?

— Seria muito curioso, de fato, se *fosse* uma coincidência — respondeu ela, hesitante.

— Muito — repetiu ele com sarcasmo mordaz, enquanto seus dedos ossudos brincavam com o inevitável barbante. —

Muito curioso mesmo. Pense só em toda a situação. Lá estava o idoso, com toda sua fortuna, dois filhos, um dos quais a quem ele era muito dedicado, e o outro com quem ele apenas brigava. Um dia acontece mais uma dessas brigas, mas mais violenta, mais terrível do que todas que já haviam acontecido, e o resultado é que o pai, desolado, sofre um ataque de apoplexia e quase morre de coração partido. Depois disso, ele altera o testamento, e logo em seguida é subscrito um testamento que se prova falso.

"Neste momento, todos, a polícia, a imprensa e até o público, imediatamente lançam-se à conclusão de que, como Percival Brooks se beneficia do testamento forjado, Percival Brooks deve ser o forjador."

— Busque aquele a quem o crime beneficia, como diz seu axioma — defendeu a moça.

— Perdão?

— Percival Brooks saiu beneficiado com dois milhões de libras.

— Peço desculpas. Ele não fez nada disso. Ele ficou com menos da metade do que o irmão mais novo herdou.

— Ora, sim. Mas isso foi em um testamento anterior e...

— E aquele testamento falso foi forjado de forma tão canhestra, a assinatura foi imitada de forma tão desatenciosa, que a farsa estava fadada a vir à luz. *Isto* nunca lhe ocorreu?

— Sim, mas...

— Não há "mas" — interrompeu ele. — Estava claro como a luz do dia, a meu ver, desde o começo. A briga do idoso, a que partiu seu coração, não foi com o filho mais velho, com o qual ele estava acostumado a brigar, mas com o segundo filho, aquele que ele idolatrava, no qual ele acreditava. A senhorita não se lembra de como John O'Neill ouviu as palavras "mentiroso" e "fraude"? Percival Brooks nunca fraudou seu pai. Seus pecados ficavam à mostra. Murray tinha levado uma vida tranquila, fora submisso ao pai, havia bajulado o patriar-

O HOMEM DA CASA DE CHÁ 169

ca até que, como acontece com a maioria dos hipócritas, foi descoberto. Quem sabe dizer qual dívida de jogo ou de honra, revelada de supetão ao velho Brooks, tenha sido a causa da última e mortal briga?

"A senhorita há de lembrar que foi Percival que continuou ao lado do pai e o levou para o quarto. Onde estava Murray durante aquele dia comprido e doloroso, quando o pai estava às portas da morte? Logo ele, o filho idolatrado, o menino dos olhos do idoso? Nunca se ouve o nome de Murray em relação a quem estava presente lá nesses dias. Mas ele sabia que havia causado uma ofensa de nível mortal ao pai, e que o pai quis deserdá-lo, sem deixar um mísero vintém. Ele soube que o sr. Wethered tinha sido convocado, que Wethered havia saído da casa pouco depois das quatro da tarde.

"E aqui entra a esperteza do homem. Tendo ficado no aguardo de Wethered e batido na nuca dele com um porrete, ele não tinha como fazer aquele testamento desaparecer por inteiro. Ainda restava uma pequena chance de outras testemunhas saberem que o sr. Brooks havia feito um testamento novo: o sócio do sr. Wethered, seu funcionário, ou um dos criados confidentes na casa. Portanto, *algum* testamento tinha que ser descoberto após a morte do idoso.

"Murray Brooks não era um especialista em falsificações. São necessários anos de treinamento para chegar a tanto. Um testamento que ele forjasse certamente seria descoberto. E é isso mesmo: certamente seria descoberto. A falsificação seria palpável; então, que seja palpável, aí será descoberta, ostentada como tal, e o testamento original de 1891, tão favorável aos interesses do jovem salafrário, disposto como o válido. Teria sido pura maldade ou mera cautela extra que levou Murray a redigir aquele testamento falso tão a favor de Percival? É impossível dizer.

"De qualquer modo, foi o toque mais esperto nesse crime de concepção magnânima. Planejar essa malignidade foi excelente, executá-la foi fácil. Ele tinha horas de ócio para fazer isso. Depois, à noite, deixar o documento sob o travesseiro do falecido foi a simplicidade em si. Sacrilégios não estremecem naturezas como as de Murray Brooks. O resto do drama a senhorita já conhece..."

— E Percival Brooks?

— O júri concluiu pelo veredito de "inocente". Não havia provas contra ele.

— Mas e o dinheiro? Não vá me dizer que o salafrário ainda está aproveitando?

— Não. Ele aproveitou por um tempo, mas morreu, uns três meses atrás, e esqueceu de tomar a precaução de fazer um testamento. Então o irmão Percival acabou ficando com o negócio. Se a senhorita for a Dublin, eu recomendaria pedir um bacon dos Brooks. É saboroso.

24. UMA AFRONTA SEM IGUAL

— A senhorita gosta do litoral? — perguntou o homem da casa de chá após terminar o almoço. — Não falo de balneários como Ostend ou Trouville, mas do verdadeiro litoral inglês, com cantores de rua, excursionistas de meia pataca e apartamentos sujos e caros, nos quais cobram um xelim para acender os lampiões do corredor no domingo e seis *pence* nas outras noites. A senhorita gosta?

— Prefiro o interior.

— Ah! Talvez seja preferível. Da minha parte, só uma vez gostei de um de nossos recantos ingleses do litoral, e foi por uma semana, quando Edward Skinner estava diante do magistrado, acusado do que ficou chamado de "Afronta de Brighton". Não sei se vai se lembrar daquele dia memorável em Brighton (memorável para aquela cidade elegante, que maneja mais diversões do que mistérios), quando o sr. Francis Morton, um de seus moradores mais ilustres, desapareceu. Sim! Desapareceu totalmente, como uma dama que some por trás do lenço do mágico. Ele era rico, tinha uma bela casa, criados, esposa e filhos, e desapareceu. Não há como negar.

"O sr. Francis Morton morava com a esposa em um dos casarões da Sussex Square na ponta Kemp Town de Brighton. A sra. Morton era bem conhecida pelos americanismos, jantares extravagantes e belos vestidos parisienses. Era filha de um dos muitos milionários estadunidenses, creio que o pai era açougueiro em Chicago, que convenientemente fornecem esposas ricas para a aristocracia inglesa. Ela se casara com o sr. Francis Morton havia poucos anos e lhe rendera 250 mil libras, por nenhum outro motivo que não a paixão. Ele não era nem bonito nem distinto. Aliás, ele parecia um destes homens que trabalham demais.

"Era um cavalheiro de hábitos muito regulares, que ia a Londres toda manhã a trabalho e retornava toda tarde no 'trem dos maridos'. Era tão assíduo nesses hábitos que todos os criados da mansão de Sussex Square deixaram-se levar pelas fofocas quando, na quarta-feira, 17 de março, o patrão não se apresentou para o jantar. Hales, o mordomo, comentou que a senhora parecia um pouco nervosa e não comeu muito. A noite prosseguiu e o sr. Morton não apareceu. Às nove horas da noite, o jovem lacaio foi despachado à estação de trem para questionar se o patrão havia sido visto por lá à tarde, ou se, Deus nos livre, havia ocorrido algum acidente na ferrovia. O jovem conversou com dois ou três carregadores, com o garoto da livraria e com o vendedor de passagens. Todos afirmaram que o sr. Morton não fora a Londres naquele dia; ninguém o havia visto nas dependências da estação. De certo não havia informe algum de acidente na linha de ida ou vinda.

"Mas a manhã do dia 18 chegou com o carteiro batendo à porta, porém sem o sr. Morton ou qualquer sinal ou notícia dele. A sra. Morton, que parecia ter passado a noite em claro, pois estava muito alterada e fatigada, enviou um telegrama ao porteiro do grande prédio da rua Cannon, onde o marido tinha escritório. Uma hora depois, ela recebeu a resposta: 'Não vimos o sr. Morton ontem, e não apareceu hoje.' À tarde, todos em Brighton sabiam que um vizinho desaparecera misteriosamente da cidade ou na cidade.

"Passaram-se dois dias, depois mais um, e nenhum sinal do sr. Morton. A polícia estava fazendo o possível. O cavalheiro era muito conhecido em Brighton, pois morava lá há dois anos. Não era difícil concluir que ele não havia deixado a cidade, já que ninguém o vira na estação na manhã do dia 17, nem em qualquer momento desde então. Uma leve exaltação espalhou-se pela cidade. De início, os jornais falaram do assunto de maneira um tanto jocosa. "Onde está o sr. Morton?", era o anúncio mais comum nos boletins de notícias noturnos. Mas, depois de três dias, com o digníssimo morador de Brighton ainda desaparecido e a sra. Morton aparentando mais fadiga e aflição a cada dia, a leve exaltação deu lugar ao nervosismo.

"Já se percebia vagos sinais de um delito. Havia vazado a notícia de que o cavalheiro desaparecido carregava uma grande soma em dinheiro no dia em que sumiu. Também corriam rumores imprecisos quanto a um escândalo que teria conexão com a própria sra. Morton e sua vida pregressa, que no estado de nervosismo pelo marido ela teria se sentido forçada a revelar ao inspetor-detetive encarregado do caso.

"Então, no sábado, a notícia que os jornais da tarde trouxeram foi a seguinte:

"'Seguindo certas informações que recebeu, a polícia hoje forçou entrada em um dos aposentos de Russell House, um prédio de apartamentos mobiliados de primeira qualidade na King's Parade, e lá encontrou o desaparecido e distinto morador, sr. Francis Morton, que foi assaltado e em seguida trancado naquele quarto desde quarta-feira, 17. Quando encontrado, ele estava nos últimos estágios de inanição, amarrado a uma poltrona com cordas, com um xale grosso de algodão tampando a boca. É um espanto que, deixado sem comida e com pouquíssimo ar, o desafortunado cavalheiro tenha sobrevivido aos horrores destes quatro dias de cárcere.

"'Ele foi conduzido à sua residência em Sussex Square, e temos o prazer de informar que o Doutor Mellish, que estava presente, declarou que o paciente não corre mais risco sério à saúde, e, com os devidos cuidados e repouso, ele logo estará recuperado.

"'Ao mesmo tempo, os leitores ficarão satisfeitos em saber que a polícia da nossa cidade, com sua perspicácia e diligência de sempre, já descobriu a identidade e o paradeiro do covarde rufião que cometeu esta afronta sem igual.'"

27. O DETENTO

— Não sei mesmo — prosseguiu o homem da casa de chá, com voz suave — o que me interessou no caso desde o princípio. Não havia nada incomum ou misterioso, mas assim mesmo fiz a viagem até Brighton, pois senti que algo mais profundo e mais sutil estava por trás daquela agressão extraordinária após o assalto.

"Preciso lhe contar que a polícia deu permissão para que circulasse a notícia de que eles tinham uma pista. Foi muito fácil averiguar quem era o inquilino do quarto mobiliado em Russell House. Seu nome era supostamente Edward Skinner, e ele alugara o apartamento havia cerca de uma quinzena, mas tinha ficado fora por dois ou três dias a partir do momento do misterioso desaparecimento do sr. Morton. No dia 20, a vítima foi encontrada, e 36 horas depois o grande público ficou grato em saber que o sr. Edward Skinner fora localizado em Londres e preso pela acusação de agressão ao sr. Francis Morton, e de assalto pela quantia de dez mil libras.

"Então se acrescentou mais comoção ao caso já desconcertante quando se fez o anúncio surpreendente de que o sr. Francis Morton recusava-se a prestar queixa.

"É claro que o Tesouro assumiu o caso e intimou o sr. Morton a depor, de modo que o cavalheiro, se quisesse abafar a questão, ou tivesse sido intimidado de algum modo a prometer que o faria, nada ganhou com a recusa, fora provocar ainda mais curiosidade no consciente público e mais alarde em torno do misterioso caso.

"Veja que foi a soma de tudo isso que me interessou e me levou a Brighton no dia 23 de março para ver o preso Edward Skinner ser denunciado diante do magistrado. Devo dizer que era um indivíduo de aparência extremamente comum. Loiro, de compleição corada, com nariz achatado e um início de calvície. Ele também parecia a encarnação do próspero e indigesto 'homem do mercado financeiro'.

"Fiz um rápido levantamento dos depoentes presentes e concluí que a bela e estilosa mulher sentada ao lado do sr. Reginald Pepys, notável promotor da Coroa, era a sra. Morton.

"Havia grande multidão no tribunal, e ouvi sussurros entre a porção feminina ali presente quanto à beleza do vestido da sra. Morton, o valor de seu grande chapéu de aba larga e a magnificência de seus anéis de diamante.

"A polícia deu o depoimento completo quanto à descoberta do sr. Morton no quarto da Russell House e também quanto à prisão de Skinner no Langham Hotel de Londres. Ao que parece, o preso ficou absolutamente espantado pela acusação que lhe foi apresentada e declarou que, embora conhecesse o sr. Francis Morton um pouco no mundo dos negócios, nada sabia sobre sua vida privada.

"'O preso declarou', disse o Inspetor Buckle, 'que nem estava ciente de que o sr. Morton residia em Brighton. Mas aqui tenho um depoimento, o qual apresento ao meritíssimo, como prova que o preso esteve na companhia do sr. Morton às 9h30 da manhã da agressão.'

"Interrogado pelo sr. Matthew Quiller, o inspetor-detetive admitiu que o preso apenas comentou que não sabia que o sr. Morton era *residente* em Brighton. Ele nunca negou que o havia encontrado na cidade.

"O depoente, ou melhor, os depoentes a que a polícia se referia eram dois comerciantes de Brighton que conheciam o sr. Morton de vista e o haviam observado no dia 17, caminhando com o acusado.

"Desta vez, o sr. Quiller não tinha qualquer pergunta a fazer ao depoente, e se entendeu que, em termos gerais, o preso não quis contradizer o que eles afirmavam.

"O policial Hartrick contou como havia encontrado o desafortunado sr. Morton após quatro dias de cárcere. O policial fora despachado pelo inspetor-chefe depois de receber certas informações da sra. Chapman, senhoria de Russel House. Ele encontrou a porta trancada e teve que forçá-la para abrir. O sr. Morton estava em uma poltrona, com vários metros de corda à sua volta, embora frouxos, quase inconsciente, e havia um xale de lã grosso amarrado em torno da cabeça, cobrindo apenas a boca, que deve ter abafado qualquer grito ou gemido que o pobre senhor possa ter proferido. O policial ficou com a impressão de que o sr. Morton fora drogado ou abalado antes de amordaçado, o que o deixou fraco e debilitado e o impediu de pedir por ajuda ou de se livrar de suas amarras. Que, a propósito, haviam sido atadas a seu corpo de forma muito desajeitada, com certeza apressada.

"O legista convocado, assim como o dr. Mellish que atendia o sr. Morton, disseram que ele parecia confuso devido a uma droga entorpecente, e que era evidente que estava fraco e debilitado devido à carência de comida.

"A primeira depoente de importância real foi a sra. Chapman, proprietária de Russell House, cujo informe original à polícia levou à descoberta do paradeiro do sr. Morton. Respondendo ao sr. Pepys, ela disse que, em 1º de março, o acusado ligou para a casa e disse que seu nome era sr. Edward Skinner.

"'Ele disse que precisava de um quarto mobiliado a preço médio para uma longa hospedagem, com pensão completa quando estivesse lá, mas complementou que vez ou outra passaria dois ou três dias fora, quem sabe mais.

"'Ele me disse que fazia viagens para uma casa de chá', prosseguiu a sra. Chapman, 'e eu lhe mostrei o quarto da frente no terceiro andar, pois ele não queria pagar mais de doze xelins por semana. Pedi uma referência, mas o homem deixou três soberanos na minha mão e disse, rindo, que acreditava que pagar um mês adiantado pelo quarto era referência o bastante; caso eu não gostasse dele depois daquele período, podia lhe dar um aviso prévio para ir embora.'

"'A senhora não pensou em perguntar o nome da firma para a qual ele trabalhava e viajava?', perguntou o sr. Pepys.

"'Não, fiquei satisfeita com o que ele me pagou. No dia seguinte, enviou-me as bagagens e ocupou o quarto. Ele saía quase todas as manhãs a negócios, mas estava em Brighton no sábado e no domingo. No dia 16, me disse que iria passar alguns dias em Liverpool. Ele dormiu na casa naquela noite e saiu cedo no dia 17, levando consigo sua valise.'

"'Que horas ele saiu?', perguntou o sr. Pepys.

"'Eu não saberia dizer com exatidão', respondeu a sra. Chapman, depois de hesitar. 'O senhor pode perceber que estamos em baixa temporada. Nenhum dos meus quartos está alugado, fora este, ao sr. Skinner, e tenho apenas uma criada. Há quatro no verão, no outono e no inverno', ela complementou com orgulho marcado, temendo que sua afirmação prévia pudesse prejudicar a reputação de Russell House. 'Achei ter ouvido o sr. Skinner sair por volta das nove da manhã, mas cerca de uma hora depois, a servente e eu estávamos no porão e ouvimos a porta da frente abrir e bater, seguida de passos no saguão.

"'Mary disse que era o sr. Skinner e eu concordei e comentei que achava que ele tinha saído uma hora antes. Mary respondeu dizendo que ele havia saído, pois tinha deixado a porta do quarto aberta e ela entrara para arrumar a cama e faxinar o cômodo. Pedi para que ela fosse conferir se era mesmo ele, e então Mary correu ao saguão e escada acima, e voltou para me dizer que era mesmo o sr. Skinner. Ele fora direto para o quarto. Mary não o viu, mas ele vinha com outro cavalheiro, pois ela ouviu os dois conversarem no quarto do sr. Skinner.'

"'Então a senhora não saberia dizer o horário em que o detento deixou a casa pela última vez?'

"'Não, não saberia. Saí para fazer compras logo depois. Quando entrei, era meio-dia. Subi no terceiro andar e descobri que o sr. Skinner havia trancado a porta e levado a chave. Como eu sabia que Mary já havia arrumado o quarto, não me dei ao trabalho de conferir, mas achei estranho o cavalheiro trancar o cômodo e não deixar a chave comigo.'

"'E depois a senhora não ouviu barulho algum no quarto, suponho.'

"'Não. Nem naquele dia, nem no seguinte. Mas, no terceiro dia, Mary e eu ouvimos um som estranho. Eu disse que o sr. Skinner havia deixado a janela aberta, e que era a cortina batendo contra o vidro, mas quando ouvimos o barulho estranho de novo, colei meu ouvido ao buraco da fechadura e achei ter ouvido um gemido. Fiquei muito assustada, então mandei Mary chamar a polícia.'

"A sra. Chapman não disse mais nada de relevante. O preso certamente havia sido seu inquilino. Ela o havia visto pela última vez na noite do dia 16, subindo para o quarto com sua vela. Mary, a servente, tinha praticamente a mesma história que sua patroa a contar.

"'Acho que foi ele, foi, sim', relatou Mary, recatada. 'Eu não vi, mas subi até o andar e parei à frente da porta dele. Eu ouvi as vozes no quarto. Eram dois homens conversando.'

"'Imagino que a senhorita não ficaria ouvindo por trás da porta, não é, Mary?', questionou o sr. Pepys, com um sorriso.

"'Não, senhor', falou Mary, com um sorriso meigo. 'Eu não entendi o que os cavalheiro disseram, mas um deles falava tão alto que achei que estavam brigando.'

"'O sr. Skinner era a única pessoa que tinha uma chave do prédio, suponho eu. Ninguém mais poderia ter entrado sem bater à porta?'

"'Não, senhor, não.'

"E isso foi tudo. Até aqui, perceba a senhorita, o caso estava em uma progressão magnífica para a Coroa e contra o preso. A alegação era de que Skinner havia encontrado o sr. Morton, trazido-o para seu quarto, agredido-o, drogado-o, depois amordaçado-o e amarrado o homem, e por fim roubado todo o dinheiro que ele tinha em mãos, o que, segundo certos atestados que seriam levados imediatamente ao magistrado, somavam dez mil libras em notas.

"Mas em tudo isto ainda restava o grande elemento de mistério para o qual o público e magistrado exigiriam uma explicação: precisamente, quais eram as relações entre o sr. Morton e Skinner, que haviam induzido o primeiro a recusar uma queixa contra o homem que não só o havia assaltado, mas também quase tivera êxito em deixá-lo à morte terrível e prolongada?

"O sr. Morton ainda estava muito adoentado para comparecer em pessoa. O dr. Mellish o havia proibido de modo definitivo de passar pela fadiga e exaltação de depor na corte naquele dia. Mas ele fez sua declaração do leito, as juramentou, e elas foram trazidas ao magistrado pela promotoria. Os fatos que revelou foram tão notáveis quanto breves e enigmáticos.

"Enquanto eles eram lidos pelo sr. Pepys, um silêncio de assombro e expectativa se abateu sobre a grande multidão ali reunida, e todos se inclinaram na expectativa de ter um vislumbre daquela mulher alta e elegante, com trajes impecáveis e joias requintadas, mas cujo belo rosto ganhou, conforme o advogado de acusação lia o depoimento do marido, tez cada vez mais acinzentada.

"'Este, meritíssimo, é o depoimento feito sob juramento pelo sr. Francis Morton', principiou o sr. Pepys com sua voz alta e sonora, que soava impressionante em um tribunal lotado e silencioso. 'Por motivos que me recuso a revelar, fui obrigado a pagar grande quantia a um homem que não conheço e nunca vi. Era uma questão de que minha esposa estava ciente e que estava absolutamente relacionada a assuntos particulares a ela. Eu era apenas o intermediário, pois achei que não cabia a ela cuidar do assunto sozinha. O indivíduo em questão havia feito certas demandas, das quais ela me manteve em ignorância enquanto pôde, não querendo me importunar sem motivo. Por fim, ela decidiu me explicar todo o assunto e concordamos que seria melhor satisfazer as exigências do homem.'"

Ele prosseguiu com o depoimento do sr. Morton:

"'Eu, então, me correspondi com o indivíduo cujo nome não desejo revelar, dirigindo a carta, como minha esposa havia me instruído, aos correios de Brighton, dizendo que estava disposto a pagar-lhe as dez mil libras, em qualquer lugar ou momento e da maneira que ele sugerisse. Recebi uma resposta que trazia o selo postal de Brighton, e que solicitava que eu estivesse em frente à Furnival's, a loja de tecidos da rua West, às 9h30 da manhã de 17 de março, e para levar o dinheiro, as dez mil libras, em notas do Bank of England.

"'No dia 16, minha esposa me entregou um cheque nessa quantia e eu o descontei no banco: o Bird's, na rua Fleet. Às 9h30 da manhã seguinte, eu estava no local marcado. Um indivíduo que vestia sobretudo cinza, chapéu-coco e gravata vermelha me abordou pelo nome e solicitou que caminhássemos até sua residência em King's Parade. Eu o acompanhei. Não trocamos palavra durante o percurso. Ele parou na casa identificada pelo nome Russel House, e pela qual posso jurar assim que tiver condições de sair de casa. Ele entrou com chave própria e pediu que eu o seguisse até seu quarto no terceiro andar. Achei ter notado, quando estávamos no quarto, que ele trancou a porta. Contudo, eu não tinha nada de valor, à exceção das dez mil libras que já estava disposto a lhe entregar. Não havíamos trocado uma só palavra, como eu disse.

"'Eu lhe entreguei as notas, ele as dobrou e guardou dentro de sua caderneta. Então me virei para a porta e, sem o mínimo aviso, senti que fui agarrado pelo ombro, com um lenço pressionando meu nariz e boca. Me debati tanto quanto pude, mas o lenço estava saturado de clorofórmio, e logo perdi a consciência. Lembro vagamente do homem me dizer, em frases curtas e espasmódicas que ele falava de maneira intervalada enquanto eu ainda me debatia, quase sem forças:

"'Que tolo deve achar que sou, meu caro! Pensou mesmo que deixaria o senhor ir embora com toda tranquilidade, direto à delegacia, é? Muitos já tentaram se esquivar assim quando têm que comprar o silêncio de um homem, sabia? Descobrem onde ele está, veem onde mora, entregam-lhe o dinheiro, depois abrem uma queixa contra ele. Não, não será assim! Não desta vez. Estou de partida do continente com este dinheiro, e posso chegar a Newhaven a tempo do barco do meio-dia. O senhor terá que ficar em silêncio até eu estar do outro lado do Canal, meu amigo. Não lhe será um grande inconveniente: minha senhoria vai ouvir seus gemidos daqui a pouco e vem soltá-lo, então o senhor vai ficar bem. Pronto, tome isto. Muito bem.'

"'Ele forçou algo amargo na minha garganta e depois não me recordo de mais nada.

"'Quando recobrei a consciência, estava sentado em uma poltrona com uma corda à minha volta e um xale de lã na boca. Não tinha forças para fazer o mínimo esforço para me soltar nem para gritar. Eu me sentia muito mal e debilitado.'

"O sr. Reginald Pepys terminou de ler, e ninguém naquele tribunal lotado pensou em emitir um único som. Os olhos do magistrado estavam fixos na bela dama de magnífico vestido, que secava os olhos com um elegante lenço de renda.

"A narrativa extraordinária da vítima de uma afronta tão ousada havia mantido todos em suspense. Ainda se esperava um elemento que daria alguma medida de alarde, o tanto quanto faria em qualquer processo criminal, que era o depoimento da sra. Morton. Ela foi chamada pelo advogado de acusação e, lenta e graciosamente, foi ao banco de depoentes. Não havia dúvida de que ela sentiu com intensidade as torturas pelas quais seu marido passara, assim como a humilhação de ver o próprio nome misturado a este sinistro escândalo de chantagem.

"Interrogada atentamente pelo sr. Reginald Pepys, ela foi obrigada a admitir que o homem que a chantageou estava vinculado à sua vida pregressa, e que teria trazido desgraça terrível a ela e aos filhos. A história que contou, em meio a muitas lágrimas e muitos suspiros, e bastante uso de seu belo lenço de renda nas mãos carregadas de anéis, foi bastante patética.

"Ao que parece, ela tinha apenas dezessete anos quando foi persuadida a casar-se em segredo com um destes estrangeiros aventureiros que se enxameiam por todo o país, e que atendia pelo título Comte Armand de la Tremouille. Ele parecia um salafrário de excepcional baixo calão, pois, depois de extrair por volta de duzentas libras do dinheiro reservado para pequenas despesas e alguns broches de diamante, um belo dia a abandonou, lacônico, dizendo que ia viajar à Europa no *Argentina,* e que não voltaria por muito tempo. Ela estava apaixonada pelo bruto, a pobre alma, pois quando, uma semana depois, leu que o *Argentina* havia afundado, e supostamente todos a bordo pereceram, derramou lágrimas amargas por sua viuvez precoce.

"Por sorte, seu pai, um açougueiro muito rico de Chicago, nada sabia da tolice condenável da filha. Quatro anos depois, ele a levou a Londres, onde ela conheceu o sr. Francis Morton e casou-se com ele. Ela teve seis ou sete anos de matrimônio muito feliz até que, um dia, como um trovão entre céus azuis e tranquilos, recebeu uma carta datilografada, com a assinatura de Armand de la Tremouille, carregada de asseverações de amor imorredouro, contando uma história longa e patética de sofrimento em terra estrangeira, para onde ele havia adernado depois de miraculosamente resgatado dos destroços do *Argentina,* e onde ele nunca conseguira juntar o mínimo dinheiro para pagar a passagem para casa. Até que, por fim, sua sorte mudara. Ele, depois de muitas dificuldades, havia descoberto o paradeiro de sua querida esposa e estava disposto a perdoar todo o passado e tomá-la nos braços amorosos mais uma vez.

"O que se seguiu foi a história rotineira dos fatos quando se tem um salafrário e uma mulher tola. Ela ficou apavorada e não se atreveu a contar o assunto ao marido por algum tempo; ela correspondeu-se com o Comte de la Tremouille, implorando pelo seu próprio bem e que, em memória do passado dos dois, ele não tentasse encontrá-la. Ela o descobriu receptivo à sensatez na forma de centenas de libras que foram do correio de Brighton para suas mãos. Ao fim, um dia, por acidente, o sr. Morton deparou-se com as cartas tão curiosas do Comte de la Tremouille. Ela confessou tudo, deixando-se à mercê do marido.

"Francis Morton era um homem de negócios, que entendia a vida de modo pragmático e sério. Ele gostava da esposa, que mantinha sua vida de luxo, e queria conservá-la, e o Comte de la Tremouille parecia disposto a desistir dela em troca de uma quantia. A sra. Morton, que tinha controle único e absoluto de sua fortuna, por outro lado, estava disposta a pagar o preço e silenciar o escândalo, o qual ela acreditava, já que era um tanto tola, que a levaria à prisão por bigamia. O sr. Francis Morton correspondeu-se com o Comte de la Tremouille dizendo que sua esposa estava disposta a pagar-lhe a quantia em dinheiro que ele exigia em troca da liberdade absoluta dela e desaparecimento total de sua vida, agora e para sempre. O encontro foi marcado, e o sr. Morton deixou sua casa às nove da manhã do 17 de março com as dez mil libras nos bolsos.

"A plateia e o magistrado ficaram ofegantes diante das palavras da dama. Não havia nada além de solidariedade pela bela esposa, que, ao longo do seu percurso, mais sofrera por pecados do que os cometera, e cujo maior defeito parece ter sido a total falta de inteligência ao tratar da própria vida. Mas posso lhe garantir uma coisa: em nenhum caso de que eu me recorde houve tanto alarde em um tribunal como no momento em que o magistrado, após minutos de silêncio, perguntou delicadamente à sra. Morton:

"'Agora, sra. Morton, poderia fazer a gentileza de virar-se para o preso e me dizer se nele reconhece seu primeiro marido?'

"E ela, sem voltar o olhar ao acusado, disse, com calma:

"'Ah, não, meritíssimo! É óbvio que este homem *não é* o Comte de la Tremouille.'"

26. UM ALARDE

— Posso lhe garantir que a situação era bastante dramática — prosseguiu o homem da casa de chá, enquanto suas mãos, feito garras, pegavam um pedaço de barbante com fervor renovado.

— Em resposta a mais perguntas do magistrado, ela declarou que nunca havia visto o acusado. Ele poderia ser o intermediário, contudo, mas ela não saberia dizer. As cartas que recebeu eram todas datilografadas, mas assinadas por Armand de la Tremouille, e era certo que a assinatura era idêntica à das cartas que costumava receber dele anos antes, todas as quais ela guardara.

"'E *nunca* ocorreu à senhora', perguntou o magistrado com um sorriso, 'que as cartas que recebeu podiam ser falsas?'

"'Como seriam?', retrucou ela, decidida. 'Ninguém sabia de meu casamento com o Comte de la Tremouille, decerto ninguém na Inglaterra. Além disso, se alguém conhecesse o conde intimamente a ponto de forjar sua letra e me chantagear, por que essa pessoa teria esperado tantos anos? Sou casada há sete anos, meritíssimo.'

"Era verdade, e ali o assunto se resolveu no que dizia respeito à esposa. Mas a identidade do agressor do sr. Francis Morton tinha que ser determinada, é claro, antes do detento ser levado a julgamento. O dr. Mellish prometeu que o sr. Morton teria permissão para ir a tribunal por meia hora e identificar o acusado no dia seguinte, e o caso foi adiado até então. O acusado foi levado embora por dois policiais, recusou a fiança e Brighton foi obrigada a conter sua impaciência até quarta-feira.

"Naquele dia, o tribunal estava lotado a ponto de transbordar. Atores, dramaturgos, literatos de todos os tipos haviam brigado para ter ingresso e poder estudar com os próprios olhos as diversas faces e facetas vinculadas ao caso. A sra. Morton não estava presente quando o detento, silencioso e comedido, foi trazido e alocado no banco de réus. Seu advogado estava junto, e esperava-se uma defesa sensacional.

"Havia um rebuliço no tribunal, com aquele burburinho, meio um farfalhar, meio um suspiro, que antecede um evento que se espera palpitante. O sr. Morton, pálido, magro, que ainda trazia nos olhos ocos a estampa daqueles cinco dias de sofrimento, entrou no tribunal apoiando-se no braço do médico. A sra. Morton não o acompanhava.

"Ele foi imediatamente acomodado em uma poltrona no banco de depoentes, e o magistrado, após algumas palavras de simpatia e gentileza, perguntou se ele tinha algo a acrescentar ao depoimento escrito. Quando o sr. Morton negou, o magistrado complementou:

"'Então, sr. Morton, faria a gentileza de olhar para o acusado no banco do réu e me dizer se identifica a pessoa que levou o senhor ao quarto em Russell House e o agrediu?'

"Devagar, o homem adoentado virou-se para o preso e olhou. Depois, balançou a cabeça e respondeu com tranquilidade:

"'Não, senhor, com certeza não era este o homem.'

"'Tem plena certeza?', perguntou o magistrado, surpreso. A multidão literalmente perdia o fôlego com o choque.

"'Eu asseguro', asseverou o sr. Morton.

"'Poderia descrever o homem que o agrediu?'

"'Com certeza. Tinha pele escura, era alto, magro, com sobrancelhas grossas, cabelo preto volumoso e barba curta. Falava inglês com um levíssimo sotaque estrangeiro.'

"O detento, como eu já lhe disse, era inglês em todos os aspectos. Inglês na tez corada, absolutamente inglês na fala.

"Depois disso, a argumentação da promotoria começou a entrar em colapso. Todos esperavam uma argumentação comovente e o sr. Matthew Quiller, advogado de Skinner, cumpriu por completo todas as expectativas. Ele tinha nada menos que quatro testemunhas presentes que afirmaram que, às 9h45 da manhã de quarta-feira, 17 de março, o preso estava no trem expresso partindo de Brighton em direção a Victoria.

"Não sendo dotado do dom de estar em dois lugares ao mesmo tempo, e o sr. Morton tendo acrescentado o peso de seu testemunho a favor do sr. Edward Skinner, o cavalheiro foi mais uma vez detido pelo magistrado, pendendo nova investigação da polícia, desta vez com fiança autorizada em duas parcelas de cinquenta libras."

27. DOIS SALAFRÁRIOS

— Diga-me o que pensa do caso — pediu o homem da casa de chá, vendo que Polly continuava em silêncio e confusa.

— Bom — começou ela, em dúvida —, imagino que a história do dito Armand de la Tremouille fosse verdadeira em essência. Que ele não faleceu no *Argentina*, mas voltou para casa e chantageou a ex-esposa.

— Não lhe ocorre que existem ao menos dois grandes pontos contra esta teoria? — perguntou ele, fazendo dois nós gigantes em seu barbante.

— Dois?

— Sim. Em primeiro lugar, se o chantagista era o "Comte de la Tremouille" retornado à vida, por que ele se contentaria em receber apenas dez mil libras da mulher que era sua esposa por lei, que poderia mantê-lo no luxo para sempre com sua imensa fortuna, próxima de 250 mil libras? Lembre-se de que o verdadeiro Comte de la Tremouille nunca teve dificuldade em tirar dinheiro da esposa durante a breve vida matrimonial, seja qual fosse a experiência subsequente do sr. Morton neste aspecto. Em segundo lugar, por que ele teria datilografado cartas para a esposa?

— Porque...

— Foi um dos pontos em que, a meu ver, a polícia nunca deu a devida atenção. Minha experiência em casos penais invariavelmente tem sido a de que, sempre que aparece uma carta datilografada, esta carta é falsa. Não é difícil imitar uma assinatura, mas é muito mais difícil imitar a caligrafia de outra pessoa em uma carta inteira.

— Então, o senhor acha...

— Eu acho, se me permite — interrompeu ele, animado —, que vamos repassar os pontos. Os pontos mais sensíveis e tangíveis do caso. Em primeiro lugar: o sr. Morton desaparece com dez mil libras no bolso durante quatro dias. Ao fim deste período, é encontrado mal amarrado a uma poltrona, com um xale de lã amordaçando a boca. Segundo: um homem chamado Skinner é acusado da afronta. O sr. Morton, embora seja apto, veja só, a providenciar a melhor defesa possível para Skinner, negando-lhe a identificação com o homem que o agrediu, recusa-se a prestar queixa. Por quê?

— Ele não queria arrastar o nome da mulher ao caso.

— Ele devia saber que a Coroa assumiria o caso. Mais uma vez, como é que ninguém o viu na companhia do estrangeiro de pele escura que ele descreveu?

— Duas testemunhas viram o sr. Morton na companhia de Skinner — defendeu Polly.

— Sim, às 9h20 na rua West. Daria tempo para Edward Skinner pegar o trem das 9h45 na estação, e confiar ao sr. Morton a chave de Russell House — comentou o homem da casa de chá, áspero.

— Que absurdo! — exclamou Polly.

— Absurdo, não é? — disse ele, puxando o barbante com força. — É absurdo afirmar que, se um homem quer garantir que sua vítima não fuja, não vai enrolar uma corda "frouxa" em torno do corpo, tão pouco vai deixar um xale de lã em sua boca. É impossível descrever a idiotice da polícia. Eles mesmos viram que Morton estava com amarras "frouxas" à poltrona, que um mínimo movimento o teria soltado, e nunca lhes ocorreu que nada seria mais fácil para esse tipo de cafajeste do que se sentar em uma poltrona e enrolar metros de corda em torno de si, depois enrolar um xale de lã em torno da boca e enfiar os dois braços nas cordas.

— Mas que objetivo um homem com as condições do sr. Morton teria para pregar uma peça tão incomum?

— Ah, a motivação! Aí está! O que eu sempre lhe digo? Busque o motivo! Ora, qual era a situação do sr. Morton? Ele era marido de uma dama que detinha 250 mil libras, e ele não podia tocar em um centavo sem o consentimento dela, pois era dotado apenas a ela. Ela que, depois do modo terrível como foi explorada e abandonada na juventude, sem dúvida mantinha um controle muito forte das contas. A vida subsequente do sr. Morton provou que ele tinha certos gostos caros e não de todo confessáveis. Um dia, ele descobre as cartas românticas antigas do "Comte Armand de la Tremouille".

"Então ele arma seu plano. Datilografa uma carta, forja a assinatura do conde de outrora e aguarda o desenrolar dos fatos. O peixe morde a isca. Ele recebe migalhas do dinheiro, e seu sucesso o deixa mais ousado. Ele busca em sua volta um cúmplice que seja esperto, inescrupuloso e ganancioso, e seleciona o sr. Edward Skinner, provavelmente um velho amigo de seus tempos de aventuras juvenis.

"O plano foi muito elegante, como a senhorita há de convir. O sr. Skinner toma o quarto em Russell House, analisa todos os costumes e maneirismo de sua senhoria e da servente. Ele então chama toda a atenção da polícia para si. Encontra Morton em rua West, depois desaparece de forma ostensiva após a 'agressão'. Neste meio-tempo, Morton vai para Russell House. Sobe as escadas, fala em voz alta no quarto, e faz preparativos elaborados para sua comédia."

— Mas por quê? Ele quase morreu de fome!

— Isto, creio eu, não fazia parte de seus cálculos. Ele pensou que a sra. Chapman ou a servente iam encontrá-lo e resgatá-lo em pouco tempo. Ele queria parecer só um pouco debilitado e aguentou em silêncio as primeiras 24 horas de inanição. Mas a animação e a carência de comida o afetaram mais do que o esperado. Depois de 24 horas, ficou muito tonto e doente, e, ao ter um desmaio seguido de outro, ficou incapacitado de soar o alarme.

"Contudo, agora ele está bem, e conclui seu papel de salafrário com perfeição. Sob a alegação de que sua consciência não lhe permite viver com uma senhora cujo primeiro marido ainda é vivo, assumiu um apartamento de solteiro em Londres, e apenas presta visitas vespertinas à esposa em Brighton. Em pouco tempo, ele vai cansar da vida de solteiro e voltará à esposa. E eu lhe garanto que nunca mais se ouvirá falar do Comte de la Tremouille."

E, naquela tarde, o homem da casa de chá deixou a srta. Polly Burton sozinha com algumas fotos dos dois homens tão desinteressantes, tão enfadonhos e tão serenos, Morton e Skinner. Os quais, se as teorias do velho estivessem certas, eram uma dupla de magníficos salafrários a salvo da justiça.

28. O ASSASSINATO EM REGENT'S PARK

Àquela altura, a srta. Polly Burton já estava acostumada a seu extraordinário *vis-à-vis* na mesa do canto.

O homem sempre estava lá quando ela chegava, no mesmíssimo canto, vestindo um de seus notáveis ternos de *tweed* xadrez. Raramente dava bom-dia e sempre, quando Polly chegava, ele começava a remexer um barbante gasto e cheio de nós com nervosismo crescente.

— A senhorita já teve algum interesse pelo assassinato em Regent's Park? — perguntou ele, certo dia.

Polly respondeu que havia esquecido a maior parte dos detalhes do curioso assassinato, mas que lembrava plenamente do alvoroço e da palpitação que fora provocada em determinados setores da sociedade londrina.

— O setor das corridas e das apostas, a senhorita quer dizer — falou ele. — Todas as pessoas envolvidas no assassinato, direta ou indiretamente, eram do tipo que é chamado de "homens da sociedade" ou "figuras públicas", ao passo que o Harewood Club, em Hanover Square, em torno do qual se centrou todo o escândalo vinculado ao assassinato, era um dos clubes mais elegantes de Londres.

"É provável que as ocorrências no Harewood Club, que em essência era um clube de apostas, teriam ficado eterna e 'oficialmente' ausentes do conhecimento das autoridades policiais não fosse o assassinato em Regent's Park e as revelações que vieram à luz em relação ao homicídio.

"Arrisco-me a dizer que a senhorita conhece a praça tranquila que fica entre Portland Place e Regent's Park e que é chamada de Park Crescent em sua ponta sul, e subsequentemente de Park Square East e Park Square West. A Marylebone Road, com seu tráfego pesado, corta esta praça grande e seus belos jardins, mas estes se conectam por um túnel sob a rua. E claro que a senhorita deve lembrar que a nova estação do metrô na parte sul da praça ainda não havia sido planejada.

"A noite de 6 de fevereiro de 1907 foi coberta por neblina fechada, o que não impediu o sr. Aaron Cohen, da Park Square West, 30, de enfim embolsar os ganhos robustos que havia acabado de limpar da mesa verde do Harewood Club, e partir sozinho para casa às duas da manhã. Uma hora depois, a maior parte dos moradores de Park Square West foi despertada da paz do sono pelo barulho de uma violenta altercação na rua. Ouviu-se por minutos a voz furiosa de um homem berrando, seguida imediatamente de gritos frenéticos de 'polícia' e 'assassino'. Depois ouviu-se o estampido duplo de armas de fogo. E nada mais.

"A neblina era muito densa e, conforme a experiência que a senhorita sem dúvida já teve, é difícil localizar um som na neblina. Mesmo assim, não mais do que um ou dois minutos haviam se passado quando o policial F18, agente posicionado na esquina da Marylebone Road, chegou à cena e, tendo em primeiro lugar apitado para algum de seus camaradas de ronda, começou a andar às cegas pela neblina, mais aturdido do que efetivamente auxiliado por orientações contraditórias dos moradores das casas próximas, que estavam quase caindo das janelas superiores enquanto gritavam com o policial.

"'Perto dos gradis, policial.'

"'Subindo a rua.'

"'Não, mais abaixo.'

"'Foi deste lado da calçada, com certeza.'

"'Não, do outro.'

"Por fim, foi outro policial, F22, que, ao dobrar na Park Square West pelo lado norte, quase tropeçou no corpo de um homem caído na calçada com a cabeça contra os gradis da praça. Naquele momento, uma multidão havia vindo de várias casas da rua, curiosa para saber o que tinha acontecido de fato.

"O policial virou a luz forte de seu lampião para o rosto do desafortunado.

"'Parece que foi estrangulado, não é?', murmurou ao camarada.

"Ele apontou a língua inchada, os olhos quase saindo das órbitas, vermelhos e congestionados, o tom arroxeado, quase preto, do rosto.

"Naquele momento, um dos espectadores, mais insensível diante do horror, espiou com curiosidade o rosto do falecido e emitiu uma exclamação de espanto.

"'Ora, mas é o sr. Cohen, do n° 30!'

"A menção de um nome familiar percorreu a rua e levou dois ou três outros homens a tomarem a frente. Eles observaram com mais atenção a face horrenda e distorcida do assassinado.

"'Nosso vizinho de porta, não tenho dúvida', afirmou o sr. Ellison, um jovem advogado que residia no n° 31.

"'O que ele estava fazendo numa noite de tanta neblina, sozinho e a pé?', perguntou outra pessoa.

"'Era do costume dele chegar tarde. Imagino que participava de um clube de apostas no centro. Arrisco-me a dizer que não conseguiu um táxi para trazê-lo. Mas saiba que não sei tanto a respeito dele. Nós nos conhecíamos apenas de cumprimentos de passagem.'

"'Pobre figura! Parece até um caso antiquado de garrote.'

"'Seja como for, o canalha assassino, quem quer que seja, queria se certificar de que havia matado este homem!', complementou o policial F18 enquanto recolhia um objeto da calçada. 'Aqui está o revólver, com dois cartuchos faltando. Os cavalheiros escutaram os disparos há pouco?'

"'Parece que ele não acertou. O coitado foi vítima de estrangulamento, disso não há dúvida.'

"'E tentou atirar no agressor, claramente', assegurou o jovem advogado, em toda sua autoridade.

"'Se ele tiver acertado o bandido, talvez exista uma chance de rastreá-lo.'

"'Mas não nesta neblina.'

"Logo, contudo, a chegada do inspetor, do investigador e do legista que haviam sido informados prontamente da tragédia, deu fim à discussão.

"A campainha do n° 30 foi tocada e as criadas, quatro mulheres, foram convocadas a conferir o corpo.

"Em meio a lágrimas de terror e gritos de susto, todas identificaram o patrão no assassinado, o sr. Aaron Cohen. Ele foi, assim, conduzido ao próprio quarto para aguardar o laudo do investigador-legista.

"A polícia tinha uma tarefa muito difícil, a senhorita há de admitir. Havia pouquíssimos indícios a seguir e, de início, literalmente nenhuma pista.

"A audiência de inquérito não revelou muito. Pouco se sabia na vizinhança a respeito do sr. Aaron Cohen e de seus afazeres. Suas criadas nem sabiam o nome ou a localização dos clubes que frequentava.

"Ele tinha um escritório na rua Throgmorton e ia trabalhar todos os dias. Fazia as refeições da noite em casa e às vezes recebia amigos para o jantar. Quando estava sozinho, invariavelmente ia ao clube, onde ficava até altas horas da madrugada.

"Na noite do assassinato, ele havia saído por volta das nove horas da noite. Foi a última vez que suas criadas o viram. Em relação ao revólver, as quatro mulheres afirmaram com firmeza que nunca o haviam visto e que, a não ser que o sr. Cohen o houvesse comprado naquele mesmo dia, não pertencia ao patrão.

"Fora isso, não se encontrou um sinal sequer do assassino. Mas, na manhã após o crime, algumas chaves atadas por uma pequena corrente de metal foram encontradas perto de um portão no outro lado da praça, o que tinha vista imediata para Portland Place. Estas provaram-se, inicialmente, a chave da casa do sr. Cohen e, em segundo, a chave do portão da praça.

"Assim, supôs-se que o assassino, tendo cumprido seu plano mortal e saqueado os bolsos da vítima, encontrara as chaves e conseguira escapar entrando na praça, cortando caminho por baixo do túnel e saindo pelo portão seguinte. Ele tomou a precaução de não carregar as chaves consigo e jogou-as longe antes de sumir na neblina.

"O júri retornou o veredito de homicídio doloso pelas mãos de pessoa ou pessoas desconhecidas, e a polícia deu o melhor de si para descobrir o assassino tão oculto quanto ousado. O resultado das investigaçõcs, conduzidas com perícia magnânima pelo sr. William Fisher, levou, por volta de uma semana após o crime, à prisão muito alardeada de um dos jovens mais estilosos de Londres.

"A argumentação que o sr. Fisher havia levantado contra o acusado consistia no seguinte:

"Na noite de 6 de fevereiro, pouco após a meia-noite, o jogo começou a encrespar no Harewood Club, em Hanover Square. O sr. Aaron Cohen cumpria a função de banca na roleta contra vinte ou trinta de seus amigos, a maioria camaradas jovens com inteligência de menos e dinheiro de sobra. 'A banca' estava ganhando muito, e parece que era a terceira noite consecutiva em que o sr. Aaron Cohen ia para casa mais rico, com centenas de libras a mais do que tinha no início da jogatina.

"O jovem John Ashley, filho de um digníssimo aristocrata rural que criava cães de caça em algum lugar do interior, estava perdendo feio. Quanto a ele, também parecia ser a terceira noite consecutiva que a fortuna lhe havia virado o rosto. No caso, para o outro lado.

"Lembre-se", prosseguiu o homem da casa de chá, "que quando lhe conto todos estes detalhes e fatos, estou lhe trazendo um compilado de depoimentos de testemunhas, que levei muitos dias para recolher e organizar.

"Ao que se sabe, o jovem sr. Ashley, embora muito popular na sociedade, estava no que se chamava vulgarmente de 'maré baixa'; até os olhos em dívida e com medo mortal do pai, de quem era o filho mais novo, e que em uma ocasião ameaçou despachá-lo para a Austrália com uma nota de cinco libras no bolso caso viesse com mais alguma cobrança extravagante da indulgência paterna.

"Também era evidente aos vários companheiros de John Ashley que o digníssimo aristocrata rural controlava seus recursos financeiros com mão forte. O jovem, mordido pelo desejo de parecer uma figura estilosa nos meios em que circulava, muitas vezes teve recurso às várias fortunas que vez por outra sorriam para ele das mesas verdes do Harewood Club.

"Seja como for, o consenso entre os pareceres no clube era de que o jovem Ashley havia trocado seu último 'caraminguá' antes de sentar-se para um rodada de roleta com Aaron Cohen naquela noite de 6 de fevereiro.

"Parece que todos os amigos dele, destacando-se entre estes o sr. Walter Hatherell, fizeram todo o possível para tentar dissuadi-lo de testar a sorte contra a de Cohen, que vinha tendo uma sequência sem precedentes de boa sorte. Mas o jovem Ashley, acalorado pelo vinho e estarrecido com sua própria má sorte, não dava ouvidos a ninguém. Ele soltou uma nota de cinco libras atrás da outra, fez empréstimos com quem podia, depois passou um tempo jogando com promessas de quitação de dívida. Por fim, à 1h30, após uma rodada de dezenove vezes no vermelho, o jovem se viu sem um centavo no bolso e endividado: uma dívida de jogo e uma dívida de honra, de 1.500 libras, com o sr. Aaron Cohen.

"Agora precisamos prestar a este cavalheiro tão caluniado à justiça que lhe foi negada com tanta insistência, tanto pela imprensa quanto pelo grande público. Todos os presentes afirmaram veementemente que o próprio sr. Cohen tentou convencer o jovem sr. Ashley a desistir do jogo, repetidas vezes. Ele estava em posição delicada na questão, dado que era o vencedor, e uma ou duas vezes a provocação subiu aos lábios do jovem Ashley, acusando o dono da banca de querer retirar-se enquanto ainda tinha meios e antes que sua sorte malograsse.

"O sr. Aaron Cohen, fumando o melhor dos Havanas, finalmente encolheu os ombros e disse: 'Como quiser!'.

"Porém, à 1h30, ele havia cansado do jogador que sempre perdia e nunca pagava. E que nunca teria como pagar, assim provavelmente pensava o sr. Cohen. Naquele momento, então, recusou-se a continuar aceitando as 'promissórias' do sr. John Ashley. Seguiu-se uma acalorada troca de palavras, logo controlada pela gerência, que está sempre de alerta para evitar a mínima suspeita de escândalo.

"Neste meio-tempo, sr. Hatherell, com muito bom senso, convenceu o jovem Ashley a deixar todas as tentações do clube e ir para casa. Se possível, para a cama.

"A amizade dos dois jovens, que era bem conhecida na sociedade, consistia sobretudo em Walter Hatherell ser o parceiro sempre a postos de John Ashley em suas peripécias mais loucas e extravagantes. Mas, naquela noite, o sr. Ashley, aparentemente tendo recuperado o juízo após o prejuízo sério, deixou-se ser levado pelo amigo da cena do desastre. Eram aproximadamente 1h40.

"Aqui a situação ficou interessante", prosseguiu o homem da casa de chá, com seu jeito nervoso. "Não é à toa que a polícia interrogou pelo menos uma dúzia de testemunhas até ficar satisfeita por todas as declarações terem sido provadas de maneira conclusiva.

"Walter Hatherell, após quase dez minutos de ausência, ou seja, por volta das 1h50, retornou à sala de jogos do clube. Respondendo a vários que o questionaram, ele disse que se despediu do amigo na esquina da rua New Bond, já que o outro parecia ansioso para ficar sozinho, e que Ashley disse que daria uma passada em Piccadilly antes de ir para casa. Ele achou que uma caminhada lhe faria bem.

"Cerca de duas horas da manhã, o sr. Aaron Cohen, satisfeito com a recompensa da noite, abandonou sua posição de banca e, embolsando seus enormes ganhos, começou a caminhada para casa, enquanto o sr. Walter Hatherell deixaria o clube meia hora depois.

"Exatamente às três horas, ouviram-se os gritos de 'assassino' e o estampido de armas de fogo em Park Square West. Em seguida, o sr. Aaron Cohen foi encontrado estrangulado junto aos gradis do jardim."

29. A MOTIVAÇÃO

— À primeira vista, o assassinato no Regent's Park pareceu, tanto à polícia quanto ao público, um destes crimes bobos, tolos, obviamente obra de um novato e sem propósito algum, considerando que poderia levar os responsáveis, sem quaisquer empecilhos, à forca.

"Perceba que era necessário determinar a motivação. 'Busque aquele a quem o crime beneficia', dizem nossos *confrères* franceses. Mas havia algo mais.

"O policial James Funnell, em sua ronda, virou da Portland Place para a Park Crescent alguns minutos depois de ouvir o relógio da Holy Trinity Church, na Marylebone Road, bater 2h30. A neblina naquele instante talvez não estivesse tão densa quanto ficou mais tarde, e o policial viu dois cavalheiros de sobretudo e chapéu-coco apoiarem-se de braço em braço sobre os gradis da praça, próximos ao portão. É claro que ele não conseguiu distinguir os rostos por causa da neblina, mas ouviu um dizer ao outro:

"'É questão de tempo, sr. Cohen. Sei que meu pai vai pagar por mim, e o senhor não terá prejuízo com a espera.'

"A isto, o outro pareceu não responder, e o policial seguiu adiante. Quando voltou ao mesmo local, depois de ter feito a ronda, os dois senhores haviam ido embora. Mas, posteriormente, foi perto deste exato portão que as duas chaves referidas na audiência de inquérito foram encontradas.

"Outro fato interessante", acrescentou o homem da casa de chá, com um daqueles sorrisos sarcásticos que Polly não sabia bem explicar, "foi a descoberta do revólver na cena do crime. O revólver, afirmou o secretário do sr. Ashley, era propriedade de seu patrão.

"É evidente que todos estes fatos constituíram uma cadeia de provas circunstanciais bastante notável, até aqui ininterrupta, contra o sr. John Ashley. Não é à toa, portanto, que a polícia, muitíssimo satisfeita com o trabalho do sr. Fisher e com o próprio, requisitou um mandado contra o jovem e prendeu-o em seus aposentos na rua Clarges uma semana após o crime.

"Aliás, como a senhorita sabe, a experiência me ensinou repetidas vezes que, quando um assassino parece especialmente tolo e desastrado, e as provas contra ele são particularmente condenatórias, é aí que a polícia deveria ser mais cautelosa em relação a ciladas.

"Neste caso, se John Ashley tivesse mesmo cometido o assassinato em Regent's Park da maneira sugerida pela polícia, ele teria sido criminoso em mais de um sentido, pois uma idiotice desse tipo é, a meu ver, pior do que muitos crimes.

"A promotoria trouxe suas testemunhas em ordenação triunfal, uma seguida da outra. Eram membros do Harewood Club que haviam visto a agitação do preso após o grande prejuízo no jogo com o sr. Aaron Cohen. Havia o sr. Hatherell, que, apesar da amizade com Ashley, foi obrigado a admitir que havia despedido-se dele na esquina da rua Bond à 1h40, e só o viu de novo ao retornar para casa às cinco da manhã.

"Então aconteceu o depoimento de Arthur Chipps, secretário de John Ashley. Ele provou-se uma figura escandalosa.

"Ele depôs que, na noite em questão, seu patrão chegou em casa por volta de 1h50. Chipps ainda não havia se deitado. Cinco minutos depois, o sr. Ashley saiu de novo, dizendo ao secretário para não o esperar acordado. Chipps não sabia dizer a que horário os jovens cavalheiros haviam chegado em casa.

"Acreditava-se que a curta visita à casa, supostamente para buscar o revólver, era muito importante, e os amigos do sr. John Ashley achavam que a acusação contra ele era muito forte.

"O depoimento do secretário e o de James Funnell, o policial que havia entreouvido a conversa perto dos gradis do parque, foram as duas provas mais condenatórias contra o acusado. Eu lhe garanto que estava me divertindo como nunca naquele dia. Havia dois rostos a se observar no tribunal que eram o maior deleite que eu tinha em dias. Um deles era o do sr. John Ashley.

"Eis uma foto dele: baixinho, de pele escura, elegante, um tanto ousado no estilo, mas em tudo mais tinha a aparência do filho de um fazendeiro de posses. Ele estava muito calmo no tribunal, plácido, e vez ou outra dirigia algumas palavras a seu advogado. Ele ouvia sério, e com um encolher ocasional dos ombros, à narração do crime, tal como a polícia o reconstituiu diante de uma plateia tão empolgada quanto horrorizada.

"O sr. John Ashley, enlouquecido e frenético diante do enorme prejuízo financeiro, havia, em primeiro lugar, ido à sua casa em busca de uma arma, depois emboscado o sr. Aaron Cohen em algum ponto do caminho deste para casa. O jovem havia implorado por um adiamento. O sr. Cohen pode ter sido insensível ao apelo, mas Ashley o seguiu, importunando-o, até sua porta.

"Ali, vendo seu credor decidido a pôr fim à dolorosa conversa, agarrou o desafortunado homem por trás em um momento de descuido e o estrangulou. Depois, temendo que seu feito covarde não tivesse sido realizado a contento, deu dois tiros no corpo já falecido, errando os dois por puro nervosismo. O assassino, a seguir, deve ter esvaziado os bolsos da vítima e, ao encontrar a chave do jardim, pensou que teria uma fuga segura cortando caminho pela praça, sob o túnel, até chegar ao portão que dava para Portland Place.

"A perda do revólver foi um dos acidentes imprevistos que a Providência punitiva interpõe na rota dos canalhas, entregando-o às mãos da justiça humana.

"O sr. John Ashley, contudo, não parecia nem um pouco impressionado com o relato de seu crime. Ele não havia contratado os serviços de um advogado dos mais eminentes, especialista em extrair contradições de depoentes por meio de hábeis interrogatórios. Pelos céus, não! Ele contentara-se com um rábula destes mais burros, prosaicos, de baixo escalão, que, ao chamar seu depoente, estava desprovido de qualquer vontade de criar alarde.

"Ele levantou-se do assento com calma e, em meio ao silêncio aflito, chamou o primeiro de três depoentes que apoiavam seu cliente. Ele chamou três, mas poderia ter apresentado doze cavalheiros, membros do Ashton Club da rua Great Portland, todos os quais juraram que, às três horas da manhã de 6 de fevereiro, ou seja, no exato instante em que os gritos de 'assassino' acordaram os moradores da Park Square West e o crime foi cometido, o sr. John Ashley estava sentado tranquilamente nas salas do Ashton Club jogando bridge com as três testemunhas. Ele chegara alguns minutos antes das três horas da manhã, como depôs o porteiro do clube, e ficara cerca de uma hora e meia.

"Preciso dizer que este álibi indubitável e plenamente provado foi uma bomba de estilhaços contra a fortaleza da promotoria. O criminoso mais consumado não teria como estar em dois lugares ao mesmo tempo e, embora o Ashton Club transgrida as leis quanto a jogos de azar de nosso moralíssimo país, seus afiliados pertencem às classes mais elevadas e incontestáveis da sociedade. O sr. Ashley havia sido visto e estava conversando no exato instante do crime com ao menos doze cavalheiros, cujo depoimento estava acima de qualquer suspeita.

O HOMEM DA CASA DE CHÁ

"A postura do sr. John Ashley durante esta fase espantosa da audiência continuou perfeitamente impávida e correta. Era, sem dúvida, a consciência de conseguir provar sua inocência com tal conclusão absoluta que havia acalmado seus nervos durante os trâmites.

"Suas respostas ao magistrado foram claras e simples, mesmo quanto ao assunto sensível do revólver.

"'Eu deixei o clube, senhor', explicou ele, 'determinado a conversar com o sr. Cohen a sós, a fim de pedir um adiamento no acerto da minha dívida para com ele. O senhor há de entender por que eu não gostaria de ter esta conversa na presença de outros cavalheiros. Passei em casa por instantes. Não para buscar um revólver, como a polícia afirma, pois sempre carrego um revólver comigo em clima neblinoso, mas para conferir se uma carta muito importante, de relevância para meu trabalho, havia chegado durante minha ausência.

"'Então saí de novo, e encontrei o sr. Aaron Cohen não muito longe do Harewood Club. Caminhei com ele a maior parte do caminho, e nossa conversa foi de caráter muito amigável. Nós nos separamos em Portland Place, perto do portão da praça, onde o policial nos viu. O sr. Cohen tinha a intenção de cortar caminho pela praça, pois era o caminho mais curto até sua casa. Achei a praça escura e perigosa na neblina, ainda mais porque o sr. Cohen estava carregando uma grande quantia em dinheiro.

"'Tivemos uma discussão curta sobre o assunto, e finalmente o convenci a pegar meu revólver, pois eu iria para casa por ruas bastante frequentadas e, no mais, não carregava nada que valesse um assalto. Depois de breve objeção, o sr. Cohen aceitou o empréstimo do meu revólver, e é por isso que ele foi encontrado na cena do crime. Por fim, me separei do sr. Cohen poucos minutos depois de ouvir o relógio da igreja bater 2h45. Eu estava na rua Great Portland, na ponta da rua

Oxford, às 2h55, e leva-se pelo menos dez minutos de caminhada do ponto onde eu estava até o Ashton Club.'

"Esta explicação ficava mais crível, perceba a senhorita, porque a questão do revólver nunca fora explicada de modo satisfatório pela promotoria. Um homem que efetivamente estrangulou sua vítima não dispararia dois tiros de seu revólver com o único propósito, ao que parecia, de despertar a atenção do passante mais próximo. Era muito mais provável que tivesse sido o sr. Cohen quem atirou. Talvez para o ar, sem controle, quando foi atacado de supetão pelas costas. A explicação do sr. Ashley, portanto, era não só plausível; era a única possível.

"A senhorita há de entender, então, por que, depois de quase meia hora de interrogatório, o magistrado, a polícia e o público ficaram igualmente satisfeitos em afirmar que o acusado deixou o tribunal sem mácula alguma em seu caráter."

30. AMIGOS

— Sim — interveio Polly, impaciente, pois, daquela vez, estava com a sagacidade tão afiada quanto a dele —, mas a suspeita em torno deste crime terrível só mudou a mácula de um amigo para o outro. E, claro, eu sei de...

— Mas é exatamente isto — interrompeu ele, sem alterar o tom —, a senhorita não sabe... de sr. Walter Hatherell, é claro. Assim como ninguém sabia no começo. O amigo, simplório e disposto, que comete um crime em nome deste amigo covarde, mas mais assertivo, que o havia tentado fazer mal. Era uma boa teoria, e foi sustentada, em termos gerais, creio eu, até pela polícia.

"Eu digo 'até' porque eles se empenharam para montar uma acusação contra o jovem Hatherell. Mas a grande dificuldade estava na questão dos horários. A hora em que o policial viu os dois homens juntos em frente a Park Square, Walter Hatherell ainda estava sentado no Harewood Club, do qual só saiu à 1h40. Quisesse ele emboscar e assaltar Aaron Cohen, não teria esperado até o momento em que supostamente o último já teria chegado em casa.

"No mais, vinte minutos é um período curto demais para caminhar de Hanover Square ao Regent's Park sem poder cruzar pelas praças e procurar um homem, cujo paradeiro não haveria como precisar em questão de vinte metros, ter uma discussão com ele, assassiná-lo e assaltar seus bolsos. Além disso, havia a absoluta falta de motivação."

— Mas... — disse Polly, pensativa, porque lembrava-se de que o assassinato de Regent's Park, como fora chamado popularmente, era um destes crimes que virara um mistério dos mais impenetráveis a figurar nos anais da polícia.

O homem da casa de chá deixou a cabeça esquisita e que lembrava a de um pássaro pender de lado e olhou para ela, divertindo-se com a perplexidade da moça.

— A senhorita não entende como se cometeu este crime? — perguntou ele, sorrindo.

Polly foi obrigada a admitir que não.

— Caso a senhorita estivesse na situação desagradável do sr. John Ashley — insistiu ele —, não percebe como poderia livrar-se convenientemente do sr. Aaron Cohen, embolsar os ganhos dele e depois levar toda a polícia do país ao apresentar um álibi indiscutível?

— Eu não teria como estar — retrucou ela — em dois lugares, a um quilômetro de distância um do outro, ao mesmo tempo.

— Não! Admito que a senhorita não teria como fazer isso sem um amigo...

— Um amigo? Mas o senhor disse...

— Eu disse que admirava o sr. John Ashley, pois foi dele a mente que planejou tudo. Mas ele não teria como executar este drama fascinante e terrível sem a ajuda de mãos dispostas e capazes.

— Mesmo assim... — insistiu ela.

— O ponto número um — começou ele, remexendo seu inevitável barbante — é que John Ashley e seu amigo Walter Hatherell deixaram o clube juntos, e juntos decidiram o plano de ataque. Hatherell retorna ao clube e Ashley vai buscar o revólver: o revólver que teve papel tão importante no drama, mas não o papel que a polícia o atribuiu. Agora tente acompanhar Ashley de perto conforme ele acompanha os passos de Aaron Cohen. A senhorita acredita que eles tiveram uma conversa? Que eles caminharam lado a lado? Que ele pediu um adiamento? Não! Ele apareceu por trás dele e o pegou pelo pescoço, como os estranguladores fazem na neblina. Cohen ficou chocado; Ashley é jovem e forte. No mais, ele tinha intenção de matar...

— Mas os dois conversaram na frente dos portões da praça — contestou Polly —, sendo que um era Cohen e o outro era Ashley.

— Perdão — disse ele, pulando em sua cadeira como um macaco se balançando em um galho. — Não havia dois homens conversando em frente ao portão da praça. Segundo o depoimento do policial James Funnell, dois homens estavam apoiando-se, de braço em braço, contra os gradis e *um* deles estava falando.

— Então o senhor acha que...

— Na hora em que James Funnell ouviu o relógio da Holy Trinity bater às 2h30, Aaron Cohen já havia morrido. Veja como tudo é muito simples — complementou ele, ansioso —, e como é fácil depois que... Fácil, mas, oh, minha nossa! Como é maravilhoso, como é estupendo de inteligente! Assim que James Funnell passou, John Ashley, tendo aberto o portão, ergueu o corpo de Aaron Cohen nos braços e o carregou pela praça. A praça estava deserta, é claro, mas o caminho é simples, e podemos supor que Ashley já estivera ali. De qualquer modo, não havia temor de encontrar alguém.

"Neste meio-tempo, Hatherell sai do clube. Na velocidade que suas pernas atléticas permitem, ele corre pelas ruas Oxford e Portland Place. Combinou-se entre os dois infames que o portão da praça deveria ficar apenas fechado, não trancado.

"Agora mais próximo de Ashley, Hatherell também corta caminho pela praça, e chega ao portão mais distante a tempo de ajudar seu camarada a dispor do corpo por cima dos gradis. Depois, sem mais um segundo de demora, Ashley volta correndo pelos jardins, direto até o Ashton Club, jogando fora as chaves do falecido no exato lugar onde havia feito questão de ser visto e ouvido por um passante.

"Hatherell dá seis ou sete minutos de vantagem para o amigo, depois começa sua altercação, que dura dois ou três minutos, e, por fim, acorda a vizinhança com gritos de "assassino" e disparos de uma pistola para fixar que o crime teria sido cometido na hora em que o autor já havia constituído um álibi indiscutível.

"Não sei o que a senhorita pensa de tudo isso, é claro", complementou a criatura esquisita enquanto recolhia casaco e luvas, "mas eu chamo o planejamento deste assassinato, cometido por novatos, uma das estratégias mais inteligentes com que já me deparei. É um daqueles casos em que não há possibilidade alguma de vincular o crime ao autor ou cúmplice. Eles não deixaram uma única prova; eles anteviram tudo, e cada um cumpriu seu papel com frieza e coragem que, se aplicada a uma causa justa, faria de ambos grandes estadistas.

"O que temos, sinto dizer, são apenas jovens canalhas, que conseguiram escapar da justiça humana e merecem apenas a admiração total e irrestrita deste que vos fala."

Ele foi embora. Polly queria chamá-lo de volta, mas a figura magra nem era mais visível por trás da porta de vidro. Havia muitas coisas que ela queria perguntar. Quais eram as provas, os fatos? Afinal, ele tinha apenas teorias. Ainda assim, mais uma vez ela sentiu que ele havia resolvido um dos mistérios mais tenebrosos do mundo do crime londrino.

31. O TÍTULO DOS GENNEVILLE

O homem da casa de chá coçou o queixo, pensativo, e olhou para a rua movimentada.

— Eu imagino — começou ele — que há certa verdade em dizer que a Providência cuida dos falidos, dos filhotes de gato e dos advogados.

— Eu não conhecia esse ditado — respondeu Polly, reservada.

— Não? Posso ter feito a citação errada. De qualquer modo, deve haver um ditado assim. Os filhotes, ao que se sabe, vivem e crescem em meio a rebuliços sociais e domésticos que aniquilariam um gato que se acha autossuficiente. Hoje li nos jornais matutinos a notícia sobre a falência de um nobre lorde, e nas colunas sociais sobre sua visita à casa de um ministro do Conselho, onde ele foi o convidado de maior prestígio. Quanto aos advogados, quando a Providência exauriu todos os outros meios de garantir seu bem-estar, ela inventou os títulos de nobreza.

— Creio que esta gratificação especial da Providência, como o senhor diz, exige mais conhecimento técnico do que qualquer outro entrave jurídico que chega aos tribunais de justiça — disse Polly.

— E mais dinheiro no bolso do cliente do que qualquer entrave. Veja o caso do título dos Brockelsby. Tem alguma ideia de quanto dinheiro se gastou naquela bolha que só estourou depois de centenas, se não milhares, de libras que dirigirem-se aos honorários de advogados e jurisconsultos?

— Imagino que os dois lados tenham gastado quantias enormes — respondeu ela —, até surgir aquela questão inesperada, terrível...

— Que, efetivamente, resolveu a disputa — interrompeu ele, com um sorriso seco. — É claro que seria duvidoso se algum advogado de reputação viesse a assumir o caso. Timothy Beddingfield, advogado de Birmingham, é um cavalheiro que... bom... que passou por alguns infortúnios, se podemos dizer assim. Ele continua nas crônicas, mas duvido que algum caso teria mais chances se ele o conduzisse. Contra isso, pode-se dizer apenas o seguinte: que uma parte destas famílias nobres e vetustas têm históricos tão peculiares, e detêm registros tão maravilhosos, que investigar uma alegação sempre vale a pena. Nunca se sabe que direitos podem ser encontrados ali.

"Creio que, de início, todos riram das pretensões do honorável Robert Ingram, de Genneville, quanto ao título comum e à parte das rendas do antigo baronato de Genneville. *Talvez* ele tivesse um argumento válido. O certo é que parecia um conto de fadas, esta alegação baseada na suposta validade de um documento com mais de quatrocentos anos de idade. Foi *lá* que um lorde de Genneville medieval, mais dotado de músculos do que de bom senso, passou por um momento turbulento na existência, muito envergonhado e intrigado, quando sua senhora lhe presenteou com filhos gêmeos.

"Sua vergonha partiu sobretudo do fato de que as acompanhantes da senhora, enquanto atendiam ao bem-estar da mãe, haviam, em um momento de distração, disposto as duas crianças em seus berços de modo que subsequentemente ninguém, nem mesmo a mãe — talvez ela menos do que todas — sabia distinguir qual havia sido o primeiro a surgir neste mundo conturbado e confuso.

"Depois de muitos anos de reflexão, durante os quais o lorde de Genneville aproximou-se cada vez mais do túmulo, e, seus filhos, cada vez mais de seu patrimônio, o homem desistiu de tentar resolver a charada em relação a qual dos gêmeos deveria suceder a seu título e rendas. Ele fez um apelo ao seu senhor e rei soberano, Edward IV, e, com a augusta sanção do último, elaborou um documento no qual promulgou que, depois de sua morte, os dois filhos deviam dividir seus títulos e consideráveis rendas, e que o primeiro filho nascido do matrimônio de *qualquer* dos dois seria subsequentemente o único herdeiro.

"Neste documento também se acrescentou que se, em tempos futuros, acontecesse de algum dos lordes de Genneville padecer de filhos gêmeos, que tivessem os mesmos direitos a serem considerados primogênitos, e a mesma regra acerca dos herdeiros deles deveria ser aplicada.

"Algum tempo depois, um lorde de Genneville foi nomeado conde de Brockelsby por um dos reis Stuart. Mas nos quatrocentos anos após sua promulgação, o extraordinário decreto de sucessão continuou sendo mera tradição. As condessas de Brockelsby, ao que parece, não aparentavam ter predileção por gêmeos. Em 1878, porém, a senhora do castelo de Brockelsby presenteou seu senhor com filhos gêmeos.

"Por sorte, em tempos modernos, a ciência é mais esclarecida e as acompanhantes, mais cautelosas. Os gêmeos não foram misturados e um deles foi nomeado visconde de Tirlemont, tornando-se herdeiro do título, enquanto o outro, nascido duas horas depois, tornou-se aquele fascinante e arrojado soldado, bem conhecido em Hurlingham, Goodwood, Londres, e em seu próprio condado: o honorável Robert Ingram de Genneville.

"O dia em que este brilhante e jovem descendente da raça vetusta deu ouvidos a Timothy Beddingfield foi, sem dúvida, maligno. Ele era advogado do conde de Brockelsby, assim como sua família o tinha sido durante várias gerações anteriores. Mas Timothy, devido a certas 'irregularidades', havia perdido a confiança de seu cliente, o finado conde.

"Ele continuava exercendo o ofício em Birmingham, contudo, e é claro que conhecia a antiga tradição familiar concernente à sucessão dos gêmeos. Se foi motivado pela vingança ou apenas pela autopropaganda, ninguém sabe.

"O que se sabe é que ele aconselhou o honorável Robert de Genneville — que aparentemente tinha mais dívidas do que podia pagar de forma conveniente, e mais gostos extravagantes do que podia satisfazer com o quinhão de um filho mais novo — a reivindicar, após a morte do pai, o título comum e metade das rendas do antigo baronato de Genneville, sustentando-se na validade do documento do século XV.

"A senhorita há de entender como eram amplas as pretensões do honorável Robert a partir do fato de que a maior parte de Edgbaston hoje é construída sobre terras que pertenceram ao antigo baronato. De qualquer modo, foi a última gota em um oceano de dívidas e dificuldades, e não tenha dúvida de que Beddingfield não teve muita dificuldade para convencer o honorável Robert a iniciar o litígio de imediato.

"A postura do jovem conde de Brockelsby, contudo, continuou sendo de tranquilidade absoluta quanto a seus direitos de posse. Ele detinha tanto o título quanto o documento. Cabia ao outro lado obrigá-lo a apresentar um ou compartilhar o outro.

"Foi nesta fase das tratativas que o honorável Robert foi aconselhado a casar-se para garantir, se possível, o primeiro herdeiro da próxima geração, já que o jovem conde ainda era solteiro. Seus amigos encontraram uma noiva apropriada, a srta. Mabel Brandon, filha de um rico dono de industria de Birmingham, e o casamento foi marcado para a quinta-feira, 15 de setembro de 1907, em Birmingham mesmo.

"No dia 13, o honorável Robert Ingram de Genneville chegou ao Castle Hotel da rua New para o casamento e, no dia 14, às oito da manhã, foi encontrado caído no chão de seu quarto. Assassinado.

"O alarde que este terrível e inesperado prolongamento do caso do título dos Genneville causou na mente dos amigos de ambos litigiosos foi ímpar. Não creio que qualquer crime dos tempos modernos tenha criado tanta fanfarra em todas as classes sociais. Birmingham estava muito animada, e os funcionários do Castle Hotel tiveram dificuldade para afastar a multidão ávida e inquisitiva que se amontoava dia após dia no saguão, na vã esperança de recolher detalhes ligados à terrível tragédia.

"Naquele momento, pouco tinha a se dizer. Os berros das camareiras, que haviam entrado no quarto do honorável Robert com sua água para o barbear às oito da manhã, havia atraído alguns garçons. Logo o gerente e seu secretário apareceram e imediatamente mandaram chamar a polícia.

"À primeira vista, parecia que o jovem tivera sido vítima de um maníaco homicida, visto o modo brutal como fora assassinado. A cabeça e o corpo foram golpeados por um porrete ou uma pá, de modo a quase perder a configuração humana, como se o assassino tivesse desejado usar o corpo da vítima para realizar uma vingança tenebrosa. Aliás, seria impossível recapitular cada aspecto horripilante daquele quarto e do corpo do assassinado tal como a polícia e o legista anotaram naquele dia.

"Supôs-se que o assassinato havia sido cometido na noite anterior, pois a vítima vestia pijamas e todas as luzes do quarto tinham ficado acesas. Roubo também podia ter tido parte importante na motivação do cafajeste, pois as gavetas e cômodas, a valise e a nécessaire foram reviradas como se em busca de bens de valor. No chão, havia uma caderneta rasgada ao meio e que só continha algumas cartas dirigidas ao honorável Robert de Genneville.

"O conde de Brockelsby, parente mais próximo do falecido, também foi convocado por telégrafo. Ele veio do Castelo de Brockelsby, localizado a cerca de doze quilômetros de Birmingham. Ficou extremamente compungido com o terror da tragédia e ofereceu uma recompensa vultosa para estimular a polícia na busca pelo criminoso.

"A audiência de inquérito foi marcada para o dia 17, três dias depois, e o público ficou matutando qual seria a solução do terrível e horripilante assassinato no Castle Hotel."

32. UM CAVALHEIRO DE LINHAGEM

— Naquele dia, a figura central no tribunal do investigador-legista, era, sem dúvida, o conde de Brockelsby em trajes pretos que contrastavam de maneira intensa com sua tez corada e o cabelo claro. Sir Marmaduke Ingersoll, seu advogado, o acompanhava, e ele já tinha cumprido o doloroso dever de identificar o falecido como sendo seu irmão. Fora um dever tão penoso devido ao estado de mutilação terrível do corpo e do rosto, mas as roupas e os diversos acessórios que ele usava, incluindo um anel de insígnia, por sorte não haviam atraído o brutal assassino, e foi sobretudo por meio destes que lorde Brockelsby conseguiu definir a identidade do irmão.

"Os diversos funcionários do hotel deram seu depoimento quanto à descoberta do corpo e o legista deu seu parecer quanto à causa imediata da morte. O falecido evidentemente havia sido atingido na nuca com uma pá ou um porrete, e o assassino depois extravasou sua fúria no corpo golpeando o rosto e deixando contusões de tal maneira que sugeria a obra de um maníaco.

"Então, o conde de Brockelsby foi convocado e o investigador-legista questionou quando vira o irmão com vida pela última vez.

"'Na manhã antes da morte', respondeu sua senhoria, 'ele veio a Birmingham em um dos primeiros trens e eu fui até Brockelsby de carro para vê-lo. Cheguei ao hotel às onze horas e fiquei com ele por mais ou menos uma hora.'

"'E foi a última vez que viu o falecido?'

"'Foi a última vez que o vi', respondeu lorde Brockelsby.

"Ele pareceu hesitar por um instante ou mais, como se estivesse pensando se devia falar ou não. De repente, decidiu que sim, e complementou: 'Passei o dia na cidade e só voltei a Brockelsby à noite. Tinha negócios dos quais tratar, me hospedei no Grand, como sempre faço, e jantei com amigos.'

"'Pode nos dizer a que horário voltou ao Castelo de Brockelsby?'

"'Creio que deve ter sido por volta das onze horas da noite. Daqui, são doze quilômetros de estrada.'

"'Eu creio', começou o investigador-legista depois de uma breve pausa, durante a qual a atenção de todos os espectadores concentrou-se na bela figura do jovem no banco de depoentes, a personificação exata de um cavalheiro de linhagem. 'Creio que estou certo em afirmar que houve uma disputa jurídica infeliz entre sua senhoria e seu irmão?'

"'Sim, é verdade.'

"O investigador-legista coçou o queixo por alguns instantes, pensativo, depois falou:

"'No caso de reivindicação do falecido ao título comum e às rendas dos Genneville ser validada nos tribunais, haveria enorme relevância acoplada ao casamento que deveria ter acontecido no dia 15, não é mesmo?'

"'Se acontecesse, com certeza haveria.'

"'O júri deve entender, portanto, que o senhor e o falecido despediram-se em termos cordiais após sua conversa naquela manhã?'

"O conde de Brockelsby hesitou mais uma vez por alguns instantes, enquanto a plateia e o júri prendiam a respiração, de olho em seus lábios.

"'Não havia animosidade entre nós dois', respondeu ele, por fim.

"'E disso devo extrair que pode ter havido... por assim dizer... uma pequena discordância durante a conversa?'

"'Meu irmão infelizmente havia sido induzido ao erro por deturpações ou por visões otimistas demais da parte de seu advogado. Ele foi conduzido ao litígio em função de um antigo documento da família que ele nunca havia visto, além de, no mais, ser antiquado e, devido ao linguajar, inválido. Acreditava que seria mais gentil e mais ponderado se eu deixasse meu irmão julgar o documento por si. Eu sabia que, quando ele o visse, ficaria convencido da base decerto fútil de sua reivindicação e que lhe seria uma enorme decepção. Por este motivo eu desejava falar com ele pessoalmente, em vez de fazer do modo mais formal, talvez mais correto, dos nossos respectivos advogados. Eu dispus os fatos diante dele, da minha parte, com ânimo bastante cordial.'

"O jovem conde de Brockelsby ofereceu uma longa explicação, perfeitamente voluntária do estado das coisas com voz tranquila, sossegada, com bastante dignidade e simplicidade, mas o investigador-legista não pareceu impressionado, pois perguntou com aspereza:

"'Vocês se despediram como amigos?'

"'Da minha parte, sem dúvida.'

"'Da parte dele, não?', insistiu o investigador-legista.

"'Creio que ele se sentiu naturalmente incomodado por ter sido tão mal orientado pelos advogados.'

"'E o senhor não tentou, em momento posterior, resolver algum mal-estar que possa ter restado entre vocês dois?', perguntou o investigador-legista, marcando cada palavra com ênfase estranha e séria.

"'Se o senhor pergunta se procurei meu irmão outra vez naquele dia, não, não procurei.'

"'E vossa senhoria não teria como nos dar mais informações que possam explicar o mistério que cerca a morte do

honorável Robert de Genneville?', indagou o investigador-
-legista.

"'Sinto dizer que não', respondeu o conde de Brockelsby,
firme.

"O investigador-legista ainda parecia confuso e pensativo.
De início, pareceu que ele queria insistir ainda mais em seu
argumento; todos sentiam que havia importância profunda
por trás de seu interrogatório, e todos estavam tensos quanto ao que o próximo depoimento poderia trazer. O conde de
Brockelsby aguardou alguns minutos e, então, a um sinal do
investigador-legista, deixou o banco de depoentes para ter
uma conversa com seu advogado.

"De início, ele não prestou atenção aos depoimentos do
concierge e do mensageiro do Castle Hotel. Mas parece que
aos poucos lhe ocorreu como eram curiosas as afirmações que
estavam sendo feitas por aqueles depoentes, e um olhar car-
regado de surpresa e ansiedade firmou-se em seu semblante,
o rosto jovem perdendo parte do tom corado.

"O sr. Tremlett, o concierge, deteve a atenção do tribunal.
Ele afirmou que o honorável Robert Ingram de Genneville
havia chegado ao hotel às oito horas da manhã do dia 13. Ele
ficou no quarto que costumava ocupar quando vinha ao Castle, a saber, o nº 21, e subiu no mesmo instante após chegar,
pedindo que o desjejum lhe fosse levado na porta.

"Às onze horas da manhã, o conde de Brockelsby foi ver o
irmão e ficou com ele até por volta do meio-dia. Na parte da
tarde, o falecido saiu e voltou para o jantar às sete horas da
noite na companhia de um cavalheiro que o concierge conhecia bem de vista, o sr. Timothy Beddingfield, advogado da rua
Paradise. Os cavalheiros jantaram no térreo e, depois, subiram ao quarto do honorável sr. de Genneville para tomar café
e fumar charutos.

"'Eu não saberia dizer em que momento o sr. Beddingfield partiu', prosseguiu o concierge, 'mas eu diria que o vi

no saguão por volta das 21h15. Ele vestia uma capa do tipo *Inverness* sobre os trajes sociais e um gorro Glengarry. Foi nessa exata hora que os hóspedes que vieram aproveitar a noite em Londres chegavam aos borbotões. O saguão estava cheio e havia uma grande comitiva de norte-americanos monopolizando boa parte de nossa equipe, de modo que eu não teria como afirmar se vi ou não o sr. Beddingfield, embora eu tenha certeza de que foi Timothy Beddingfield quem jantou e passou a noite com o honorável sr. de Genneville, pois o conheço bem de vista. Às dez da noite, encerro meu turno e o porteiro noturno fica sozinho no saguão.'

"O depoimento do sr. Tremlett foi corroborado na maioria dos aspectos por um garçom e pelo porteiro do saguão. Ambos haviam visto o falecido entrar às sete horas da noite em companhia de um cavalheiro, e a descrição do último coincidia com a da aparência do sr. Timothy Beddingfield, o qual, contudo, eles não conheciam de fato.

"Naquele momento dos trâmites, o presidente do júri quis saber por que não se procurara o depoimento do sr. Timothy Beddingfield, e o investigador encarregado do caso lhe informou que o cavalheiro aparentemente havia deixado Birmingham, mas esperava-se que voltasse em breve. O investigador-legista sugeriu um adiamento até o sr. Beddingfield comparecer, mas, por súplica do investigador, ele consentiu em ouvir o depoimento de Peter Tyrrell, porteiro noturno do Castle Hotel, o qual, se a senhorita lembra algo do caso, conseguiu gerar o maior alarde que já se vira naquele caso tão extraordinário quanto horripilante.

"'Era a primeira vez que eu estava fazendo turno no Castle', disse ele, 'porque antes eu era porteiro do Bright's, em Wolverhampton. Mas, logo depois de começar meu turno, às dez da noite, um cavalheiro entrou e perguntou se podia ver o honorável Robert de Genneville. Eu disse que achava que ele estava presente, mas ia mandar alguém subir para conferir.

O cavalheiro disse: 'Não interessa. Não se incomode. Eu sei qual é o quarto. É o nº 21, não? e subiu antes que eu pudesse dizer uma palavra.'

"'Ele disse o nome?', perguntou o investigador-legista.

"'Não, senhor.'

"'Como ele era?'

"'Um jovem, senhor, até onde me lembro, usando uma capa do tipo *Inverness* e um gorro Glengarry. Mas eu não consegui enxergar bem seu rosto, pois ele estava contra a luz e o gorro cobria os olhos. E ele só falou comigo por um minuto.'

"'Olhe ao seu redor', disse o investigador-legista, tranquilo. 'Há alguém neste tribunal que lembre o cavalheiro de quem o senhor fala?'

"Um silêncio de choque recaiu sobre os espectadores ali presentes enquanto Peter Tyrrell, porteiro noturno do Castle Hotel, virava a cabeça para o corpo de júri e lentamente analisava os muitos rostos presentes. Por um instante, ele pareceu hesitar. Mas apenas por um instante, pois, como se tivesse consciência passageira da enorme importância que suas próximas palavras teriam, ele balançou a cabeça, sério, e disse:

"'Eu prefiro não afirmar.'

"O investigador-legista tentou pressioná-lo, mas, com a legítima impassibilidade britânica, o homem repetiu: 'Eu prefiro não afirmar.'

"'Bom, então o que aconteceu?', perguntou o investigador, que foi obrigado a abandonar o argumento.

"'O cavalheiro subiu as escadas, senhor, cerca de quinze minutos depois, ele desceu, e eu abri a porta para ele partir. Ele estava com muita pressa, me lançou meia coroa e desejou boa-noite.'

"'E embora o senhor o tenha visto de novo, não pode nos dizer se o reconheceria?'

"Mais uma vez, os olhos do porteiro vagaram como se por instinto até um rosto específico no tribunal. Mais uma vez ele teve segundos de hesitação, que pareceram horas, durante os quais a honra de um homem, a vida de um homem, penderam na balança.

"Então Peter Tyrrell repetiu com a fala arrastada: 'Eu prefiro não afirmar'.

"Mas tanto o investigador-legista quanto o júri, sim, e todo espectador naquele tribunal lotado, haviam visto que os olhos do homem caíram, por aquele instante de hesitação, sobre o rosto do conde de Brockelsby."

33. OS VIVOS E OS MORTOS

O homem da casa de chá piscou para Polly com os olhos azul-claros.

— Não é à toa que a senhorita está confusa — prosseguiu ele —, assim como estavam todos no tribunal naquele dia, todos que não eu. Eu já havia entendido aquele assassinato horripilante tal como havia sido cometido, com cada detalhe e, acima de tudo, a motivação. E tal como a senhorita entenderá em seguida, quando eu o explicar.

"Mas, antes de ver a luz neste estranho caso, preciso mergulhá-la ainda mais na escuridão, da mesma maneira que o investigador-legista e o júri ficaram mergulhados no dia seguinte, o segundo do notável inquérito. Que teve de ser adiado, já que a participação do sr. Timothy Beddingfield havia tornado-se de suma importância. O público passou a ver a ausência do advogado em Birmingham neste momento crítico como algo notável, para dizer o mínimo, e todos aqueles que não conheciam o advogado de vista queriam vê-lo com sua capa *Inverness* e seu gorro Glengarry tal como ele aparecera diante de várias testemunhas na noite do terrível assassinato.

"Assim que o investigador-legista e o júri se abancaram, a primeira informação que a polícia lhes apresentou foi a surpreendente declaração de que o paradeiro do sr. Timothy Beddingfield não fora averiguado, mas confiava-se que ele não estava longe e podia ser localizado com facilidade. Havia uma testemunha presente que, acreditava a polícia, podia esclarecer o destino provável do advogado, pois era óbvio que ele tinha saído de Birmingham no instante seguinte após a conversa com o falecido.

"A testemunha era a sra. Higgins, governanta do sr. Beddingfield. Ela afirmou que o patrão tinha hábito constante, sobretudo nos últimos tempos, de ir a Londres a negócios. Ele costumava partir de trem no início da noite e, na maioria das vezes, se ausentava apenas por 36 horas. Ele tinha uma valise sempre a postos para tais fins, pois era comum partir sem avisar. A sra. Higgins complementou que o patrão ficava no Great Western Hotel de Londres, pois era para lá que ela recebeu instruções de telegrafar qualquer urgência que exigisse a presença dele em Birmingham.

"'Na noite do dia 14', prosseguiu ela, 'por volta das nove horas da noite, um mensageiro veio à porta com o cartão do patrão e disse que havia recebido instruções de recolher a valise do sr. Beddingfield para encontrá-lo posteriormente na estação, a tempo de pegar o trem das 21h35. Eu lhe entreguei a valise, é claro, pois ele havia trazido o cartão, e não tive impressão de ter algo de errado, mas, desde então, não tenho notícias de meu amo e não sei quando ele retornará.'

"Questionada pelo investigador-legista, ela acrescentou que o sr. Beddingfield nunca tinha passado tanto tempo fora sem pedir o encaminhamento de sua correspondência. Havia uma pilha de cartas aguardando-o, e ela havia correspondido-se com o Great Western Hotel de Londres para perguntar o que deveria fazer quanto às cartas, mas não recebeu resposta. Ela não conhecia de vista o mensageiro que recolhera a valise. O sr. Beddingfield já mandara buscar seus pertences dessa maneira uma ou duas vezes, quando estava jantando fora.

"Sim, o sr. Beddingfield usava uma capa *Inverness* sobre os trajes quando saiu, por volta das seis horas da tarde. Ele também vestia um gorro Glengarry.

"O mensageiro não havia sido encontrado até então, e a partir dali, da busca da valise, no caso, não se via qualquer rastro do sr. Timothy Beddingfield. Não era possível averiguar se ele partira ou não a Londres no trem das 21h35. A polícia interrogou pelo menos uma dúzia de carregadores na estação ferroviária, assim como cobradores de passagem, mas ninguém se lembrava especificamente de um cavalheiro vestindo uma capa *Inverness* e um gorro Glengarry, roupa que mais de um passageiro de primeira classe usava em uma noite fria de setembro.

"Veja que existia este empecilho, todo o caso dependia dele. O sr. Timothy Beddingfield, o advogado, sem dúvida sumira do mapa. Ele havia sido visto pela última vez na companhia do falecido, usando sua capa e seu gorro; duas ou três testemunhas viram-no sair do hotel por volta das 21h15. Então o mensageiro vai à casa do advogado buscar a valise, e depois disso é como se o sr. Timothy Beddingfield evaporasse. Porém — e aqui temos um grande porém —, o porteiro da noite no Castle Hotel parece ter visto alguém usando os acessórios solenes, a capa e o gorro, mais ou menos meia hora depois, e essa pessoa foi ao quarto do falecido, onde ficou aproximadamente quinze minutos.

"A senhorita indubitavelmente dirá, como todos disseram naquele dia após ouvirem os depoimentos do porteiro noturno e da sra. Higgins, que havia um dedo sombrio e feio apontando para o sr. Timothy Beddingfield, em especial porque aquele senhor, por algum motivo que ainda exigia explicação, não estava lá para resolver as coisas por si. Mas havia uma outra coisinha, uma coisinha sem importância, que nem o investigador-legista nem o júri ousaram deixar de lado, embora, a rigor, não fosse uma prova.

"A senhorita há de lembrar que, quando o porteiro noturno foi questionado se podia, entre os presentes no tribunal, identificar o visitante tardio do honorável Robert de

O HOMEM DA CASA DE CHÁ

Genneville, todos perceberam a hesitação e comentaram que os olhos do homem tinham se voltado com dúvida para o rosto e a figura do jovem conde de Brockelsby.

"Então, se este visitante tardio fora ou não o sr. Timothy Beddingfield, alto, magro, enfadonho, com seu bico de passarinho e seu queixo barbeado... Mesmo que só o vissem por acaso e tivessem vaga memória de sua pessoa, nem por um instante alguém poderia confundir aquele rosto com o do jovem lorde Brockelsby, que era corado e baixinho... o único ponto em comum entre eles era o cabelo saxônio.

"É um detalhe curioso, não acha?", complementou o homem da casa de chá, agora tão animado que os dedos agiam como tentáculos compridos dando voltas no barbante. "A situação pesava forte a favor de Timothy Beddingfield. Somado a isso, a senhorita também precisa lembrar que, até onde lhe interessava, o honorável Robert de Genneville era sua galinha dos ovos de ouro.

"O 'caso do título dos Genneville' deu muita proeminência ao nome Beddingfield. Com a morte do reclamante, todas as esperanças de prolongar o litígio chegaram ao fim. Havia falta total de motivação, até onde interessava a Beddingfield."

— Não tanto no caso do conde de Brockelsby — disse Polly —, e eu afirmei várias vezes...

— O quê? — interrompeu ele. — Que o conde de Brockelsby trocou de roupas com Beddingfield para matar o irmão de modo mais conveniente? Onde e quando essa troca de roupas poderia ter ocorrido, considerando que a capa *Inverness* e o gorro Glengarry estavam no saguão do Castle Hotel às 21h15, e que daquele horário até as dez horas, lorde Brockelsby estava no Grand Hotel terminando o jantar com amigos? Lembre--se de que isto foi provado subsequentemente, assim como foi provado que ele estava no Brockelsby Castle, a doze quilômetros de Birmingham, exatamente às onze horas. Ora, a visita do indivíduo vestindo o gorro aconteceu em algum momento depois das dez."

— Além disso, temos o desaparecimento de Beddingfield — disse a mulher, reflexiva. — Isto aponta para ele, é claro. Era um homem com boa clientela e, creio eu, bastante conhecido.

— E desde aquele dia não se tem notícias dele — concluiu o velho espantalho, dando uma risada. — Não é à toa que a senhorita está confusa. A polícia ficou desnorteada, e ainda está, pelo mesmo motivo. Mas veja como é simples! Só a polícia ficaria concentrada nestes dois homens: lorde Brockelsby com uma motivação forte e a hesitação do porteiro noturno diante dele; e Beddingfield sem motivação, mas com forte prova circunstancial e seu próprio sumiço como sinal condenatório.

"Se ao menos eles olhassem para o caso como eu e pensassem um pouco sobre o morto tanto quanto sobre os vivos. Se eles se lembrassem do título, das dívidas do honorável Robert, de sua gota d'água, que se provou uma reivindicação fútil.

"Naquele mesmo dia, o conde de Brockelsby, ao mostrar discretamente o antigo e legítimo documento para o irmão, convencera-o de como todas as suas esperanças eram fúteis. Quem sabe quantas eram as dívidas contraídas, as promessas feitas, o dinheiro emprestado e obtido com base naquela reivindicação que era mero devaneio? Pela frente, nada além da ruína, animosidade com o irmão, talvez até o fim do seu casamento. Uma vida, de fato, perdida.

"Não é surpresa que, embora o ressentimento quanto ao conde de Brockelsby fosse profundo, havia ódio, ódio amargo e mortal contra o homem que o levara a um atoleiro de desesperança com falsas promessas, não acha? É provável que o honorável Robert devesse muito dinheiro a Beddingfield, que o último esperava recuperar com juros usurários, com ameaças de escândalo ou algo do tipo.

"Pense em tudo isso", disse ele, "e depois me diga se a senhorita acredita que exista motivação mais forte para o assassinato de tal inimigo."

— Mas o que o senhor sugere é impossível — observou Polly, horrorizada.

— Permita-me dizer que — começou ele — é mais do que possível. É muito simples e fácil. Os dois homens estavam sozinhos no quarto do honorável Robert de Genneville depois do jantar. A senhorita, representando o grande público, e a polícia dizem que Beddingfield foi embora e retornou meia hora depois para matar seu cliente. Eu digo que foi o advogado quem foi assassinado às nove horas daquela noite, e que Robert de Genneville, arruinado, falido e sem esperanças, foi o assassino."

— Então...

— Sim, claro, agora a senhorita lembra, pois eu a coloquei na pista certa. O rosto e o corpo estavam tão lesionados que não eram identificáveis. Os dois eram da mesma altura. O cabelo, que por si só não podia ser desfigurado nem extinto, era de cor parecida nos dois homens.

"Então o assassino passa a vestir a vítima com suas próprias roupas. Com atenção total, ele insere seus anéis nos dedos do morto, seu próprio relógio no bolso dele; uma tarefa repulsiva, é claro, mas importante, e que é muito bem-feita. Então ele mesmo veste as roupas da vítima, enfim com a capa Inverness e o gorro Glengarry, e, quando o saguão está cheio de hóspedes, sai sem ser percebido. Ele envia o mensageiro para buscar a valise de Beddingfield e parte no expresso noturno."

— Mas, então, a visita dele ao Castle Hotel às dez da noite... — insistiu ela. — Que perigo!

— Perigo? Sim! Mas, ah, muito inteligente. Veja que ele era irmão gêmeo do conde de Brockelsby, e irmãos gêmeos sempre têm algo de similar. Ele queria parecer morto, assassinado por alguém, não lhe importava quem, mas o que ele queria mesmo era lançar nuvens de poeira nos olhos da polícia, e teve grande sucesso. Talvez, quem sabe... ele quisesse ter certeza de que não havia esquecido nada no *mise-en-scène* além do corpo, ferido e desfigurado até o ponto de perder a forma humana, afora as roupas, iria parecer o do honorável Robert de Genneville, enquanto este mesmo desaparecia para sempre daquele velho mundo e recomeçava a vida em outro.

"Portanto, deve-se sempre contar com a regra, praticamente invariável, de que um assassino sempre volta, mesmo que uma só vez, à cena do crime.

"Dois anos se passaram desde o crime. Nunca foi encontrado qualquer sinal do advogado Timothy Beddingfield e eu lhe garanto que nunca será, pois seu corpo plebeu está enterrado no mausoléu aristocrata da família do conde de Brockelsby."

Antes que Polly pudesse dizer mais uma palavra, o homem havia ido embora. Os rostos de Timothy Beddingfield, do conde de Brockelsby, do honorável Robert de Genneville dançavam diante dos olhos dela, zombando do assombro no qual ela se via mergulhada por conta deles. Então, todos os rostos sumiram, ou melhor, mesclaram-se em um só, comprido, lembrando o de um passarinho, com óculos de aros de osso sobre o bico, e um sorriso amplo e grosseiro logo baixo. Ainda confusa, ainda duvidosa, a moça pagou pelo pouco que comeu no almoço e seguiu seu rumo.

34. A MISTERIOSA MORTE NA RUA PERCY

A srta. Polly Burton já tivera muitas discussões com o sr. Richard Frobisher a respeito do homem da casa de chá, que parecia muito mais interessante e diabolicamente mais misterioso do que qualquer um dos crimes sobre os quais filosofava.

Dick pensava, no mais, que a srta. Polly vinha passando mais das horas livres naquela filial da Aërated Bread Company do que em sua companhia, e foi o que lhe disse, com aquele mau humor com o qual os homens sempre ficam quando ficam enciumados e não querem admitir.

Polly gostava de ver Dick com ciúme, mas gostava ainda mais do velho espantalho da casa de chá. E embora de tempos em tempos fizesse promessas muito vagas ao sr. Richard Frobisher, ainda assim ela voltava, de modo instintivo, dia após dia, àquele estabelecimento da rua Norfolk, no Strand, e ficava ali bebericando café até que o homem da casa de chá se dignasse a falar.

Naquela tarde em específico, ela foi à casa de chá com um objetivo, que era o de fazer o homem lhe dar sua perspectiva da misteriosa morte da sra. Owen na rua Percy.

Os fatos a deixaram tão interessada quanto confusa. Ela tivera incontáveis discussões com o sr. Richard Frobisher a respeito das três soluções possíveis para o enigma: acidente, suicídio ou assassinato?

— Nem acidente, nem suicídio, sem dúvida — disse ele, áspero.

Polly nem percebeu que havia falado. Que habilidade excepcional para ler seus pensamentos tinha aquela criatura!

— O senhor tende para a impressão, portanto, de que a sra. Owen foi assassinada. E sabe quem a assassinou?

Ele riu, e puxou o fio de barbante que ficava sempre remexendo enquanto desbaratava um mistério.

— Gostaria de saber quem assassinou a idosa? — perguntou ele, por fim.

— Gostaria de saber seu parecer sobre o assunto — respondeu Polly.

— Não tenho pareceres — disse ele, áspero. — Ninguém tem como saber quem assassinou a mulher, já que ninguém viu a pessoa responsável. Ninguém pode dar a mínima descrição do misterioso homem que, sozinho, deve ter cometido esse feito esperto, e a polícia está em um jogo de cabra-cega.

— Mas o senhor deve ter formulado alguma teoria — insistiu ela.

Polly ficou incomodada com a obstinação da criatura por aquele detalhe, então tentou provocá-lo pela vaidade:

— Imagino que seu comentário de que "não existem mistérios" não se aplica de modo universal. Existe um mistério: o da morte em rua Percy. E o senhor, tal como a polícia, é incapaz de compreendê-lo.

Ele ergueu as sobrancelhas e olhou para ela por alguns instantes.

— Confesso que aquele assassinato foi um dos serviços mais inteligentes que já se concretizou fora da diplomacia russa — disse ele, dando uma risada nervosa. — Devo dizer que, fosse eu o juiz convocado para decretar a sentença de morte ao homem que concebeu o assassinato, não conseguiria. Eu solicitaria educadamente que o homem fosse admitido em nosso Ministério das Relações Exteriores. Precisamos de homens assim. Toda a cena foi artística, digna de seus arredores: o Rubens Studios da rua Percy com a Tottenham Court Road.

"A senhorita conhece o prédio? São estúdios apenas no nome, pois na verdade é um agrupamento de quartos em uma casa de esquina, com as janelas um pouco alargadas, e os aluguéis são cobrados em consideração àquelas cinco polegadas a mais de luz fumacenta que atravessa as janelas tomadas pelo pó. No térreo, há o escritório administrativo de uma oficina de vitrais, sendo a oficina em si ao fundo, e no patamar do primeiro andar, um pequeno quarto destinado à zeladora, com gás, carvão e quinze xelins por semana, sendo que com essa magnífica renda ela é encarregada de manter o aspecto geral da casa.

"A sra. Owen, a zeladora, era uma mulher tranquila e de respeito, que complementava seu parco salário com gorjetas diversas, a maioria delas míseras, que eram deixadas pelos pobres artistas em troca de serviços domésticos indistintos dentro dos estúdios ou em seus arredores.

"Mas, se a renda da sra. Owen não era grande, era regular, e ela não tinha gostos exigentes. Ela e sua cacatua viviam de suas rendas, e, somando todas as gorjetas, nunca gastas, ano após ano, elas paulatinamente encheram uma conta que estava muito satisfatória, com juros, no Birkbeck Bank. Essa pequena conta acumulara uma boa quantia e a frugal viúva, ou velha solteirona, pois ninguém sabia o que ela era de fato, era tratada pelos jovens artistas do Rubens Studios como 'dama de posses'. Mas estou fazendo rodeios.

"Ninguém dormia no local, à exceção da sra. Owen e de sua cacatua. A regra era que, conforme os inquilinos deixassem os aposentos no fim de tarde, eles levassem as respectivas chaves ao quarto da zeladora. Ela, então, no início da manhã, iria arrumar e fazer a faxina nos estúdios, assim como no escritório do andar de baixo, além de preparar o fogo e carregar o carvão para cima.

"O capataz da oficina de vitrais era o primeiro a chegar pela manhã. Ele tinha a chave da frente e entrava por conta própria, depois, era costume da casa ele deixar a porta da rua aberta para entrada dos outros inquilinos e seus visitantes.

"Em geral, quando ele chegava, por volta das nove horas da manhã, encontrava a sra. Owen ocupada pela casa, já fazendo seu trabalho, e conversava brevemente com ela a respeito do clima. Mas naquela manhã específica de 2 de fevereiro, ele não a viu nem ouviu. Contudo, como a oficina estava organizada e o fogo estava posto, ele concluiu que a sra. Owen havia encerrado seu trabalho mais cedo do que o normal e não deu mais atenção ao assunto. Um a um, os inquilinos do estúdio apareceram e o dia seguiu sem a atenção de qualquer pessoa ser atraída ao fato de que a zeladora não havia aparecido.

"Durante a noite havia feito um frio de amargar, e o dia fora ainda pior. Soprava um vendaval cortante do nordeste e nevou muito durante a noite, deixando o chão coberto de neve espessa. Às cinco da tarde, quando o último vislumbre da fraca luz do inverno já havia sumido, a confraria do pincel deixou paletas e cavaletes de lado e preparou-se para voltar à casa. O primeiro a partir foi o sr. Charles Pitt. Ele trancou o estúdio e, como sempre, levou sua chave ao quarto da zeladora.

"Ele havia acabado de abrir a porta quando um rajada de vento gelado o atingiu no rosto. As duas janelas estavam escancaradas, e a neve e o granizo entravam, densas, no quarto, formando um tapete branco sobre o piso.

"A sala estava parcialmente escura e, de início, o sr. Pitt não viu nada. Mas percebendo por instinto que havia algo de errado, acendeu um fósforo e viu diante de si o espetáculo daquela tragédia terrível e misteriosa que desde então confunde tanto a polícia quanto o grande público. No piso, já um pouco encoberto pela neve, estava o corpo da sra. Owen com o rosto virado para baixo. Ela estava apenas de camisola, com pés e tornozelos à mostra, e estes e suas mãos estavam de um roxo profundo. Em um canto do quarto, encolhido de frio, o corpo da cacatua jazia rígido."

35. SUICÍDIO OU ASSASSINATO?

— De início, só se falava em um terrível acidente devido a um descuido inexplicável que os depoimentos na audiência de inquérito talvez ajudassem a elucidar.

"A assistência médica chegou tarde. A mulher desafortunada estava mesmo morta, congelada, dentro do próprio quarto. O exame mostrou que ela havia levado um golpe na nuca, que deve tê-la atordoado e feito cair, indefesa, ao lado da janela aberta. A temperatura de cinco graus abaixo de zero tinha dado conta do resto. O investigador Howell descobriu perto da janela um suporte de gás feito de ferro fundido, com altura que correspondia exatamente à ferida na nuca da sra. Owen.

"Mal alguns dias haviam se passado quando a curiosidade do público foi atiçada por manchetes surpreendentes, as quais só os jornais noturnos meia boca conseguem conceber.

"'A misteriosa morte na rua Percy.', 'Foi suicídio ou assassinato?', 'Detalhes chocantes: estranhas descobertas.', 'Uma prisão extraordinária.'

"O que aconteceu fora apenas o seguinte:

"No inquérito, surgiram alguns fatos muito curiosos relacionados à vida da sra. Owen, o que levara à apreensão de um jovem de família muito respeitável por acusação de envolvimento na morte trágica da desafortunada zeladora.

"Para começar, acontecia que a vida dela, que ao modo normal deveria ser monótona e usual, parecia, pelo menos

nos últimos tempos, ter tido mais variabilidade e animação. Todo depoente que a conhecia concordou no depoimento que, desde o último outubro, algo de importante havia mudado naquela mulher digna e honesta.

"Eu por acaso tenho uma foto da sra. Owen tal como era antes dessa grande mudança em sua vida tranquila e corriqueira, e que levou, até onde diz respeito à pobre alma, a resultados desastrosos.

"Eis ela, tal como era de fato", complementou a criatura esquisita, colocando a foto na frente de Polly, "tão respeitosa, tão enfadonha, tão desinteressante quanto se pode ser alguém do sexo feminino. Não era um rosto, a senhorita há de admitir, que levaria um jovem à tentação ou que o induziria a cometer um crime.

"Mesmo assim, um dia, todos os inquilinos do Rubens Studios ficaram surpresos e chocados ao verem a sra. Owen, a tranquila e honrosa sra. Owen, sair da casa às seis horas da tarde, trajando uma boina extravagante e um manto com arremate em astracã falso que, um tanto revelador na dianteira, revelava um pingente de ouro e uma corrente de proporções espantosas.

"Foram muitos os comentários, as insinuações, o burburinho que se dirigiu à digna mulher, da parte da frívola confraria do pincel.

"A coisa escalou quando, daquele dia em diante, uma mudança completa acometeu a honrosa zeladora do Rubens Studios. Conforme ela aparecia, dia após dia, trajando vestidos novos e extravagantes frente ao olhar pasmo dos inquilinos e às expressões de escândalo dos vizinhos, seu trabalho ficava mais negligente e ela estava sempre 'de saída' quando quando requisitada.

"Houve, é claro, muita conversa e muitos comentários em vários pontos do Rubens Studios a respeito das libertinagens da sra. Owen. Os inquilinos começaram a juntar dois mais dois e, após pouquíssimo tempo, estava definido o consenso:

O HOMEM DA CASA DE CHÁ 237

que a desmoralização da honesta zeladora coincidia, semana após semana, quase dia após dia, com a chegada do jovem Greenhill ao estúdio n° 8.

"Todos haviam comentado que ele ficava até mais tarde do que todos os outros, e ninguém supunha que fosse para fins de trabalho. A desconfiança logo elevou-se ao nível de certeza quando um dos funcionários da oficina viu a sra. Owen e Arthur Greenhill jantando no Gambia's Restaurant da Tottenham Court Road.

"O operário, que estava tomando um chá no balcão, percebeu particularmente que, na hora de pagar a conta, o dinheiro saiu da bolsa da sra. Owen. O jantar fora suntuoso: costeletas de vitela, um corte de carne assada, sobremesa, café e licores. O casal saiu do restaurante parecendo muito alegre, com o jovem Greenhill fumando um charuto refinado.

"Irregularidades daquele tipo estavam fadadas a chegar, cedo ou tarde, aos ouvidos e olhos do sr. Allman, o senhorio do Rubens Studios, e um mês depois do Ano-Novo, de supetão, ele deu o aviso prévio à sra. Owen.

"'Ela não pareceu nem um pouco incomodada quando dei o aviso', contou o sr. Allman durante o inquérito. "'Pelo contrário, ela me disse que tinha recursos abundantes e que ultimamente só estava trabalhando para ter uma ocupação. Complementou que tinha muitos amigos que cuidariam dela, pois possuía uma pilha de dinheiro para deixar a quem soubesse *afagar seu ego.*'

"Mesmo assim, apesar dessa conversa espirituosa, a srta. Bedford, inquilina do estúdio n° 6, afirmou que, quando levou a chave ao quarto da zeladora às 18h30 daquele dia, ela encontrou a sra. Owen às lágrimas. A zeladora recusava qualquer consolo, tampouco quis falar de seus problemas à srta. Bedford.

"Vinte e quatro horas depois, ela foi encontrada morta.

"O investigador-legista decretou o veredito em aberto, e o detetive-inspetor Jones foi encarregado pela polícia de fazer questionamentos sobre o jovem sr. Greenhill, cuja intimidade com a desafortunada mulher acabou se tornando motivo de comentários universais.

"O detetive, contudo, levou suas investigações somente até Birkbeck Bank. Lá ele descobriu que, depois da conversa com o sr. Allman, a sra. Owen havia sacado todo dinheiro que tinha depositado, por volta de oitocentas libras, resultado de 25 anos de economia e parcimônia.

"Mas o resultado imediato dos trabalhos do investigador Jones foi que o sr. Arthur Greenhill, litógrafo, foi conduzido ao magistrado da rua Bow sob acusação de envolvimento na morte da sra. Owen, zeladora dos Rubens Studios na rua Percy.

"Aquele inquérito magistral foi um dos poucos inquéritos interessantes que tive o infortúnio de perder", prosseguiu o homem da casa de chá, com um dar de ombros nervoso. "Mas a senhorita sabe, tanto quanto eu, como a postura do jovem prisioneiro impressionou o magistrado e a polícia de maneira tão desfavorável que, a cada novo depoente que foi trazido, sua posição tornou-se cada vez mais infeliz.

"Ainda assim, ele era um camarada jovem, bonito, de constituição um tanto áspera, com esses sotaques *cockney* que literalmente deixam a pessoa sobressaltada. Mas ele parecia nervosíssimo, gaguejando a cada palavra, e várias vezes dava as respostas de maneira aleatória.

"O pai o representou como advogado. Era um homem idoso, de aspecto rude, que tinha a aparência de um advogado do interior, não de Londres.

"A polícia havia formado uma acusação bastante forte contra o litógrafo. As provas médicas não revelaram nada de novo: a sra. Owen havia morrido de frio, o golpe na nuca não fora suficiente para causar algo mais do que incapacidade temporária. Quando o legista foi chamado, a morte já havia ocorrido há algum tempo, e era impossível dizer se há uma, cinco ou doze horas.

"A aparência e o estado do quarto quando a desafortunada foi descoberta pelo sr. Charles Pitt foram repassados mais uma vez com minúcias. As roupas da sra. Owen, as que ela havia vestido durante o dia, estavam dobradas sobre uma cadeira. A chave de sua cômoda estava no bolso do vestido. A porta estava entreaberta, mas as duas janelas estavam escancaradas. Uma delas, que tinha a parte do caixilho quebrada, havia sido presa com um barbante de caso pensado.

"A sra. Owen, é claro, havia despido-se antes de ir para a cama, e o magistrado naturalmente comentou como a teoria do acidente era insustentável. Ninguém com os cinco sentidos operantes iria despir-se a uma temperatura abaixo de zero com as janelas escancaradas.

"Depois das declarações preliminares, o caixa do Birkbeck Bank foi convocado e relatou a visita da zeladora ao banco.

"'Era por volta de uma da tarde', declarou ele. 'A sra. Owen chamou e apresentou um cheque para si mesma no valor de 827 libras, seu saldo total. Ela parecia extremamente feliz e alegre, e falou que precisava de muito dinheiro, pois ia viajar para o exterior morar com o sobrinho e passaria a cuidar da casa dele. Eu lhe alertei quanto a ter o devido cuidado com uma quantia tão grande, e quanto a separar-se de tanto dinheiro de maneira imprudente, como mulheres de sua classe tendem a fazer. Ela, rindo, declarou que não só tinha cuidados no momento, mas planejava ter pelo futuro a longo prazo, pois naquele mesmo dia tinha intenção de comparecer a um escritório de advocacia e preparar um testamento.'

"O depoimento do caixa foi bastante surpreendente, já que no quarto da viúva não se encontrou qualquer vestígio de dinheiro. Contra isso, duas das notas que o banco entregou à sra. Owen no dia foram usadas pelo jovem Greenhill naquela mesma manhã da morte misteriosa. Uma foi entregue à West End Clothiers Company, como pagamento por um terno, e a outra ele usou na agência postal da rua Oxford.

"Depois disso, foi necessário repassar todos os depoimentos quanto ao tema da intimidade do jovem Greenhill com a sra. Owen. Ele ouviu tudo com um ar de nervosismo doloroso, com as bochechas esverdeadas, os lábios parecendo ressequidos, dado que ele não parava de passar a língua neles. Quando o policial E18 afirmou que, às duas da manhã de 2 de fevereiro, ele havia visto o acusado e conversado com ele na esquina da rua Percy com a Tottenham Court Road, ao jovem Greenhill só faltou desmaiar.

"A alegação da polícia era de que a zeladora havia sido assassinada e roubada durante aquela noite antes de ir para a cama; que o jovem Greenhill havia cometido o assassinato, sabendo-se que ele era a única pessoa que tinha intimidade com a mulher; e que, no mais, estava provado, sem sombra de dúvida, que ele estava na vizinhança do Rubens Studios a altas horas da madrugada.

"A prestação de contas que ele fez de si e daquela noite não tinha como ser chamada de satisfatória. A sra. Owen era parente de sua finada mãe, foi o que o rapaz declarou. Ele era litógrafo de ofício, tendo várias horas de ócio a ocupar. Havia empregado parte dessas horas a levar a idosa a várias distrações. Em mais de uma ocasião, ele viera a sugerir que ela devia largar o trabalho braçal e morar com ele. Mas, infelizmente, ela estava sob domínio do sobrinho, um homem chamado Owen, que explorava a mulher de boa índole de toda maneira possível, e que em mais de uma ocasião fizera investidas sérias à poupança que ela possuía no Birkbeck Bank.

"Interrogado rigorosamente pelo promotor a respeito deste suposto parente da sra. Owen, Greenhill admitiu que não o conhecia. Que, aliás, nunca o havia visto. Ele sabia que seu sobrenome também era Owen, e só. Sua ocupação principal consistia em se aproveitar do bom coração da idosa, mas ele só a via à noite, quando devia saber que ela estava sozinha, e todos os inquilinos do Rubens Studios haviam ido embora, sem exceção.

"Não sei se neste momento ocorre à senhorita, tal como ocorreu tanto ao magistrado quanto aos advogados, que havia uma contradição clara entre esta declaração e a que foi feita pelo caixa do Birkbeck a respeito da última conversa com a sra. Owen. 'Vou viajar ao exterior para acompanhar meu sobrinho e cuidar da casa dele', foi o que a desafortunada mulher disse.

"Greenhill, apesar do nervosismo e das respostas por vezes contraditórias, aderiu com rigor ao argumento de que havia um sobrinho em Londres que ia ver a tia com frequência.

"De qualquer modo, as falas da assassinada não podiam ser aceitas como prova pela lei. O sr. Greenhill, pai e advogado, fez a objeção, complementando: 'Podem haver dois sobrinhos', o que o magistrado e o promotor estavam fadados a acatar.

"Em relação à noite anterior à morte da sra. Owen, Greenhill afirmou que estivera com ela no teatro, a levara para casa, e que os dois haviam feito uma ceia no quarto dela. Antes de partir, às duas horas, ela, por iniciativa própria, lhe dera 10 libras de presente, dizendo: 'Sou como uma tia para você, Arthur, e, se você não ficar com isto, Bill vai pegar para ele.'

"Ela parecia bastante incomodada no início da noite, mas depois animou-se.

"'Ela chegou a falar do sobrinho ou de assuntos financeiros?', perguntou o magistrado.

"Mais uma vez, o jovem hesitou, mas respondeu: 'Não! Ela não falou nem de Owen nem de assuntos financeiros.'

"Se eu bem me recordo", acrescentou o homem da casa de chá, "pois lembre-se de que eu não estava presente, o processo havia sido adiado. Mas o magistrado não autorizou saída com fiança. Greenhill foi levado, parecendo mais morto do que vivo, embora todos tenham comentado que o sr. Greenhill pai parecia decidido e nem um pouco preocupado. Diante do interrogatório em nome do filho, do legista e de um ou dois dos depoentes, ele havia habilmente tentado confundi-los quanto à questão da hora em que a sra. Owen fora vista com vida pela última vez.

"Ele ressaltou com veemência o fato de que os trabalhos matinais na casa eram feitos quando os inquilinos chegavam. Seria concebível, ele defendeu, que uma mulher fizesse esse tipo de trabalho da noite para o dia, em especial quando estava indo ao teatro, e assim quisesse vestir-se com roupas mais arrumadas? Foi, sem dúvida, um bom argumento levantado contra a promotoria, que não perdeu tempo em retorquir: tal como é concebível que uma mulher naquelas circunstâncias da vida deveria, depois de feito o serviço, despir-se ao lado de uma janela aberta às nove da manhã com a neve batendo no quarto.

"Parece-me que o sr. Greenhill mais velho poderia ter apresentado um bom número de depoentes que pudessem compor um álibi conclusivo a favor do filho, se em algum momento subsequente àquelas fatais duas da manhã a assassinada houvesse sido vista com vida por um passante a esmo.

"Contudo, ele era um homem apto e sincero, e eu imagino que o magistrado tenha sentido certa simpatia pelos seus árduos esforços em nome do filho. Ele concedeu adiamento de uma semana, que pelo jeito muito satisfez o sr. Greenhill.

"Neste meio-tempo, os jornais haviam debatido e quase exaurido o assunto do mistério na rua Percy. Houvera, como a senhorita deve saber por experiência pessoal, inúmeros argumentos quanto a alternativas intrigantes:

"Acidente?

"Suicídio?

"Assassinato?

"Uma semana se passou e o caso contra o jovem Greenhill foi retomado. É claro que o tribunal estava lotado. Não era preciso muito discernimento para comentar de imediato que o preso parecia mais esperançoso, e seu pai, exultante.

"Mais uma vez se tomou uma grande dose de depoimentos menores, e então chegou a vez da defesa. O sr. Greenhill convocou a sra. Hall, confeiteira da rua Percy, cuja loja ficava em frente ao Rubens Studios. Ela depôs que às oito da manhã do dia 2 de fevereiro, enquanto arrumava sua vitrine, viu a zeladora no Rubens Studios do outro lado da rua, como sempre, de joelhos, cabeça e corpo envoltos em um xale, limpando os degraus. O marido dela também havia visto a sra. Owen, e a sra. Hall comentou com ele como era grata pela sua loja ter degraus de lajota, que não precisavam ser escovados numa manhã tão gelada.

"O sr. Hall, confeiteiro, do mesmo endereço, corroborou a declaração, e o sr. Greenhill, com triunfo absoluto, apresentou uma terceira testemunha: a sra. Martin, da rua Percy, que de sua janela no segundo andar havia, às 7h30, visto a zeladora batendo os tapetes na porta da frente. A descrição que a testemunha deu dos trajes da sra. Owen, com o xale em volta da cabeça, coincidia ponto a ponto com a que foi dada pelo sr. e pela sra. Hall.

"Depois disso, a tarefa do sr. Greenhill ficou fácil. Às oito horas da manhã, seu filho estava em casa tomando o café da manhã. Não só ele, mas seus criados deporiam a seu favor.

"O clima estava tão feroz que Arthur passara o dia inteiro imóvel na frente da lareira. A sra. Owen foi assassinada depois das oito horas naquele dia, já que fora vista por três pessoas naquele horário. Assim, seu filho não poderia ter assassinado a sra. Owen. A polícia teria que localizar o criminoso em outro lugar, ou ceder ao primeiro parecer expressado pelo público, de que a sra. Owen havia sido vítima de um acidente terrível e desagradável, ou que talvez ela houvesse provocado a própria morte daquela maneira extraordinária e trágica.

"Antes do jovem Greenhill ser enfim dispensado, um ou dois depoentes foram interrogados mais uma vez, sendo o principal deles o capataz da oficina de vitrais. Ele havia chegado no Rubens Studios às nove horas da manhã e estivera trabalhando o dia todo. Ele afirmou que não notara qualquer indivíduo suspeito cruzando o saguão naquele dia. 'Porém', comentou ele, sorrindo, 'eu não fico observando todo mundo que sobe e desce as escadas. Sou muito ocupado. A porta da rua sempre fica aberta; qualquer um pode entrar, subir ou descer, se souber o caminho.'

"A polícia estava totalmente convencida de que havia um mistério em relação à morte da sra. Owen. Se o jovem Greenhill detinha ou não a chave deste mistério, eles não descobriram até hoje.

"Eu poderia aclará-los quanto à causa do nervosismo do jovem litógrafo no inquérito, mas lhe garanto que não tenho intenções de fazer o serviço da polícia por ela. Por que faria? Greenhill nunca sofrerá de desconfiança injusta. Ele e seu pai apenas, além de mim, sabem da situação terrível em que ele se encontrava.

"O jovem só chegou em casa perto das cinco horas daquela manhã. Seu último trem havia partido. Ele teve que caminhar, se perdeu, e ficou vagando por Hampstead durante horas. Pense em que situação estaria se os dignos confeiteiros da rua Percy não houvessem visto a sra. Owen 'enrolada com um xale, de joelhos, lavando os degraus'.

"No mais, o sr. Greenhill, o pai, é advogado e tem um pequeno escritório na rua John, em Bedford Row. Na tarde antes de falecer, a sra. Owen estivera no escritório e lá preparou um testamento no qual deixava todas as economias a Arthur Greenhill, o litógrafo. Se aquele testamento estivesse em outras mãos que não as paternas, o motivo estaria provado, como é natural de assuntos assim, e mais um elo seria somado à corrente que quase arrastou Arthur Greenhill ao cadafalso. 'O elo da forte motivação.'

"Pode imaginar que o jovem tenha ficado pálido, até o momento em que se provou, sem deixar dúvida, que a assassinada estava viva horas depois de ele chegar ao abrigo seguro de seu lar?

"Percebi o sorriso da senhorita quando usei a palavra 'assassinada'", prosseguiu o homem da casa de chá, bastante empolgado por se aproximar do *dénouement* da história. "Eu sei que o grande público, depois que o magistrado dispensou Arthur Greenhill, satisfez-se em considerar que o mistério na rua Percy fora um acidente... ou suicídio."

— Não — respondeu Polly. — Não se pode considerar suicídio por dois motivos.

Ele olhou para ela com certo grau de perplexidade. Polly supôs que estivesse espantado por ela formar seu próprio parecer.

— E posso perguntar qual seriam, em sua opinião, estes motivos? — perguntou ele, sarcástico.

— Para começar, a questão financeira — repondeu ela. — Alguma outra parcela do montante foi localizada?

— Nem mesmo uma nota de cinco libras — disse ele, com uma risadinha. — Foram todas trocadas em Paris durante a Exposição, e a senhorita não tem ideia de como é fácil fazer algo assim em qualquer dos hotéis ou nas pequenas casas de câmbio.

— O sobrinho era um patife muito esperto — comentou ela.

— Então a senhorita acredita na existência de um sobrinho?

— Por que duvidaria? Devia existir alguém que tinha familiaridade o bastante com a casa para entrar no meio do dia sem chamar a atenção de alguém.

— No meio do dia? — perguntou ele, rindo.

— A qualquer momento após as 8h30 da manhã.

— Então a senhorita também acredita na "zeladora, envolta no xale, lavando os degraus"? — indagou ele.

— Mas...

— Nunca lhe ocorreu, apesar do preparo que suas interações comigo provavelmente lhe deram, que a pessoa que fez todo o trabalho minucioso no Rubens Studios, que preparou o fogo e carregou o carvão, o fez apenas para ganhar tempo? Para que o frio de amargar pudesse causar efeito de forma vigorosa, e não se desse falta da sra. Owen até ela estar morta?

— Mas... — Polly tentou mais uma vez.

— Nunca lhe ocorreu que um dos maiores segredos dos crimes de sucesso é despistar a polícia em relação ao momento em que o crime foi cometido? Este foi, caso não se lembre, o ponto principal no assassinato em Regent's Park.

"Neste caso, se admitirmos a existência do 'sobrinho', e se ele fosse encontrado, o que é duvidoso, o homem conseguiria apresentar um álibi tão bom quanto o do jovem Greenhill.

— Mas eu não entendi...

— Como o assassinato foi cometido? — perguntou ele, ansioso. — É claro que a senhorita consegue ver tudo por conta própria, pois admite que é o "sobrinho", quem sabe um malandro qualquer, que se aproveita da boa índole da mulher. Ele a aterroriza, a ameaça, tanto que ela imagina que seu dinheiro não está mais seguro no Birkbeck Bank. Mulheres desta classe às vezes desconfiam do Bank of England. Enfim, ela saca o dinheiro. Quem sabe o que ela pensou fazer com aquilo no futuro imediato?

"Seja como for, ela deseja ter garantias após sua morte, entregando uma parte a um jovem de quem ela gosta e que soube como cair em suas boas graças. Naquela tarde, o sobrinho implora, implora por mais dinheiro. Eles discutem. A pobre mulher fica em prantos, e é apenas temporariamente consolada por uma agradável visita ao teatro.

"Às duas da manhã, o jovem Greenhill a deixa sozinha. Dois minutos depois, o sobrinho bate à porta. Ele chega com uma história plausível a respeito de ter perdido o último trem, e pede 'um canto para dormir' em qualquer lugar da casa. A mulher de boa índole sugere um sofá em um dos estúdios, e então prepara-se para dormir com tranquilidade.

O que ocorre depois é muito simples e elementar: o sobrinho entra sorrateiramente no quarto da tia, encontra-a parada de camisola. Ele exige dinheiro com ameaças de violência, e, apavorada, ela cambaleia, bate a cabeça contra o suporte de gás e cai no chão, atordoada, enquanto o sobrinho procura as chaves dela e toma posse de oitocentas libras. A senhorita há de admitir que a encenação subsequente é digna de um gênio.

"Nenhuma briga, nenhum dos acessórios horrendos e usuais em torno do crime. Apenas as janelas abertas, o forte vendaval que vinha da direção nordeste, depois a neve forte caindo. Dois cúmplices silenciosos, mudos como a morte.

"Depois disso, o assassino, com presença de espírito perfeita, ocupa-se da casa, fazendo o trabalho que vai garantir que ninguém perceba o sumiço da sra. Owen, ao menos por algumas horas. Ele faxina e arruma. Algumas horas depois, ele até veste a saia e o corpete da tia, enrola a cabeça em um xale e tem a ousadia de deixar os vizinhos que já estão despertos verem o que acreditam ser a sra. Owen. Então volta ao quarto dela, retoma sua aparência normal e tranquilamente deixa a casa."

— Ele pode ter sido visto.

— Não há dúvida de que ele *foi* visto por duas ou três pessoas, mas ninguém deu atenção a um homem saindo da casa àquela hora. Fazia muito frio, a neve caía grossa e, como ele usava um cachecol na parte inferior do rosto, quem o viu não se comprometeria a reconhecê-lo em outro momento.

— Nunca mais se viu nem ouviu falar deste homem? — perguntou Polly.

— Ele sumiu da face da terra. A polícia está à procura, talvez um dia o encontre. Então a sociedade vai se ver livre de um dos homens mais inteligentes desta era.

36. FIM

Ele havia feito uma pausa, absorto em reflexões. A moça também estava em silêncio. Alguma memória, vaga demais para tomar forma definitiva, a assombrava de modo persistente. Uma ideia martelava seu cérebro, devastava seus nervos. Aquela ideia era a sensação inexplicável dentro de si de que havia algo vinculado àquele crime hediondo que ela devia recordar; algo que, se ela conseguisse lembrar o que era, lhe daria a chave para resolver o mistério trágico e imediatamente garantiria seu triunfo sobre aquele espantalho presunçoso e sarcástico da casa de chá.

Ele a observava por trás de seus óculos com aro de osso, e ela viu as juntas nas mãos ossudas, logo acima da mesa, remexendo-se, remexendo-se, remexendo-se, até ela se perguntar se havia outro grupo de dedos no mundo que conseguia desfazer os nós que aqueles dedos magros faziam no enfadonho fio de barbante.

Então, de repente, sem aviso, Polly *lembrou*. Estava tudo à sua frente, breve e iluminado como um forte relâmpago. A sra. Owen caída, morta na neve, ao lado da janela aberta; uma das janelas com a faixa do caixilho quebrada, amarrada de maneira proposital com um barbante. Ela se lembrou da conversa que houve na época quanto à faixa improvisada.

Foi depois do jovem Greenhill ser dispensado, e a questão do suicídio fora votada uma impossibilidade.

Polly lembrou que nas fotografias dos jornais aparecia um fio de barbante cheio de nós, planejado a ponto de que o peso do caixilho apertasse mais os nós e assim mantivesse a janela aberta. Ela lembrou que as pessoas deduziram muitas coisas a partir da faixa improvisada no caixilho, destacando-se entre estas deduções a de que o assassino era um marinheiro. Já que eram tão maravilhosos, tão complexos os nós que mantinham a folha da janela aberta.

Mas Polly sabia a verdade. Em sua mente, ela viu aqueles dedos, que ficaram mais nervosos que o habitual devido a uma empolgação temerosa, tateando de início de modo mecânico, até sem pensar, um pedaço de barbante para prender a janela. Depois, o hábito dominante mais forte que há; os dedos magros e calculistas remexendo, remexendo aquele barbante, atando um nó após o outro, cada um mais maravilhoso, mais complexo, do que qualquer um que ela já houvesse testemunhado.

— Se eu fosse o senhor — disse ela, sem ousar voltar os olhos para o canto onde ele estava —, abdicaria do hábito de fazer nós constantes no barbante.

Ele não respondeu, e Polly enfim arriscou-se a erguer o olhar. O canto estava vazio e, pela porta de vidro atrás da mesa, onde ele havia acabado de depositar alguns cobres, viu a cauda do casaco de *tweed*, o extraordinário chapéu, sua personalidade reles, encarquilhada, sumindo depressa rua abaixo.

A srta. Polly Burton, do *Evening Observer*, casou-se um dia desses com o sr. Richard Frobisher, do *London Mail*. Desde aquele dia até hoje, ela nunca mais travou contato com o homem da casa de chá.

FINIS

O truque

Por Ivan Mizanzuk

Um amigo que é investigador da polícia civil me falou certa vez que odiava consumir qualquer coisa do gênero *True Crime*. Como jornalista, eu vivo escrevendo e investigando sobre casos reais, então obviamente fiquei curioso com aquela afirmação. Não é que ele estivesse desmerecendo meu trabalho ou coisa do tipo, mas era uma constatação do quão massacrante a vida real é.

Quando você investiga essas histórias por muito tempo, é inevitável aquela rotina começar a pesar em você. Isso é ainda mais evidente em casos que envolvem homicídio ou desaparecimento. Piora se as vítimas são menores de idade. Depois de lidar com isso no seu dia-a-dia durante anos, a angústia de não saber o que houve te atropela. Às vezes, é difícil achar motivação para sair da cama. Lá vem mais um dia em que eu vou bater em mil portas e não haverá nada nelas. Mais um dia em que eu não terei respostas.

Mas algo te levou para essa vida. Por que é que nos interessamos por histórias de crime? Essa talvez seja a chave para entrarmos nessa reflexão. Ao meu ver, tudo parte de um incômodo: algo aconteceu. O que foi? Como foi? Quem fez isso? Por quê? Não conseguimos aceitar a falta de respostas, e aprendemos a lidar com as dúvidas e frustrações. No meio do caminho, aprendemos que às vezes é mais importante sabermos fazer a pergunta certa do que encontrar aquilo que explique tudo.

Outro dia, uma delegada me dizia que não acreditava em crime perfeito. "Todos têm solução", continuava ela, "só precisamos de tempo e recursos para encontrar."

Na minha experiência, isso se provou real. Para cada história que eu investigo, dedico no mínimo um ano de pesquisa exclusiva. Doze meses em cima de apenas um caso. Procurando documentos, procurando pessoas, procurando respostas. Mil portas batidas diariamente durante 365 dias. E, às vezes, atrás de uma delas encontramos algo. E isso nos motiva a continuar procurando. Não é uma corrida, é uma maratona. Se você terminar, já venceu.

Nesse processo, procuramos pessoas. Gente real viveu aquela história, que tem lembranças. Dependemos delas para podermos ter mais pistas. Algumas falam muito, outras nem tanto. Aprendemos então que a memória é uma espada de dois gumes: ela abre caminhos, mas pode te levar para a via errada. O que me garante que a pessoa realmente viu o que diz que viu? Que ela não criou uma memória falsa? Que está querendo se colocar como protagonista em algo que sequer participou? É desesperador quando constatamos que alguém pode não necessariamente estar mentindo, mas pode involuntariamente ter se dado maior importância do que merece.

Nesse ponto aprendemos que os personagens mais importantes geralmente não querem falar. Eu aprendi a desconfiar de quem fala demais. Eu preciso desconfiar, pois há sempre o risco de estarmos indo na direção errada. Investigar crimes precisa ser um exercício de ceticismo. Muitas vezes, nem mesmo a vítima sabe o que aconteceu. Sua família tampouco. A única que sabe é a pessoa que cometeu o crime — e ela não quer ser descoberta. Esse é o jogo: as regras não são claras e os jogadores estão espalhados em cantos sombrios.

É aí que eu consigo entender meu amigo policial. Um caso chega para ele, uma pessoa que desapareceu. Abre o boletim de ocorrência, conversa com familiares, amigos, vai a campo fazer diligências para buscar mais informações. Quando volta para a delegacia, há duas novas ocorrências. Repete todo o processo para esses novos casos. No dia seguinte, já tem mais um caso novo. Você nem conseguiu lidar com o primeiro ainda, e todos estão se amontoando na sua mesa. Não tem gente suficiente na rua. Não tem gente suficiente fazendo análises. Não há tecnologia. Quando tem, é cara e lenta. O investimento em inteligência é mínimo e não dá conta de tudo o que está acontecendo. Uma soma de zeros cujo resultado geralmente é negativo.

E então, após mais um dia frustrante, ele volta para casa. O que ele vai assistir ou ler? Algum novo *true crime* que estreou naquela semana e que as redes sociais estão comentando? Isso já vira trabalho. O expediente está se estendendo para sua vida pessoal. Não há quem aguente.

Mas algo o levou àquela vida de investigador. Um desejo para se obter respostas. Um incômodo com as dúvidas. Então, esse meu amigo não consegue simplesmente desligar e assistir ou ler qualquer coisa. É aí que entra a ficção, com aquelas cenas inacreditáveis no clímax em que todos os suspeitos estão reunidos na mesma sala. O investigador ou investigadora brilhante dominando a sala, todos atentos ao seu hipnótico monólogo explanativo. É a pessoa mais inteligente que já andou pela face da Terra, e que agora usa suas habilidades para trazer respostas para aquele núcleo.

Não precisa de cadeia de custódia. Não precisa de liberação de juiz. Não importa a limitação tecnológica. Tudo o que precisa é de um intelecto superior, seu olhar atento e acesso àqueles suspeitos. Encurralado, o criminoso se revela. Confessa o que fez. Mais um caso solucionado para sua estante de glórias.

Isso, é claro, só é possível na ficção.

Eu, diferente do meu amigo, não consigo ter o mesmo desejo por esse escapismo. Nessas obras, eu sempre duvido de todo mundo, especialmente do narrador. O investigador inteligente pode estar enganado. Pode estar tão cheio na sua soberba intelectual que não seria difícil cometer enganos justamente pela sua excessiva segurança. De novo, eu sempre desconfio daquele que fala demais.

Escrever ficção policial é um ato mágico, um truque de desviar a atenção. "Agora você vê, agora, não." Escreve-se sobre uma pessoa brilhante, com uma inteligência muito maior do que a do próprio autor ou autora. Por isso é um truque.

E se um dia a gente se fascinava com o tio no almoço de família que fazia o dedão desaparecer, que roubava seu nariz, ou, ainda, com algum truque básico de "essa é a sua carta?", esse mesmo sentimento de espanto floresce quando chegamos na resolução inteligente do crime. "Eu não esperava por isso." Desvio de atenção.

E se o escritor ou escritora domina essa arte mágica, é capaz de nos encantar ainda mais, mostrando que mesmo aquele investigador brilhante, dentro de uma casa de chá, com seus barbantes, anotações, fotografias e recortes de jornal, só consegue fazer isso porque possui um segredo. Apesar de se colocar no holofote, ele também está escondido em algum canto. Fala demais porque precisa desviar a atenção para outra coisa. Seu esconderijo é a luz do dia. E é nesse ponto que a obra de Emma Orczy conversa comigo. E muito provavelmente também agradará meu amigo policial.

Na ficção, temos prazer em sermos enganados, e por isso ela é necessária. Em um mundo de sombras, é o farol que busca iluminar todos os cantos para nosso deleite. A vida só faz sentido na ficção. Se torna o mundo ideal, a utopia que buscamos no horizonte. E isso basta.

Emma Orczy (1865-1947)

Emma Orczy, também conhecida como Baronesa Orczy, nome sob o qual seus livros foram publicados, foi uma romancista e dramaturga húngara. Temerosa pelo conflito que levou à criação do Império Austro-Húngaro, sua família deixou Budapeste em 1868, mudando-se para Paris e, em 1880, para a Inglaterra. Em 1894, casou-se com Henry George Montagu MacLean Barstow, com quem colaborou para o roteiro da peça *O Pimpinela Escarlate* (1903), que logo se tornaria a série de livros que a levaria à fama. A obra conta a história do alter ego de Sir Percy Blakeney, um lorde inglês especialista na arte de escapar no último segundo para salvar aristocratas franceses da guilhotina durante a Revolução Francesa. O personagem era considerado por Stan Lee, cocriador da Marvel, como o primeiro super-herói da literatura. O livro foi publicado no Brasil em 1931, pela Editora Companhia Nacional.

Este livro foi impresso pela Santa Marta, em 2024,
para a HarperCollins Brasil. O papel do miolo é
pólen natural 70g/m², e o da capa é couchê 150g/m².